विचार का डर

[निबंध]

विचार का डर

कृष्ण कुमार

राजकमल प्रकाशन

ISBN : 978-81-7178-515-5

मूल्य : ₹495

पहला संस्करण : 1996
चौथा संस्करण : 2023

प्रकाशक : राजकमल प्रकाशन प्रा.लि.
1-बी, नेताजी सुभाष मार्ग, दरियागंज
नई दिल्ली-110 002
शाखाएँ : अशोक राजपथ, साइंस कॉलेज के सामने, पटना-800 006
पहली मंजिल, दरबारी बिल्डिंग, महात्मा गांधी मार्ग, प्रयागराज-211 001
1, अनमोल सोराबजी संतुक लेन, धोबी तलाव, मरीन लाइंस, मुम्बई-400 002
वेबसाइट : www.rajkamalprakashan.com
ई-मेल : info@rajkamalprakashan.com

मुद्रक : बी.के. ऑफसेट
नवीन शाहदरा, दिल्ली-110 032

VICHAR KA DAR
by Krishna Kumar

फूलचन्द्र को

भूमिका

इस संग्रह में शामिल रचनाओं को किस विधा में रखा जाए, यह तय करना मेरे लिए कठिन है। यहाँ प्रस्तुत कई रचनाओं का चरित्र मिलाजुला है जिसमें टिप्पणी, लेख, निबंध और संस्मरण के परिचित तत्त्व पहचाने जा सकते हैं। इस मिलेजुले चरित्र के कारण पाठकों को दिक्कत होगी या सुविधा ? यह प्रश्न मेरे मन में इस संग्रह को अंतिम रूप देते हुए बराबर बना रहा। निबंध की विधा से मेरा मोह बचपन में ही स्थापित हो गया था। जवानी की ओर बढ़ती किशोरावस्था में, जब कविता लिखना आम बात होती है, मैंने निबंध ही लिखे जो कभी-कभी लेख बन जाया करते थे। इन दोनों ही रूपों में गद्य लिखना 'पुरोधा' के संपादक रवींद्रजी के प्रोत्साहन से बचपन और कमाऊ युवावस्था के बीच के वर्षों में अबाध चला।

सत्तर के दशक की शुरुआत से दिल्ली में रहते हुए मैंने पाया कि उस तरह के निबंध के लिए जगहें बहुत कम रह गई थीं जिसमें किसी घोषित विषय का होना ज़रूरी नहीं रहता है। अंग्रेज़ी के वर्चस्व से जूझते हिंदी-समाज की प्रकाशित रचनाशीलता के लिए पत्रकारिता की ओट लेना अनिवार्य-सा हो गया था। आकार और शैली, दोनों के लिहाज़ से गद्य में होनेवाली अभिव्यक्ति पत्रकारिता की क्रूर सीमाओं में तेज़ी से बँधती जा रही थी। साहित्य की समीक्षा को छोड़ दें तो वैचारिक लेखन की माँग और जगह हिंदी में कम ही रही है; मेरी युवावस्था में यह जगह सिर्फ़ समाचार पत्रिकाओं और अख़बारों में थी, या फिर लघु पत्रिकाओं में जिनके पाठकों की संख्या बहुत ही सीमित रहती है। निबंध लिखने का संस्कार इस परिस्थिति से प्रभावित अवश्य हुआ, पर छूटा नहीं। सर्वेश्वरदयाल सक्सेना और रघुवीर सहाय के कारण मेरे लिए यह संभव हुआ कि मैं *दिनमान* में किसी विषय पर इस तरह लिखूँ कि विचार करते-करते स्मृति, कल्पना और भावना पर रोक न लगानी पड़े, जैसा कि पत्रकारीय लेखन में अक्सर होता है। मेरा सौभाग्य ही था कि एक बार इस प्रवृत्ति के मज़बूत हो जाने के बाद मुझे ऐसे संपादक मिलते गए जो इस प्रवृत्ति को सहन करते जाते थे, बल्कि कई बार उसे प्रोत्साहित भी करते थे। अस्सी

के दशक में राजेंद्र माथुर ने मेरे जीवन में यह भूमिका निभाई और चालू दशक में राजेंद्र यादव निभा रहे हैं।

इस संग्रह को बनाने में मेरे पुराने मित्र डॉ. श्यामबिहारी राय ने बहुत मदद की है जिसके लिए मैं उनका आभारी हूँ। उन्हीं का सुझाव है कि मैं यहाँ शामिल कुछ रचनाओं के लिखे जाने का मूल संदर्भ उन पाठकों की सुविधा के लिए दर्ज़ कर दूँ जिनके हाथों में इस किताब के पहुँचने तक उन संदर्भों की सार्वजनिक स्मृति धूमिल पड़ चुकी होगी। 'स्त्री कितना डराएगी' जलगाँव के स्कूल-कॉलिजों की सैकड़ों लड़कियों के स्थानीय राजनैतिक प्रतिष्ठितों द्वारा वर्षों किए गए यौन-शोषण से शुरू होता है। यह भयानक सिलसिला '94 की जून में प्रकाश में आया था। 'उन्मादी संस्कृति की रचना' के आरंभ में जिस विज्ञापन का ज़िक्र आया है, उसी को देखकर मैं यह लेख लिखने को प्रेरित हुआ था। एक तरफ़ खाड़ी-युद्ध और दूसरी ओर राम-जन्मभूमि आंदोलन के चलते सरकारी टी. वी. पर इस विज्ञापन का प्रसारण मुझे एक रोचक मामला जान पड़ा था। उस समय यह स्पष्ट नहीं था कि बात बाबरी मस्जिद को तोड़कर ही बनेगी जो '92 के अंतिम माह में हुआ और 'हिंदू मन की खोज' लिखने की प्रेरणा बना। एक अन्य भयानक घटना, जिसके बारे में लिखे बिना जीते जाना बहुत कष्टकर होता, राजस्थान में रूपकँवर नाम की एक लड़की का सती होना थी। 'राज्य और समाज का द्वंद्व' '90 के उत्तरार्ध में मंडल आयोग की सिफ़ारिशें लागू किए जाने की सरकारी घोषणा से पैदा हुए बवाल के बीच लिखा गया था। 'भाषा और विचार के तनाव' '93 के अंत में वर्ष-भर की हिंदी पत्रकारिता का जायज़ा लेने के लिए लिखा गया था। शेष रचनाओं के संदर्भ या उनमें आए हुए तात्कालिक प्रसंग अलग से बताना ज़रूरी नहीं है। इलिच की भेंटवार्ता के बारे में यह दर्ज़ कर देना पाठकों के लिए उपयोगी होगा कि यह भेंट '76 की है। 'विचार और पंथ' इससे भी पहले 'पहल' के प्रथमांक में छपा था।

इन रचनाओं को चुनने और उन्हें दुबारा पढ़ने के बहाने इस लंबे दौर पर नज़र डालना मेरे लिए कई अर्थों में एक भावुक अनुभव था। कई दोस्त जो इन रचनाओं में कहीं-न-कहीं मौजूद हैं, आज संसार में नहीं हैं। कई सरोकार और विश्वास, जो पंद्रह-बीस वर्ष पहले आम थे, आज काफ़ी सिमट गए हैं। इस दौर की चार-छः बहुत बड़ी घटनाएँ आज उतनी बड़ी नहीं लगतीं क्योंकि एक और भी बड़ी घटना हमारे सामने आकार ले रही है। ये चार-छः बड़ी घटनाएँ थीं आपातकाल की घोषणा, भोपाल गैस दुर्घटना और सिखों की सामूहिक हत्या, रूपकँवर का सती होना, मंडल रिपोर्ट के ख़िलाफ़ आत्मदाह और बाबरी मस्ज़िद का ढहाया जाना। इन भयावह त्रासदियों से भी बड़ी राष्ट्रीय

त्रासदी के रूप में नई आर्थिक नीतियों के तहत राष्ट्रीय हितों और दृष्टि का विश्व पूँजीवाद के चरणों में समर्पण हमारी आँखों के सामने हो रहा है। रचना की प्रक्रिया किन शैलियों में इस विराट षड्यंत्र को समेटेगी, यह आज कहना कठिन है। हिंदी संघर्ष की भाषा रही है। इस नये और भारी संघर्ष में उसकी चमक और धार बढ़ेगी, ऐसा मेरा विश्वास है।

1 मई 1995

कृष्ण कुमार

क्रम

1

अपसंस्कृति की ध्वजा

महादेवी वर्मा ने 'संस्कृति का प्रश्न' शीर्षक निबंध में लिखा था कि संस्कृति मनुष्य की प्रवृत्तियों का परिष्कार करती है और इस परिष्कार से पैदा होनेवाली विशेषताओं को संरक्षित करती चलती है। ये विशेषताएँ ही संस्कृति को वह शक्ति देती हैं जिसकी मदद से वह मनुष्य का, उसकी प्रवृत्तियों का परिष्कार करती है। इस बात को हम एक सहज रूपक में बदलना चाहें तो कह सकते हैं कि संस्कृति ऐसा विलक्षण साबुन है जो समाज की दैनंदिन धोवन से बनता है। वह जादुई प्रभाव किसका है जो हमारे स्नान से निकले मैले जल को साबुन में बदल देता है ?

इस जादुई प्रभाव को समझने के लिए हमें 'मैले' की व्यंजना को फैलाकर देखना होगा। संस्कृति के एक महत्त्वपूर्ण अंग 'भाषा' को लें तो बात आसानी से समझी जा सकती है। महादेवी के तर्क के सहारे चलें तो हम देख सकते हैं कि जो भाषा 'मैली' होने का जितना जोखिम उठाएगी, उतना अधिक वह मँजेगी और उसी अनुपात में विचारों और भावनाओं की अभिव्यक्ति को माँजने की उसकी सामर्थ्य बढ़ेगी। इसके विपरीत, यदि किसी भाषा को शुद्ध रखने का प्रयास किया जाए तो इस प्रयास के फलस्वरूप न वह खुद मँजेगी और न ही उसमें अभिव्यक्ति के परिमार्जन की क्षमता का विस्तार होगा। भाषा के 'मैली' होने से आशय उसका अलग-अलग परिस्थितियों में कई तरह के समूहों द्वारा बरता जाना है। उसे शुद्ध रखने के प्रयास से आशय 'बाहरी' प्रभावों से मुक्त रखने की कोशिश से है। किसी भाषा के संदर्भ में 'बाहरी' और 'भीतरी' का भेद पैदा हो जाना ही इस बात की निशानी है कि उसे 'मैला होने' से बचाने में किसी समूह-विशेष के न्यस्त स्वार्थ लगे हैं। हिंदी को शुद्ध रखने (विशेषकर उर्दू की परंपरा से अलग करने) के पीछे ठीक यही स्थिति रही है।

भाषा की इस मिसाल से हम महादेवी के अर्थ की जड़ में जा सकते हैं। उनकी बात की जड़ यह विश्वास है कि भाषा समेत संस्कृति के विभिन्न तत्त्वों को निखारने वाली शक्ति और कुछ नहीं, सामाजिक जीवन की गतिशीलता है। यदि संस्कृति के किसी पक्ष को समाज के परिवर्तनशील अनुभव का स्पर्श मिलना बंद हो जाए तो वह पक्ष महादेवी की समझ में सांस्कृतिक नहीं रह जाएगा। उस पक्ष में ऐसे अवयव बढ़ते जाएँगे जो मनुष्य की प्रवृत्तियों का परिमार्जन नहीं करते। इन अवयवों के बढ़ने से संस्कृति की वह ताकत कमज़ोर पड़ती जाएगी जो सामाजिक जीवन में शरीक प्रवृत्तियों के परिमार्जन से पैदा हुई विशेषताओं का संचय करती है।

इन अवयवों को संस्कृति के जड़ तत्त्व कहना अनुचित न होगा। जड़ से आशय होता है मरा हुआ—जिस तत्त्व का जीवित दुनिया से संपर्क कट जाए, वह मृत ही है। उसे कितना ही चमचमाकर दिखाया जाए, कितने ही पवित्र आग्रहों के साथ परोसा जाए, रहेगा तो वह मृत ही। ऐसे अवयवों में जीवन के चिन्ह ढूँढ़ना बेकार है। पत्थर को तोड़िए, घिसिए तो बहुत-से-बहुत एक चिंगारी निकलेगी, अंकुर नहीं निकल सकता। आखिर पत्थर कोई बीज नहीं है। फिर भी यह सच है कि पंचतंत्र की कथा के चार धूर्तों की तरह कुछ समूह पत्थर को बीज की मान्यता दिलाने में सफल हो जाते हैं। धार्मिक पुनरुत्थानवाद का बढ़ता हुआ प्रभाव ऐसी ही सफलता है। इस प्रभाव के ज़ोर से कई अच्छे-भले ऐसा मानने लगे हैं कि हमारे समाज की समस्याओं का निदान सुदूर अतीत में ढूँढ़ा जा सकता है।

अतीत में दिलचस्पी लेना, उसकी जाँच-पड़ताल करना एक बात है, अतीत को महिमामंडित करना, उसमें बैठकर वर्तमान को देखना एक बिलकुल फ़र्क बात। अतीतस्थ मन की दशा एक मानसिक बीमारी से कम नहीं। यह बीमारी सबसे पहले कल्पना-शक्ति का नाश करती है, फिर धीरे-धीरे व्यक्तित्व की अन्य ताक़तों की तरफ़ बढ़ती है। तर्कशक्ति कमज़ोर पड़ती जाती है, लचीले ढंग से सोचना नामुमकिन हो जाता है, सूझबूझ जाती रहती है। दिमाग क्षणिक आवेगों पर काबू पाने में ही सारी शक्ति लगा देने को व्याकुल रहने लगता है और इस काम के लिए उसे किसी सख़्त आस्था की ज़रूरत रहती है। ऐसी आस्था किसी व्यक्ति या संगठन में हो सकती है और किसी कार्यक्रम में भी। आस्था के प्रभाव से वह व्यक्ति (जो प्रायः नेता हुआ करता है) या संगठन एक मिथक बन जाता है और उसका दिया हुआ कार्यक्रम एक नियति दिखने लगता है। इस मनोदशा से ग्रस्त आदमी एक खोल में रहने लगता है जिसमें न तो कहीं से विचार का प्रवेश संभव रहता है, न किसी के भावनात्मक स्पर्श के पहुँचने की गुंजाइश रहती है।

यदि ऐसी मनोदशा किसी समाज के ख़ासे बड़े हिस्से में फैल जाए तो उसके कुछेक अप्रत्याशित से दिखनेवाले परिणाम हो सकते हैं। जो समाज अपनी कल्पना-शक्ति और मानसिक लोच खो दे, वह अन्य समाजों और संस्कृतियों की नक़ल करने के लिए एक तरह से मजबूर ही है। लेकिन ये चीज़ें जिस तरह घटित होती हैं, उसे देखकर लगता है कि सांस्कृतिक पुनरुत्थानवाद विदेशी संस्कृतियों की नकल का विरोध कर रहा है। सत्य यदि प्रत्यक्ष दिखने लगे तो सत्य ही क्या रहा ? सामाजिक सत्य प्रायः घटनाक्रम के बहुत नीचे छिपे रहते हैं। उन्हें पहचानने के लिए सामान्य मान्यताओं से हटकर झाँकना ज़रूरी होता है। आज की परिस्थिति में ख़ास तौर से हिंदीभाषी समाज को ध्यान में रखकर झाँकें तो हम देख सकेंगे कि सांस्कृतिक पुनरुत्थानवाद और पश्चिम की अंधी नक़ल एक ही मनोदशा के दो विकृत परिणाम हैं। हमारी संस्कृति में जड़ तत्त्व की बाढ़ का ही असर है कि हम एक तरफ़ अपनी समस्याओं का हल अतीत में खोज रहे हैं और दूसरी तरफ़ पश्चिम के देशों की नक़ल करने में लगे हैं।

ये दोनों ही प्रवृत्तियाँ अपसंस्कृति को बढ़ावा दे रही हैं। जहाँ संस्कृति मनुष्य के जीवन को परिमार्जित करती है, वहाँ अपसंस्कृति जीवन को खोखला बनाती है। लेकिन ऊपर से देखने से अपसंस्कृति की टीमटाम का मुक़ाबला नहीं। वह पैदल चलनेवाले राम को जापानी टोयोटा कार पर देश में घुमाती है। देश को सिर्फ़ प्रशासनिक नहीं, मानसिक आज़ादी दिलाने के लिए चिंतित महात्मा गाँधी के जन्मदिन पर केबल टी. वी. का हिंदी में पदार्पण अपसंस्कृति का एक ज़बरदस्त हमला है। वैसे ही टी. वी. के माध्यम से हिंसा से ओतप्रोत जीवनशैली समाज के कोने-कोने में पहुँच रही थी। राज्य इस प्रक्रिया का मूक दर्शक रहता तो उससे हमदर्दी की जा सकती थी, पर वह तो पूरी सक्रियता के साथ संस्कृति के हर प्रतीक की नीलामी में शरीक था। अब राज्य से ज़्यादा ताक़त रखनेवाले व्यापारी संस्कृति के बाज़ार में आ पहुँचे हैं। वे धार्मिक पुनरुत्थानवाद और पश्चिम के अंधानुकरण दोनों को निस्संगतापूर्वक पागलपन की हदों तक ले जाने के लिए कटिबद्ध हैं। उनका ध्येय अपसंस्कृति के विष से हमारे दिमाग़ को इस क़दर खोखला बना देना है कि हमारी संतान वह बचाखुचा मूल्यबोध भी खो बैठे जिसे हमारी पीढ़ी व्यवहार के स्तर पर न सही, केवल स्मृति के स्तर पर सुरक्षित रखने की कोशिश कर रही थी।

अपसंस्कृति की विजय का झंडा आज किस शहर-क़स्बे में नहीं देखा जा सकता! बस, गाँवों की कसर है, हालाँकि सांस्कृतिक और आर्थिक टूटन की ज़मीन वहाँ पहले से तैयार है। बहुत देर हो चुकी है, पर यदि इतनी देर से ही सही, संस्कृति के परिमार्जक तत्त्वों को उभारने में हमारी रुचि है तो

हमें सबसे पहले अपसंस्कृति की ध्वजा को सार्वजनिक रूप से पहचानना होगा। यह कोई साधारण ध्वजा नहीं जो दोनों तरफ़ से एक-सी दिखे। संस्कृति का काम है कि विवेक पैदा करे, अपसंस्कृति तो माया और भ्रम से ही काम लेती है। इसीलिए उसकी ध्वजा एक तरफ़ से फिरंग है तो दूसरी तरफ़ से देखने पर बजरंग मिलती है। इतने गहरे स्तर पर अंतर्विरोधी सृष्टि करनेवाली शक्ति के सामने टिकने के लिए समाज को आज भारी मनोबल चाहिए, निगाह और कल्पना चाहिए। ये ही वे साधन हैं, जिनके सहारे हम संस्कृति की धारा में उतरा रहे म्रियमाण तत्त्वों को अलग कर सकते हैं। महादेवी ने अपने लेख में संस्कृति के निर्मित और निर्माणाधीन पक्षों में अंतर किया था। आज की परिस्थिति में निर्माण पक्ष का चरितार्थ अपसंस्कृति के फैलते हुए संचार को चुनौती देना ही हो सकता है।

2

हिंदू मन की खोज

हिंदू होने का मायना खोजते वक़्त अपनी निजी नियति से घिर जाना बहुत आसान है। मेरी समझ में हिंदू होने का कोई ऐसा अर्थ सोच सकना या बताना बहुत कठिन है जो सभी हिंदुओं को मान्य हो। यह बात लिखते हुए मैं निश्चय ही इस मान्यता से प्रभावित दिख रहा हूँ कि अन्य धर्मों के संदर्भ में ऊपर कही गई बातें लागू नहीं होतीं। यह मान्यता वस्तुतः कितनी सच है, यह जाँचने का मेरे पास कोई व्यक्तिगत आधार नहीं है, न ही मेरे पास ऐसे साधन हैं जिनकी मदद से मैं इस मान्यता का परीक्षण कर सकता। ऐसा एक मुख्य साधन ज्ञान हो सकता था। यानी यदि मेरे पास सभी धर्मों का पर्याप्त ज्ञान होता तो मैं हिंदू होने के अर्थ की ईसाई, मुसलमान, बौद्ध या यहूदी होने के अर्थ से तुलना कर सकता था। पर थोड़ा और सोचा जाए तो यह संभावना भी एक भ्रम ही ठहरती है। ज्ञान यदि अनुभव बन सकता या अनुभव का रास्ता ही प्रशस्त कर सकता होता तो विभिन्न धर्मों के अनुयायियों के झगड़े बहुत कम हो जाते। धर्म के बारे में जानना और उसे जीना शायद एक-दूसरे से काफ़ी अलग प्रक्रियाएँ हैं।

किसी धर्म में पैदा होकर हम एक समूचा वातावरण अपने भीतर बिठा लेते हैं। थोड़ा बड़े होने तक अपने भीतर रचे हुए उस वातावरण से हम इतना गहरा सामंजस्य बिठा चुके होते हैं कि हम उससे दूर होकर दुनिया को देख ही नहीं सकते। साथ ही उस भीतरी वातावरण को भी हम निरपेक्ष होकर नहीं देख सकते। इसीलिए जब कोई किसी धर्म में निहित आदर्शों की बात करता है तो वह दरअसल उन ग्रंथों या परंपराओं में निहित आदर्शों का विश्लेषण कर रहा होता है जो उस धर्म से जुड़े हैं। यह कतई ज़रूरी नहीं है कि उस धर्म को माननेवाला कोई व्यक्ति उन आदर्शों से अनुप्राणित हो। इस तरह के विश्लेषणों का महत्त्व बहुत-से-बहुत संवाद चलाने के लिए होता है। संवाद

दूसरे धर्मों के साथ हो सकता है और एक धर्म के भीतर भी हो सकता है। हिंदू धर्म और जीवन-पद्धति के आदर्शों का सर्वपल्ली राधाकृष्णन् द्वारा किया गया विश्लेषण अन्य धर्मों के साथ संवाद का एक उदाहरण है। इस विश्लेषण की एक हिंदू के लिए शायद ही कोई प्रासंगिकता हो। इसी तरह के विश्लेषण ईसाई या इस्लाम धर्म के संदर्भ में कोई करे, और कइयों ने किए भी हैं, तो उनका महत्त्व एक ईसाई या एक मुसलमान के लिए विशेष नहीं होगा। इसी तर्क के तहत हम कह सकते हैं कि रसेल की *मैं ईसाई क्यों नहीं* हूँ जैसी पुस्तक का भी कोई ख़ास अर्थ एक ईसाई के लिए नहीं हो सकता। ऐसे शख़्स का उदाहरण ढूँढना कठिन होगा जिसने यह किताब पढ़कर ईसाई न रहने की प्रेरणा पाई हो।

एक धार्मिक समूह में पैदा होने का आशय कुछ प्रतीकों, मान्यताओं, विश्वासों और व्यवहारों से जुड़े होने से अधिक आँकना व्यर्थ है, हालाँकि हम कई बार इस इच्छा से भर उठते हैं कि अपने धर्म की अपनी निजी संदर्भ में और गहरी व्याख्या करें। यह इच्छा विशेषकर तब पैदा होती है जब हम अपनी धार्मिक पहचान को लेकर किसी त्रासदी से गुज़र रहे होते हैं। हिंदू होने के नाते मेरे जैसे अनेक लोग 6 दिसंबर 1992 की रात इस इच्छा से बुरी तरह घिर गये थे। हमारी कई मान्यताओं को उस दिन भयानक चोट पहुँची थी, इस कारण ये मान्यताएँ हमें अपने हिंदू होने का यक़ीन दिलाने के लिये पर्याप्त नहीं रह गई थीं। सबसे बड़ी मान्यता जो उस दिन आहत हुई थी, स्वयं अपने बारे में थी—कि हम ऐसा काम करनेवालों में नहीं हैं। हिंदू होने के जातीय संस्कारों में यह एक महत्त्वपूर्ण संस्कार है कि हिंदू धर्म दूसरों की धार्मिक इमारतें तोड़कर नहीं फैला। इस संस्कार को ऐतिहासिक दृष्टि से जाँचना व्यर्थ ही है क्योंकि संस्कार इतिहाससम्मत या तथ्यसम्मत नहीं होते। इन्न बौद्ध इमारतों या संस्थाओं को हिंदू शक्तियों द्वारा सुदूर अतीत में पहुँचाया गया नुक़सान इस विश्वास पर कोई असर नहीं डाल पाता है कि हम हिंदू 'ऐसा' नहीं करते हैं। इस विश्वास को 6 दिसम्बर 1992 को अयोध्या में घटी घटना ने गहरी चोट पहुँचाई। इस चोट की वजह से हममें से अनेक लोग अभी तक अपनी-अपनी धार्मिकता की गहरे-से-गहरे स्तर पर विवेचना करने का प्रयास किए चले जा रहे हैं।

चोट का कष्ट हमें दो दिशाओं में ले जा सकता है। एक दिशा है कष्ट को भूलने के तरीक़े जुटाने की। इस दिशा में आगे बढ़ने के लिए अयोध्या की घटना का दोष सरकार को देना हमारी मदद करता है। घटना के लिए ज़िम्मेदार दलों व संगठनों ने प्रधानमंत्री को दोष दिया और इस तरह अपने-आपको अपराधमुक्त करने के अलावा उस जनसामान्य को भी अपराधी

भाव से छुटकारा दिलाने का प्रयास किया जो अयोध्या के विवाद में भाजपाई दृष्टि का पक्षधर् था। भाजपाई तर्कप्रणाली कितनी वक्र और कपटपूर्ण है, यह दिखाने के लिए यहाँ मेरे पास जगह नहीं है (रुचि रखनेवाले पाठक *नवभारत टाइम्स* में 13 मई 1991 को प्रकाशित 'भरमानेवाले शब्दों के अर्थ' शीर्षक मेरा लेख देख सकते हैं।) यहाँ इतना ही बताना पर्याप्त है कि भाजपा की एक आँख बराबर इस जिम्मेदारी पर रही है कि उसकी समर्थक जनता 6 दिसंबर की घटना को मनोवैज्ञानिक ढंग से पचा सके। ऐसा करने के लिए कांग्रेस की राजनीति और भाजपा की राजनीति में फर्क स्थापित करना ज़रूरी था। "राजनीति वे करते हैं, हम तो अपनी नैतिक ज़िम्मेदारी निभा रहे हैं"—इस प्रचार को सफलता मिली ही इस कारण है कि भाजपा के बरी होने में कम-से-कम उत्तर भारत में हिंदू मध्यम वर्ग के एक बड़े हिस्से की अपराधबोध से मुक्ति निहित थी। इस वर्ग और भाजपा के बीच तादात्म्य काफ़ी पहले स्थापित हो चुका था (इस तादात्म्य का विश्लेषण 'हिंदी का सपना' शीर्षक लेख में किया गया है)। इस कारण अपराधबोध से छुटकारे का ज़िम्मा उसी संगठन पर आता था जिसने अपराध किया था।

अपराधबोध के कष्ट, जिसमें आत्मछवि को पहुँची चोट का कष्ट ही प्रमुख है, को भूलने की दिशा में बढ़ने के और भी अनेक साधन हैं। व्यस्त रहना आधुनिकता का लक्षण और तकाज़ा है। नयी चिंताएँ, नये कार्यक्रम विशाल जनसमूहों की स्मृति को उलझा देने, उसे नये आकार में गढ़ देने के लिए नियमित रूप से सायास इस्तेमाल किए जाते हैं। अयोध्या की घटना को भुलाने में भाजपा और उसके सहकर्मियों के अलावा सरकार की भी पूरी रुचि है क्योंकि भले सरकार स्वयं अपराधी न रही हो, अपराध ठीक से किया जा सके, इसका इंतज़ाम तो उसने किया ही था। वैसे भी पूँजीवादी व्यवस्था के तहत विकास में रचना और स्मृति को परस्पर-विरोधी बना दिया जाता है। विकास की प्रक्रिया में आँख मूँदकर आगे बढ़ने का जो भाव आज अनिवार्य रूप से प्रतिष्ठित है, उसकी माँग रहती है कि परसों की घटनाओं को भुला दिया जाए। आपातकाल, सन् चौरासी का सिख हत्याकांड और ऐसी कई घटनाओं की तरह अयोध्या के ध्वंस को भुला देना पूँजीवादी विकास की मानसिक तैयारी का अंग है। फिर जिस घटना में आत्मछवि पर लगी चोट का कष्ट छिपा हो, उसे भुला देने को तो लोकमन वैसे भी लालायित रहता है।

चोट का कष्ट जिस दूसरी दिशा में हमें ले जा सकता है, वह आत्ममुग्धता से मुक्ति की दिशा है। आत्ममुग्ध होने का भाव वैसे तो हर एक धर्म में रहता है, पर हमारे धर्म में कुछ ज़्यादा ही है या कम-से-कम इन सौ-सवा सौ वर्षों में अतिरेक पर रहा है। इस भाव को बढ़ाने में मैक्समुलर सरीखे

उन पश्चिमी विद्वानों ने ख़ासी मदद की है जो औद्योगीकरण से पैदा हुए सांस्कृतिक ख़ालीपन को भरने की कोशिश में प्राचीन धर्मों और संस्कृतियों को समझने की चेष्टा कर रहे थे। औपनिवेशिक गुलामी से आहत हमारे उस समय के बौद्धिकों के लिए इस क़िस्म के विदेशी प्रमाणपत्र बहुत प्रिय साबित हुए। हिंदू समाज की आत्ममुग्धता को वैसे भी लंबे समय से किसी ने नहीं छेड़ा था। बुद्ध और कबीर के द्वारा छेड़े जाने की स्मृति काफ़ी धूमिल हो चुकी थी। उन्नीसवीं सदी के अंतिम वर्षों तक आत्ममुग्धता की भावना निखार पर पहुँच चुकी थी। हम भी कुछ हैं, और दूसरों से बहुत ही विशिष्ट हैं—यह भाव हमारे श्रेष्ठ चिंतकों में समा चुका था। इस भाव के रहते गाँधी द्वारा उठाया गया छुआछूत का प्रश्न समाज को मथने में असमर्थ रहा। (मैं यहाँ दक्षिण के समाज की बात नहीं कर रहा जिसकी क्रियात्मक और प्रतिक्रियात्मक दोनों ही शक्तियाँ काफ़ी अलग ढंग से विकसित हुई हैं)।

हिंदू आत्ममुग्धता को यदि कोई घटना विदीर्ण कर सकती थी तो वह महात्मा गाँधी की हत्या थी। इस घटना में वे सारे तत्त्व निहित थे जो हमें यह मानने के लिए मजबूर करते कि हम औरों से विशिष्ट नहीं हैं, कि हमारी जीवनदृष्टि में भी वह संपूर्णता, गहराई और धीरज नहीं है जिसका अभाव हम अन्य धर्मों से जुड़ी जीवनदृष्टियों में पाते हैं। लेकिन गाँधी की हत्या से उभरनेवाली यह संभावना बहुत जल्दी लुप्त हो गई। कानूनी प्रक्रियाओं और राजनीति ने मिलकर हिंदू समाज को इस संभाविता से वंचित कर दिया कि वह गाँधी की हत्या से पैदा हुए अँधेरे से जूझे। मुझे ऐसा भी लगता है कि ऐसी किसी घटना से जूझने का संस्कार हिंदू मन में नहीं है। किसी अपराध को सामूहिक बोध में ढाल लेने का ऐसा संस्कार यदि हमारे मन की बुनावट में होता तो द्रौपदी के अपमान की बदौलत हम अपने समाज में स्त्री की नियति को कब का बदल चुके होते। शम्बूक और एकलव्य की नियति को यदि हम सामूहिक स्तर पर भोग सके होते तो दलितों का ही नहीं, भारत का इतिहास कुछ और होता। इतना अवश्य है कि हम अपराध से स्तब्ध होते हैं, जैसे भीष्म हुए थे, और फिर उसे अपने-अपने स्तरों पर पश्चात्ताप और निवारण का विषय बनाते हैं।

हमारा यह स्वभाव जाति-व्यवस्था की मनोवैज्ञानिक प्रतिच्छवि है। जाति के दायरे हमारे तीखे-से-तीखे अनुभव को परिपाटी की सीमा में सिमटाए रखते हैं। जाति-व्यवस्था के चलते हम ऐसी सामाजिक ऊर्जा कभी पैदा नहीं कर सकेंगे जो मनुष्य की प्रतिभा को खोलती हो। ऐसी ऊर्जा दर्द और सहानुभूति से ही पैदा हो सकती है, बशर्ते ये अनुभव लौकिक जीवन के संदर्भ में सामूहिक पैमानों पर किये जाएँ। सवर्णावस्था और दलितावस्था में बँटी हुई सामाजिकता

दर्द के सामूहिक पैमाने विकसित ही नहीं होने देगी। इस दुष्चक्र को तोड़ना उस दिशा में बढ़ने की आवश्यक शर्त है जिसे अयोध्या के युद्ध में हिंदू संस्कारों को पहुँचाई गई चोट ने ख़तरनाक ढंग से खोला है। इस दिशा में आगे बढ़ने पर आत्ममुग्धता से मुक्ति के साथ उन भयानक अँधेरों से जूझने की ताक़त भी हिंदूजन को मिलेगी जो पूँजीवाद की उत्पादन-पद्धति और संस्कृति से पैदा हो रहे हैं।

ज़ाहिर है यह समूची संभावना इस बात पर निर्भर है कि हम एक नया संस्कार गढ़ पाते हैं या नहीं। यह कहते हुए मैं भूल रहा हूँ कि संस्कार सायास नहीं गढ़े जाते, वे तो कर्म से पैदा हुए अनुभव की सामूहिक मन पर पड़ी छाप होते हैं। हम बहुत-से-बहुत इतना कर सकते हैं कि अपने समय में पड़ रही अन्य प्रतियोगी छापों को पहचानें और जिस छाप को हम वरेण्य समझते हैं, उसके लिए जगह बनाएँ। यह काम एक ऐसे समय में बहुत जोखिम-भरा बन गया है जब हिंदू मन को फ़ासीवादी सामाजिक बुनावट में पिरो देने की ज़बरदस्त तैयारी हो चुकी है। फ़ासीवाद किसी धर्म, समाज या दल की बपौती नहीं है, उपर्युक्त परिस्थितियाँ मिलने पर वह किसी भी समाज में उग जाता है। सवर्णता के दुराग्रह, जो आज़ादी के आंदोलन से क्षतिग्रस्त हुए थे, पूँजीवाद के उत्थान की परिस्थितियाँ पाकर फ़ासीवादी आतंकतंत्र का रूप लिया चाहते हैं। उनका सामना करने में वह अंग्रेज़ीभाषी धर्मनिरपेक्ष वर्ग एकदम असमर्थ है जो हिंदू मन की चर्चा को ही व्यर्थ और शायद प्रतिगामी मानता है। इस संकुल माहौल में संवाद चलाने की ख़ातिर ही सही, हिंदू मन की खोज एक उपयोगी उपक्रम है।

3

विचार का डर

भाषा यदि मनुष्य के मुँह, गले और सिर में फिट की गई मशीन ही नहीं है, मनुष्य की संगिनी भी है तो इसीलिए क्योंकि वह जीवन के निरंतर बगर रहे सत्य को समेटने में मदद करती है। इस पहले ही वाक्य में औरतों के अधिकारों के लिए लड़ रही मेरी कई प्रिय मित्रों को सैक्स-स्टीरियोटाइपिंग की असह्य गंध आयेगी क्योंकि मैंने बगरी हुई चीज़ समेटने के संदर्भ में संगिनी को याद किया है। सच, यहाँ स्टीरियोटाइपिंग की जा रही है, और उसके लिए मैं सचेत रूप से दोषी हूँ। मेरी यह कमज़ोरी है कि मैं किसी नाजुक चीज़ के टूटकर कई टुकड़ों में बिखर जाने पर संगिनी का स्मरण करके ही कुछ सांत्वना और फिर उन टुकड़ों को समेटने का हौसला पाता हूँ। बगरे को बटोरना मेरी स्वाभाविक प्रतिक्रिया नहीं बन सका है, कर्तव्यबोधवश यह प्रतिक्रिया पैदा मैं अवश्य कर लेता हूँ। स्वाभाविक और अर्जित प्रतिक्रियाओं के फ़र्क़ पर बार-बार सोचकर ही मैं इस निष्कर्ष पर पहुँचा हूँ कि अर्जित प्रतिक्रियाओं को स्वभाव का हिस्सा बनाने में भाषा ख़ासी मदद देती है। जहाँ तक बगरे को बटोरने में मददगार संगिनी के रूपक का सवाल है, अभी इस रूपक से मुझे इतना ही वास्ता है कि उसने 'सांत्वना' और 'हौसले' के दो गुण जीवन-संघर्ष से जूझने के लिए उपलब्ध कराए हैं। जीवन की लगातार होनेवाली बिखरन से पैदा हुई टीस में सांत्वना और बिखरे हुए को समेटने का हौसला—ये दो भाषा के सबसे बड़े जीवनोपयोगी काम मुझे लगते हैं। इन दोनों कामों को पूरा करने की क्षमता भाषा में कहाँ से आती है ? इस प्रश्न को इस रूप में उठाते ही हमें साहित्य की ज़रूरत और भूमिका समझ में आने लगती है। साहित्य ही वह ऊर्जा-भंडार है जहाँ भाषा के स्नान, स्वास्थ्य-वर्धन और जीवन की आगामी आतंककारी विपत्तियों के लिए तैयारी का संचालन होता है।

रूपकों की एक ख़ासी समस्या है कि वे एक जगह जाकर मनमाने हो

उठते हैं, यानी जिस तर्क को पुष्ट करने के लिए पैदा होते हैं, एक बिंदु पर उसी की गर्दन पर सवार हो जाते हैं। भाषा के संवर्धन में साहित्य की भूमिका के विवेचन में यह नौबत न आए, इसके लिए हमें उस शैली का मोह छोड़ना होगा जिसने ऊपर के पैराग्राफ में दो रूपक काफी आकर्षण के साथ पैदा किए। मुझे अक्सर लगता है कि राजेंद्र माथुर यदि रूपकों की इस प्रवृत्ति के प्रति सचेत रहे होते तो विचार के क्षेत्र में हिंदी की दरिद्रता पर कुछ वैसा ही रचनात्मक प्रहार करके जाते जैसा वह दैनिक पत्रकारिता की मीडियोक्रिटी पर करके गए। (यह बात अलग है कि उनका यह प्रहार भी दीर्घकालीन असर नहीं छोड़ सका, उनका अपना अख़बार उसी जगह आ गया जहाँ दिवंगत अक्षयकुमार जैन ने उसे स्थापित किया था।) रूपक विचार-प्रक्रिया को रफ़्तार देनेवाले भरोसेमंद उपकरण हैं और हमारी भाषा में उनकी विशेष भूमिका है क्योंकि हमारी भाषा हमारे इलाके के विविध और सघन अनुभवों में ढली है। रूपक हमारी असंख्य शैलियों और वाक्यांशों में समाए हैं। जैसे ही हमें उनकी ज़रूरत पड़ती है, वे उपस्थित हो जाते हैं (यह वाक्य पूरा करते-करते मैं इसमें सोए हुए रूपकों के प्रति सचेत हो रहा हूँ।) दिक़्क़त विचार-प्रक्रिया को गति देनेवाले इस उपकरण को अनुशासित रखने में है। एक रूपक-समृद्ध भाषा में यह समस्या ज़्यादा बड़ी है। ऐसी भाषा का लेखक लगातार इस जोखिम के साथ लिखता है कि तर्क करते-करते वह अपने ही शब्दों में घिर जाएगा और अंत में तर्क की पुष्टि की जगह एक प्रकार की प्रभावशीलता बच रहेगी। रूपक में कहें तो समझ के संतोष की जगह बहुत-सी रोशनी से पैदा हुई चकाचौंध होगी। पाठक को लगेगा कि उसने कुछ पढ़ा है, पर क्या पढ़ा है यह स्वयं उसे स्पष्ट नहीं होगा।

यह उस समस्या की जड़ है जिसका प्रतिफल हम अपने साहित्य में देखते हैं। हमारे साहित्य में वैचारिक कृतित्व का इतना दारिद्र्य है कि कई बार विश्वास नहीं होता कि यह हमारे इतने बड़े, अनुभवी और समर्थ समाज की भाषा है। कविता, कहानी और उपन्यास के दायरे में हमारी भाषा में कितनी ही स्मरणीय, फुरफुरी पैदा करनेवाली कृतियाँ रची गईं, पर विचार की तरफ़ देखें तो एकमुश्त लिखी गई किताब-जैसी एक कृति भी ऐसी नज़र नहीं आती जिसे हिंदी की छोड़िए, रचयिता की ही उपलब्धि कहा जा सके। दर्शन, समाज या संस्कृति, अर्थशास्त्र, राजनीति, मनोविज्ञान और प्राकृतिक विज्ञानों के अध्ययन के किसी क्षेत्र में हम एक भी ऐसी बड़ी रचना नहीं पाते जो मूलतः हिंदी में सोची-लिखी गई हो। भाषाविज्ञान की स्थिति थोड़ी-सी बेहतर है पर इस क्षेत्र में भी कोई बड़ी मौलिक कृति हिंदी में नहीं लिखी गई है, उपलब्ध अवधारणाओं का अच्छा इस्तेमाल करके लिखी गई उपयोगी कृतियाँ भी

चार-पाँच ही हैं। इन और अन्य तमाम विषयों के अन्वेषण से हमारी भाषा को जो समेट मिलती, वह उसे नहीं मिली। ज्ञान के हर क्षेत्र का अपना एक अनुशासन होता है जो मनुष्यों की तर्कशक्ति को अपने विशिष्ट संदर्भों से उपजी चुनौतियों में ढालता है। जो भाषा ज्ञान के विविध क्षेत्रों में निहित चुनौतियों से गुज़रती है, उस भाषा में मनुष्य की तर्कशक्ति की अभिव्यक्ति किन्हीं निश्चित संदर्भों में रँग जाने की बाध्यता से मुक्त हो जाती है। इस मुक्ति का कारण समझना कठिन नहीं है। ज्ञान का हर क्षेत्रीय अनुशासन हमारी सोच के लिए एक ख़ास क़िस्म की बाधाएँ पेश करता है। भाषा में समाए रूपक उस क्षेत्र के संदर्भों से उपजते, नई रूपाकृतियों को दिमाग़ में उपजाते हुए रचनाकार के तर्क को एक निश्चित आकार देते हैं। कोई लेखक किस हद तक अपने तर्क पर किसी अनुशासन-विशेष के रूपकों को हावी नहीं होने देगा—यह बात सिर्फ़ लेखक की क्षमताओं पर ही निर्भर नहीं है, इस बात पर भी निर्भर है कि वह जिस भाषा में लिख रहा है वह ज्ञान के कितने क्षेत्रों में सोच-विचार और अभिव्यक्ति का साधन बनी है। यह ठीक है कि एक महान लेखक के संदर्भ में भाषा की यह संरचनात्मक सीमा बहुत प्रभावी नहीं हो सकती, यानी वह अपनी बात सीमित औज़ारों के बावजूद कह ले जाता है। पर किसी भाषा की समृद्धि एक-दो महान लेखकों से नहीं जाँची जा सकती। ज़्यादा उपयोगी जाँच यह होगी कि कोई भाषा एक औसत पाठक को कितनी गहराई से सोचने दे सक रही है। ऐसी क्षमता किसी भाषा में ज्ञान के विविध क्षेत्रों में अनेक मौलिक पुस्तकों के सृजन से ही आ सकती है, एकाध महान लेखक के कृतित्व से नहीं। वैसे भी महान लेखक वाली बात हिंदी को लेकर अप्रासंगिक ही कही जाएगी क्योंकि हमारे पास ज्ञान के किसी भी क्षेत्र में लिखी गई एक भी मौलिक और महत्त्वपूर्ण मानी गई कृति नहीं है। ज़ाहिर है कि मैं पाठ्यपुस्तकों या शोध-रिपोर्टों की चर्चा नहीं कर रहा हूँ। मेरा संदर्भ ज्ञान के तमाम क्षेत्रों की विवेचना करनेवाला लेखन है।

साहित्य-समीक्षा और पत्रकारिता ही ऐसे दो अपवाद हैं जिनकी उपस्थिति हिंदी में वैचारिक लेखन का भ्रम पैदा करती है। साहित्य-समीक्षा एक महत्त्वपूर्ण वैचारिक कार्य है, पर उसे ज्ञान के क्षेत्र-विशेष की संज्ञा नहीं दी जा सकती। समीक्षा एक परजीवी पौधा है जो अपनी रचनाशक्ति किसी समाज में लिखे जा रहे सर्जनात्मक साहित्य से पाता है। सर्जनात्मक साहित्य अपने-आपमें एक विशिष्ट प्रकार का ज्ञान है जो मनुष्य के स्वभाव, विशेषकर मनुष्य की सामाजिक नियति, के अन्वेषण से पैदा होता है। यह अन्वेषण कई अर्थों में 'विशिष्ट' होता है जिनमें से एक विशिष्ट अर्थ का उल्लेख यहाँ प्रासंगिक होगा। अन्वेषण के अन्य क्षेत्रों में अन्वेषण का फल ही महत्त्वपूर्ण माना जाता है, वहाँ सर्जनात्मक

साहित्य में निहित अन्वेषण का साधन या माध्यम महत्त्वपूर्ण होता है। कहानी या कविता हम इसलिए नहीं पढ़ते कि उसे पढ़कर हमें किसी 'निष्कर्ष' या निदान या कम-से-कम किसी नई सूचना की उपलब्धि होगी (यद्यपि हमारी रूढ़िवादी शिक्षा में स्कूली बच्चों को कहानियाँ और कविताएँ इसी तरह पढ़ाई जाती हैं)। अर्थशास्त्र या भौतिकी का लेख हम उसके निष्कर्षों या उसमें निहित जानकारी के लिए पढ़ते हैं पर सर्जनात्मक साहित्य की कृति को 'पढ़ना' उसके समूचे कलेवर या पाठ्य से गुज़रने का पर्याय होता है। पाठ्य की इस अनिवार्यता के कारण सर्जनात्मक कृतियों पर लिखी गई समीक्षाएँ अपने-आपमें कभी स्वतंत्र नहीं हो सकतीं, भले ही वे बहुत गूढ़ निष्कर्षों तक पहुँची हों। इस 'निर्भरता' के कारण समीक्षा-कर्म को ज्ञान के क्षेत्र-विशेष की संज्ञा नहीं दी जा सकती। समीक्षा-कर्म से भाषा की समेट बढ़ती है, पर उन्हीं राहों पर जिन्हें सर्जनात्मक साहित्य पहले फोड़ चुका होता है।

पत्रकारिता की सीमाएँ और भी स्पष्ट हैं। पत्रकारिता के अंतर्गत लिखी जानेवाली वैचारिक टिप्पणियों का 'आजपन' ही उनकी सबसे बड़ी सीमा होती है। किसी-किसी ख़ास लेखक की टिप्पणियों में अवश्य एक व्यक्तिगत तारतम्य होता है, पर इस तारतम्य को भी हम एक विशद तर्क की समकक्षता नहीं दे सकते। निश्चय ही हिंदी गद्य को कई बड़े लेखकों की पत्रकारीय प्रतिभा का लाभ मिला है। वात्स्यायन और रघुवीर सहाय के *दिनमान* ने हिंदी गद्य के स्वभाव को खोला, यह बात अब स्वीकार ली गई जान पड़ती है, हालाँकि अभी यह माननेवाले निरुत्साहित नहीं हुए हैं कि *दिनमान* ने हिंदी वाक्य-रचना को 'हिंदी के स्वभाव' के विरुद्ध दिशाओं में ठेलने का प्रयास किया (ऐसी टिप्पणियाँ दिखाती हैं कि कुछ लोग 'हिंदी के स्वभाव' को 'जानने' के मामले में कितने अहम्मन्य हो सकते हैं)। *दिनमान* की उपलब्धियों के बावजूद यदि हिंदी में ज्ञानचर्चा का सिलसिला आगे नहीं बढ़ सका (जो रघुवीर सहाय के लिए *दिनमान* का एक महत्त्वपूर्ण लक्ष्य था) तो इसे पत्रकारिता की सीमाओं का ही प्रमाण मानना चाहिए। पत्रकारीय लेखन का कटपीसपन उसकी सबसे बड़ी समस्या है। लेखन की परंपरा विकसित करने में पत्रकारिता का योगदान इसलिए कुछ कमज़ोर रह जाता है क्योंकि पत्रकारिता के तहत किया गया लेखन तात्कालिकता के दबावों से मुक्त नहीं होता। वैचारिक साहित्य के लिए उपयुक्त माहौल तैयार करने का काम पत्रकारिता कर सकती है, पर स्वयं ऐसा साहित्य नहीं दे सकती। पत्रकारिता आज जिस घेराव में जी रही है, उसमें वह अपनी सीमित वैचारिकता की ही रक्षा कर ले तो बहुत है, वैचारिक साहित्य की रचना के लिए उपयुक्त माहौल रचना तो बहुत दूर की बात है। दरअसल इस समय हिंदी पत्रकारिता की हालत दयनीय हो उठी है। फासीवादी शक्तियों

का हमला लगातार हिंदी पत्रकारिता के ज़रिये ही हो रहा है; ये शक्तियाँ जानती हैं कि उनके इरादों की पूर्ति के लिए अंग्रेज़ी पत्रकारिता का इतना महत्त्व नहीं है जितना हिंदी का है। दूसरी तरफ़ पूँजीवाद के उपभोक्तावादी चरित्र की छाया के विस्तार में भी हिंदी की उपयोगिता पहचान ली गई है। तीसरी ताक़त विचारभीरुता की है जो हिंदी के माहौल में पहले से सक्रिय रही है।

यह 'विचारभीरुता' ही हमारे विश्लेषण का केंद्रीय विषय होनी चाहिए। पत्रकारिता हो या साहित्य-समीक्षा, हमारे माहौल में फैली विचारभीरुता कुछ निश्चित आकारों में अभिव्यक्ति पाती है। उसका सबसे आम रूप विचार को व्यक्ति के साथ जोड़ने की प्रवृत्ति में प्रकट होता है। कोई बात कही गई है तो उसका अर्थ समझने या विवेचन करने की जगह हमारा दिमाग़ इस ओर भागता है कि यह बात किसने कही और किस इरादे से कही होगी। हमारे सामूहिक ज़ेहन में बात का महत्त्व ही नहीं, महत्त्व सिर्फ़ व्यक्ति का है। कौन किस बात पर विचार करने का पात्र है, यह तय करके ही बात छापी या सुनी जाती है। कोई टिप्पणी पढ़कर लोग टिप्पणी के भीतर जाने की जगह टिप्पणी करनेवाले की इस टिप्पणी और अन्य टिप्पणियों के बीच अंतर्विरोधों की खोज करना ज़्यादा मुफ़ीद समझते हैं। हम शायद कोई बात सुनना ही नहीं चाहते, बात कहनेवाले से चैंटना चाहते हैं। बात को ग़ौर से सुनने में यह जोखिम है कि वह हमें पचास अन्य बातों पर सोचने के लिए उकसायेगी। एक झंझट होगा, एक ज़िम्मेदारी बनेगी। इसके विपरीत बात कहनेवाले की व्यक्तिगत कमजोरियाँ भाँपकर उस पर चढ़ बैठने या उसे काट खाने में कोई जोखिम नहीं। इस तैयारी से दसियों का काम तमाम किया जा सकता है और अपनी खोपड़ी में एक भी ख़याल पालने की ज़रूरत नहीं। इस दृष्टिकोण से देखें तो विचारभीरुता वैचारिक आलस्य का पर्याय है। फ़र्क़ है तो इन प्रवृत्तियों के स्रोत में। जहाँ वैचारिक आलस्य हमारी कुशिक्षा की देन है, वहाँ विचारभीरुता का जो व्यायाम हमने अभी-अभी टटोला है—बात का वज़न तौलने की जगह व्यक्ति का वज़न तौलना—वह हमारे सामंती संस्कारों से ताल्लुक रखता है।

इन्हीं संस्कारों से एक और प्रवृत्ति उपजती है—हर बात पर सहमति-असहमति के दुपहलू रवैये से सोचना। गोष्ठियों में, संपादक के नाम लिखे गए पत्रों में, पुस्तक-चर्चा में अक्सर यह जुमला मिल जाता है : "मैं लेखक (या वक्ता) से इस बात पर पूरी तरह सहमत हूँ। असहमति केवल इस प्रश्न पर है कि ।" ऐसी उक्तियाँ सुनकर मैं सोचता रह जाता हूँ कि 'पूरी तरह' सहमत होने का मनोवैज्ञानिक अर्थ क्या होता होगा, क्या 'सहमत' होना पर्याप्त नहीं ? शब्दों का अतिरेक उस वेग को छिपाने का एक स्वाभाविक प्रयास है जिसमें बहकर दिमाग़ किसी बात पर ग़ौर करने की ज़हमत से बच जाता

है। इस वेग और उसे छिपाने की स्वभावगत वृत्ति पर सोचना शुरू करूँ तो मैं अक्सर पारिवारिक और स्कूली संस्कृति के उन उलझे हुए प्रसंगों में जा पहुँचता हूँ जो सोचने की जगह चालाकी से उत्तर देना सिखाते हैं। ईमानदारी से सोचना एक धीमा काम है। यदि यह विश्वास न हो कि यह एक अच्छा काम है तो उसके लिए समय निकालना कठिन हो जाता है। परिवार और स्कूल दोनों जगह ऐसा माहौल रहता है कि बच्चा कभी चैन से न सोच सके। मध्यमवर्गीय घरों में ऊपर से थोड़ी-बहुत आज़ादी और साँस लेने की जगह होती है, पर सतह के ज़रा-सा नीचे जाएँ तो बच्चे की वैचारिक घुटन का सारा इंतज़ाम नज़र आने लगता है। इस घुटन में जीना सीखते हुए हम 'हाँ, हाँ' कहने में माहिर हो जाते हैं। बड़े होकर अपनी 'पूरी सहमति' जताना हमें सुख देता है। जहाँ यह संभव नहीं होता वहाँ सहमति के पहले 'अ' जोड़ देने से काम चल जाता है।

घुटन से पैदा हुई वैचारिक असहायता, असहायता से पैदा हुआ वैचारिक आलस्य और इन तीनों की सम्मिलित परिणति के रूप में जन्मी विचारभीरुता का फंदा हमारे समाज, हमारी भाषा को कसे है। मुट्ठी-भर लोग, उनके चंद लेख और कभी-कभार एकाध किताब इस फंदे में से किसी प्रकार खिसक-खिसककर निकल आती है। इनकी संख्या इतनी कम है, और बराबर कम रही है, कि हम इन्हें अपने-आपमें आगे के समय में वैचारिक साहित्य की बुनियाद नहीं मान सकते। बहुत-से-बहुत इन्हें जिजीविषा के प्रतीक माना जा सकता है जो लगातार हमारे साहित्य की एक बड़ी कमी का प्रमाण प्रस्तुत करते हैं। इस कमी को दूर करने के लिए हमें वैचारिक साहित्य की रचना सायास करनी होगी। हमारे समाज की उन प्रवृत्तियों से संबंधित विषयों पर ध्यान देना होगा जो विचार-विरोधी हैं और जिनकी ओर मैंने ऊपर इशारा किया है। हमें ऐसा माहौल रचना होगा जिसमें बैठने, सुनने, तर्क और विश्लेषण करने का समय खर्चा जा सकता हो। अपनी भाषा की तार्किक सामर्थ्य को उजागर करने का काम एक तरह के आदर्शवादी ख़याल की तरह फैलाना होगा। हमें अपने मन को समझाना होगा कि वैचारिक साहित्य की कमी और विचार के डर का इलाज विचार ही है।

4

स्त्री कितना डरायेगी

वैसे तो हरेक सामाजिक घटना में हमारी दृष्टि और समय को एक नई सतह पर ले जाने की क्षमता छिपी रहती है पर ज़िंदगी का प्रवाह अक्सर यह मौक़ा नहीं देता कि हम इस क्षमता का पूरा लाभ उठा सकें। ज़्यादातर घटनाएँ अपने वक़्त की जटिल ज्यामिति को छिपाए ही हमारी याददाश्त की साप्ताहिक और मासिक हदें पार कर जाती हैं और हमें अपनी समझ और संवेदना के पुराने धरातल पर छाड़ देती हैं। कुछ ख़ास घटनाएँ ही ऐसी होती हैं जो हमें धक्का देती हैं, कभी-कभी काफ़ी देर तक हिलाती रहती हैं। इस बात की संभावना वे पैदा कर देती हैं कि हमारे मन में टँगा झोला उलट जाए और उसमें इकट्ठा वे चीज़ें सड़क पर आ गिरें जिन्हें इस तरह एकाएक खुले में बिखरा देखकर हमें पसोपेश, पश्चात्ताप और प्रायश्चित ही नहीं, परिवर्तन की इच्छा भी महसूस हो। ऐसी एक घटना इस समय महाराष्ट्र और मध्यप्रदेश की सीमा पर स्थित जलगाँव नाम के शहर में घटी है। घटना तो पिछले कई वर्षों से घटती चली आ रही थी, वह प्रकाश में अब (1994 की गर्मियों में) आई है। पत्रकारिता के माहात्म्य से ग्रस्त इस युग में किसी बात का प्रकाश में आना ही घटना माना जाता है। इस दृष्टि से जलगाँव की घटना इस लेख के लिखे जाने के समय घटती जा रही है। मेरा वास्ता घटना के इस हिस्से से नहीं है, और वैसे भी मेरा समाजीकृत मन कहता है कि कुछ होगा-हवाएगा नहीं, यानी लोग छूट-छाट जाएँगे और हम बाकी लोग भूल-भाल जाएँगे। पर जो पहले घट चुका है और अब प्रकाश में आया है, वह रहेगा, और हम चाहें तो हमें वैसा कष्ट देता रहेगा, जैसा द्रौपदी ने जीवन-भर पांडवों को दिया होगा। यह कष्ट समाज की सबसे भ्रष्ट ताक़तों के हाथों स्त्री को कुचले जाते हुए देखना और इस अनुभव के कारण अपनी निरुपायता के बोझ में दबे रहना है।

जलगाँव की कहानी निराली क़तई नहीं है, यदि थोड़ा अलग या चौंकानेवाली है तो इसलिए कि वहाँ की लड़कियों का शोषण कई वर्षों तक निर्वाध और इतने बड़े पैमाने पर हुआ। जलगाँव की घटना यह नहीं है कि वहाँ की लड़कियाँ ज़बरन वेश्यावृत्ति के धंधे में ले आई गईं, जैसा कि नेपाल, मुरैना या कि छिंदवाड़ा में आम होता है। जलगाँव के स्कूल और कॉलेज की छात्राओं को राजनैतिक ताक़त रखनेवाले जनप्रतिनिधियों और उनके दोस्तों ने सुनियोजित ढंग से वर्षों तक अपनी हिंसक वासना का शिकार बनाया। ये शब्द–'हिंसक वासना का शिकार'—अपनी अर्थवत्ता इस क़दर खो चुके हैं कि इन्हें इस्तेमाल करते या पढ़ते हुए हम उस यंत्रणा का एहसास भी नहीं कर पाते जिसकी पीड़ा जलगाँव की लड़कियों ने वर्षों तक लगातार झेली होगी। स्त्री के प्रति हिंसक वासना की सैकड़ों कहानियाँ, तस्वीरें और उनसे जुड़ी घटनाएँ हमारे मस्तिष्क में भरी हैं। उनकी बदौलत हमारी वह सहज अनुभूति कुंद हो चुकी है जो हिंसा या 'वासना का शिकार' जैसे शब्दों के ज़रिए जाग सकती थी। जलगाँव का वृत्तांत किसी भी पत्रिका या अख़बार में छपे, वह *मनोहर कहानियाँ* या *सत्यकथा* के अभ्यासी मन को भेद नहीं सकता। इन पत्रिकाओं के नाम ही बता देते हैं कि 'मनोहर' और 'सत्य' जैसे शब्द हमारे सामाजिक मन में कैसी घटनाओं से जोड़ दिए गए हैं। क्रूर संक्षेप में कहा जाए तो ये सारी घटनाएँ स्त्री के मनुष्य होने की अस्वीकृति से उपजी होती हैं। आधुनिक युग में यह अस्वीकृति एक रोगी मनोदशा न रहकर व्यावसायिक लाभ देनेवाली वस्तु बन चुकी है और इस कारण उसकी हज़ारों अनुकृतियाँ नाना माध्यमों से बनाकर बेचना 'स्वस्थ' मनोरंजन की सामग्री का अनिवार्य हिस्सा मान लिया गया है। स्त्री का अमानुषीकरण पूँजी में केंद्रित हमारे युग की सबसे वीभत्स प्रक्रिया है जिसकी ओर हमारा ध्यान इसलिए नहीं जाता क्योंकि वह हर क्षण घटती रहती है। यदाकदा, संयोग से जुड़े किसी नाटकीय घटनाचक्र की पृष्ठभूमि से उभरकर कोई माया त्यागी या रिंकू पटेल, गजरौला या जलगाँव हमें स्त्री के अमानुषीकरण की 'ख़बर' देता है तो हममें से कुछ थोड़ी देर के लिए क्षोभ या तैश में डूब जाते हैं। कुछ समय बाद ये भाव अपने आप हट जाते हैं और हम फिर अपने परिचित संसार में आत्मविश्वास के साथ तैरने लगते हैं।

इस 'परिचित' संसार की बनावट पर गौर करें तो सबसे पहले हमारा ध्यान उस सांस्कृतिक विरासत पर जाता है जो सामंती व्यवस्थाओं से शुरू हुई और आज के पूँजीवादी वातावरण में पूर्णतः सुरक्षित पल्लवन पा रही है। इस निरंतरता की बदौलत आज साबुन या पलँग के गद्दे या गुसलख़ाने की फिटिंग बेचनेवाली कंपनी आसानी से अपने विज्ञापन में बिहारी के किसी दोहे का

इस्तेमाल कर सकती है। यदि वह ऐसा फ़िलहाल नहीं कर रही तो इसका कारण भाषा है, बिंब या विचार नहीं और यह अवरोध भी पेंग्विन प्रकाशन द्वारा *बिहारी सतसई* का अनुवाद छाप दिए जाने से दूर हो गया है। यह स्पष्ट ही है कि सूर, मीरा या तुलसी के मुक़ाबले बिहारी का अंग्रेज़ी अनुवाद प्रकाशित करना ज़्यादा मुफ़ीद क्यों माना गया होगा। हमारी सांस्कृतिक विरासत में स्त्री की गरिमा के दृष्टांतों की कमी नहीं है, पर वे अधिकांशतः स्त्री की कौटुबिंक भूमिकाओं के दायरे में उभरे हैं। पुरुष के संदर्भ में ऐसा क़तई ज़रूरी नहीं रहा है। स्त्री की केवल स्त्री होने के नाते स्वीकृति हमारी परंपरा में एक अमूर्त या सैद्धांतिक अर्थ में भले ही रही हो, समाज के मूर्त संदर्भों में ऐसी स्वीकृति के सबूत दुर्लभ रहे हैं और आज तक दुर्लभ हैं।

अपने रोजमर्रा के जीवन में हम स्त्री की भूमिकाबद्ध उपस्थिति ही पाते हैं। स्वीकृत भूमिका से अलग किसी स्थिति में स्त्री का दिखना एक घटना मानी जाती है। इस बात की सच्चाई का एहसास प्रेमचंद की 'मनोवृत्ति' शीर्षक कहानी आज तक करा रही है। इस कहानी के केंद्र में एक युवती है जो पार्क की बेंच पर सारी रात सोती रहती है। सुबह के वक़्त पार्क में स्वास्थ्य लाभ के लिए आनेवाले लोगों का ध्यान इस स्त्री की तरफ़ इस प्रकार जाता है जैसे बेंच पर लेटा पाया जाना कोई अपराध हो। इन लोगों में युवक, बूढ़े और महिलाएँ भी शामिल हैं। उनकी बातचीत बेंच पर पड़ी स्त्री को तरह-तरह के संदेहों के घेरे में लाकर लांछित करती है और वे ऐसी बातचीत एकदम सहज होकर करते हैं। कहानी पढ़कर हम पार्क और उसमें पड़ी बेंच की सार्वजनिक उपयोगिता की अपनी आम धारणा को खंडित पाते हैं। हम जान लेते हैं कि बेंच पुरुषों के लिए ही सार्वजनिक है। उस पर लेटकर जिस स्त्री ने 'सार्वजनिकता' को चरितार्थ करने का दुस्साहस किया है, वह समाज की दृष्टि में भयानक रूप से हेय हो जाती है। पार्क की बेंच एक बेहद साधारण चीज़ न रहकर समाज में स्त्री की आजीवन क़ैद का खुलासा करनेवाला प्रतीक बन जाती है।

शायद ही कोई ऐसा पाठक इस लेख को पढ़ रहा हो जिसने कभी किसी पार्क की बेंच पर एक स्त्री को लेटे देखा हो। मैंने कभी नहीं देखा। बेंच पर लेटना तो शायद बहुत बड़ी बात है—तभी प्रेमचंद ने इस प्रसंग को चुनकर यह कहानी लिख डाली—सार्वजनिक बग़ीचे में अकेले टहलती हुई लड़की का उत्तर भारत में दिख जाना असंभवप्राय है। इस तरह से सोचता हूँ तो मुझे अपने बचपन के वे तमाम दृश्य याद आ जाते हैं जिन्हें मैं आज तक दिल्ली की सड़कों पर उसी रूप में देखता हूँ जिस रूप में वे टीकमगढ़ नाम के मेरे क़स्बाई नगर की यादों में सुरक्षित हैं। हम लड़कों के लिए सड़क

एक खुली जगह थी जहाँ हम चलते ही नहीं थे, खेलते थे, तरह-तरह के करतब करते थे, या यों ही खड़े रहते थे और दो-चार मिले तो गप करते थे। किसी लड़की के लिए यह सब एकदम नामुमकिन था। लड़कियों के लिए सड़क एक जगह से दूसरी जगह जाने का माध्यम थी—बस। उस पर निष्प्रयोजन दिखना एक असाधारण घटना थी। मैं वर्षों बाद सोच सका कि यह हमारे शहर की लड़कियों के जीवन की कितनी बड़ी और क्रूर विडंबना थी कि वे बचपन के छोटे-छोटे सुख लेने के लिए स्वतंत्र नहीं थीं। पता नहीं उनके समाजीकरण ने उन्हें किस हद तक इन सुखों के प्रति उदासीन और अपनी क़ैद के प्रति संजीदा बनाया था। वे हमें देखकर लगातार न तड़पें, इस उद्देश्य की ख़ातिर ऐसा समाजीकरण आवश्यक था।

अनवरत सोद्देश्यता और जवाबदेही के कठोर साँचों में छुटपन से ही बँध जाना लड़कियों को समाज में स्वीकृत यानी पूरी तरह भूमिकाबद्ध जीवन जीने का पूर्वाभ्यास कराता है। इस पूर्वाभ्यास में ज़रा-सी चूक भी अपराध मानी जाती है। बचपन की आज़ादी और ख़ास तौर से समयबोध से मुक्ति क़स्बाई और शहरी लड़कियों को पाँच-छः साल की उम्र से ही मिलनी बंद हो जाती है। वे अपना रोज़मर्रा का जीवन भी किसी आसन्न दुर्घटना के प्रति आशंकित रहकर जीती हैं। शुरू में इस दुर्घटना की कोई निश्चित तस्वीर नहीं होती, बस एक गहरी आशंका और दबी हुई बेचैनी और इन दोनों की अभिव्यक्ति के तौर पर काया को सिमटाए रखने, ज़्यादा न हँसने और कम बोलने की आदतें व्यक्तित्व में पैठती जाती हैं। इस पैठ के अनुपात में व्यक्तित्व यानी मनुष्य को व्यक्ति बनानेवाला तत्त्व तिल-तिल करके रोज़ कटता जाता है। अंततः किशोरावस्था आती है, एक अलग इनसान अर्थात् व्यक्तित्व का बचा-खुचा भाव समाज से जूझने की एक आखिरी बड़ी कोशिश करता है। जिस दुर्घटना की आशंका में जीने का लंबा अभ्यास मन करता आ रहा था, उसकी तस्वीर स्पष्ट हो जाती है और तस्वीर होने के साथ ही आशंका एक पक्के डर में बदल जाती है। उधर भूमिकाबद्ध जीवन की तैयारियाँ हर तरफ़ बढ़ती जाती हैं। तौर-तरीक़े, उठना-बैठना, कौशल, पढ़ाई, यहाँ तक कि दिलचस्पियाँ—सभी कुछ भूमिकाबद्ध जीवन के साँचे के अनुसार ढल जाता है।

बलात्कार वह दुर्घटना है जिसकी आशंका में जीने का अभ्यास स्त्री के समाजीकरण की धुरी है। मेरा ख़याल है कि स्त्री-पुरुष संबंधों के वे तमाम पहलू जिन्हें अपने दैनिक समाजीकरण के तहत बच्चे हमारी आज की संस्कृति में सीखते हैं, बलात्कार की अवधारणा में ढूँढ़े-पहचाने जा सकते हैं। बलात्कार के प्रतीकार्थों की टोह में जाने के लिए पौरुष और ब्रह्मचर्य की अवधारणाओं पर ध्यान देना ज़रूरी है। संभोग को पौरुष के लिए एक चुनौती मानने की

परंपरा रही है और पितृसत्ता ने इस परंपरा को दुनिया के कई समाजों में ठोस सांस्कृतिक आधार दिया है। हमारे समाज में इस परंपरा को शास्त्रसम्मत माना जाता रहा है, शायद इसी कारण उसके व्यावहारिक प्रभाव-क्षेत्र का दायरा नैतिक और लोकप्रिय अर्थ में धर्मसम्मत मान लिया गया है। पौरुष की संकल्पना का यह विस्तार ब्रह्मचर्य की अवधारणा में सबसे स्पष्ट रूप में दिखाई देता है। बचपन और किशोरावस्था में लड़कों की शिक्षा-दीक्षा कैसी हो, इस सवाल पर लोकमन में सबसे गहरे पसरी अवधारणा ब्रह्मचर्य की ही है। किशोर होने तक लड़कों का वास्ता ब्रह्मचर्य की लोकप्रिय अवधारणा से पड़ चुका होता है। यह अवधारणा स्त्री को लेकर एक गहरा डर किशोर-मन में पैदा कर देती है—इस बात का डर कि स्त्री वह सब छीन लेती है जो मेरी पुरुष होने की पहचान है। विवाह एक बड़ा जोखिम दिखने लगता है और स्त्री की निकटता की स्वाभाविक चाह स्त्री से निबट लेने की चुनौती में घुलमिल जाती है। साधु-संतों और महापुरुषों की कई कहानियाँ और समाज में प्रचलित कहावतें स्त्री की आखेटक छवि को पुष्ट करने में मदद देती हैं।

दूसरी ओर जीवन के दैनिक यथार्थ में लड़का स्त्री की भूमिकाबद्ध उपस्थिति के चारों ओर स्त्री की जिस 'स्वतंत्र' प्रतीकात्मक उपस्थिति से घिरा होता है वह भी कम आक्रामक नहीं होती। इस प्रतीकात्मक उपस्थिति की रचना सिनेमा, टी. वी. और हर राह पर लगा विज्ञापन करता है। स्त्री की यह उपस्थिति मुख्यतः एक वस्तु के रूप में होती है। उसकी मनुष्यता बस इतनी रहती है कि वस्तुरूपा होने पर भी वह मनुष्य होने का भ्रम पैदा करे। सिनेमा की कहानियों में स्त्री की भूमिकाबद्ध उपस्थिति भी इस तरह दर्ज की जाती है कि 'वस्तुपक्ष' प्रधान रहे। फिर बंबइया फ़िल्म जगत का तो साँचा ही ऐसा है कि स्त्री के वस्तुरूप को उभारनेवाली सामाजिक भूमिकाएँ हर कहानी में अनिवार्य रूप से रहती हैं। विज्ञापन में स्त्री का वस्तु में रूपांतर एकदम साफ़ रहता है क्योंकि वहाँ सामाजिक भूमिकाएँ या तो होती नहीं हैं या फिर कहने-भर की होती हैं, जैसे कि कपड़े धोने के साबुन के संदर्भ में पत्नी की भूमिका। विज्ञापन में एक वस्तु होती है जिसे बेचा जाना है, दूसरी वस्तु होती है स्त्री की छवि जो हमारे संस्कार-जगत में पहले से 'बिकी' हुई अवस्था में होती है। इस तरह एक बिकी हुई वस्तु एक अन्य वस्तु को बेचने में मदद देती है। स्त्री का यह सहज और निर्मम वस्तुकरण किशोर लड़के के मन में स्त्री के प्रति डर की भावना से उपजी आक्रामकता और प्रतिहिंसा को एक नई धार देता है। यह प्रक्रिया आधुनिक प्रसार माध्यमों की तरह निरंतर चलती है और स्त्री की मनुष्यता के एहसास के फूट निकलने की किसी भी संभावना पर रोक लगा देती है। ऐसी संकुल स्थिति में बलात्कार की पात्र के रूप में

स्त्री का अंकन मनोरंजन का विषय बन जाए तो आश्चर्य की क्या बात है ! स्थिति की बनावट को समग्र रूप से देखें तो हम इस सत्य को पहचान सकेंगे कि बलात्कार और ब्रह्मचर्य की अवधारणाओं में पूरकता का रिश्ता है।

उधर लड़की की दृष्टि में ब्रह्मचर्य के बारे में सोचें तो एक ही निष्कर्ष हाथ लगता है। स्त्री का कौमार्य और उससे जुड़े यौनशुचिता व अस्मत जैसे संस्कार पुरुष की कृपा को जीवन का सर्वोच्च तथ्य ठहराते हैं। जिस आशंका और डर से घिरकर लड़की अपना बचपन क्षण-क्षण माँगी जानेवाली जवाबदेही को निभाते हुए बिताती है वह आशंका किशोरावस्था के आने पर एक निश्चित रूप ले लेती है। वह रूप होता है बलात्कार का जिसकी सैकड़ों छवियाँ आधुनिक प्रसार माध्यमों में पुरुष-मन के मनोरंजनार्थ दिखाई जाती हैं। फ़िल्मी कहानियों में बलात्कार की घटना से आनेवाले निर्णायक मोड़ किशोर लड़की को इस कठिन सामाजिक सत्य को एक आख़िरी कड़वे घूँट की तरह पी जाने के लिए तैयार करते हैं कि उसके जीवन की सार्थकता उसके अपने वश में नहीं है। यह सत्य दर्शन ही शायद उस हृदयविदारक आज्ञाकारिता का रहस्य है जो जलगाँव की शिक्षित लड़कियों ने अत्याचारी व्यभिचारियों के सामने वर्षों निभाई।

5

उन्मादी संस्कृति की रचना

टी. वी. पर पेट्रोल की बचत का संदेश देनेवाले जो सरकारी विज्ञापन अभी हाल में शुरू हुए हैं, उनमें से एक काफ़ी दिलचस्प है। इस विज्ञापन में एक स्वस्थ मध्यवर्गीय पिता आफ़िस से लौटकर फिर से स्कूटर पर कहीं जाने की तैयारी में है। उसकी बेटी पूछती है तो वह बताता है कि मंदिर जाना है। बेटी समझाती है कि मंदिर जाने के लिए पेट्रोल बरबाद करने की क्या ज़रूरत है, तो वह पैदल जाने को तैयार हो जाता है। रास्ते में एक मित्र मिलता है, जो कार पर सवार है। बाप-बेटी को पैदल जाते देख पूछता है, तो उसे भी बताया जाता है कि वे मंदिर जा रहे हैं। वह पूछता है कि पैदल क्यों, तो बाप उसे समझाता है कि यह सवाल न ही पूछें तो बेहतर है, वरना उसकी बेटी पेट्रोल की बचत पर पूरा लेक्चर झाड़ देगी। कार पर बैठा मित्र दर्शकों से कहता है कि बेटी ठीक कह रही है।

इस विज्ञापन की संरचना पर विचार करें। उसमें दिखाए गए सामाजिक नाट्य के तीन सिरे हैं। एक पर है बेटी, जिसका अंतर्राष्ट्रीय वर्ष दुनिया-भर में सैकड़ों सेमिनारों पर करोड़ों रुपये फूँककर अभी-अभी समाप्त हुआ है। दिल्ली में इस विषय पर अंतिम सेमिनार कनाट प्लेस के पार्क होटल में सम्पन्न हुआ, जिसे एक नवोदित उद्योगपति चलाता है। दिल्ली की सड़कों पर अभी वे तमाम बोर्ड खड़े हैं (इन्हें हटाने में कुछ समय तो लगता ही है; आख़िर एशियाड के मार्गदर्शक बोर्ड भी इतने सालों बाद कहीं-कहीं खड़े रह गए हैं), जिन पर 'बेटी छुएगी आकाश, बस मौक़े की तलाश' जैसे नारे और झूले में पेंग भरती बच्ची के चित्र अंकित हैं। आशय यह है कि बेटी को लोक-चेतना के परिवर्तनशील परदे पर स्थापित करने की सरकारी चेष्टा अभी ताज़ा है। एक प्रतीक के तौर पर बेटी आज की तारीख़ में परिवर्तनकामी शक्तियों के साथ है। कुछ वर्ष पहले की स्थिति अब नहीं है, जब 'मानुषी' जैसी संस्थाओं

के संघर्ष की बदौलत बेटी समाज के पतनशील ढाँचे और मूल्यों पर आक्रमण का माध्यम बनी थी और उसे दहेज़ के लिए जला दी गई बहू के रूप में दिखानेवाले बोर्ड किसी-किसी सड़क पर खड़े किए गए थे। वह आलोचनाई माहौल विदा ले चुका। आज तो नए विवेक, नई व्यवस्था की अगवानी का माहौल है और उसे लाने में बेटी का सहयोग माँगा जा रहा है। राष्ट्रकवि के शब्दों में, 'पलटी गई प्रकृति नाटक की नूतन चित्रपटी'।

तो पहले सिरे पर खड़ी है विवेकवती बेटी। दूसरे सिरे पर है खाड़ी-युद्ध से उत्पन्न पेट्रोल का संकट। जी हाँ, खाड़ी-युद्ध का एक ही आशय भारतवासियों की चिंता का वाजिब विषय बनने दिया गया है और वह है पेट्रोल की संभावित कमी और उससे पैदा होनेवाली आर्थिक दिक़्क़तें। पर्यावरण पर युद्ध के प्रभाव का जिक्र कहीं-कहीं हो जाता है और खानापूरी के इरादे से तेल में स्नात शोकाकुल पक्षी का बिंब दो-तीन सेकैंड के लिए टी. वी. के परदे पर उभर आता है। जो चीज़ बिलकुल ही ग़ायब रखी जा रही है, वह है खाड़ी-युद्ध की राजनीति और उसके राजनीतिक परिणाम, जो भारतसमेत तीसरी दुनिया का हर समाज भुगतेगा। हथियारों की बिक्री पर टिकी अंतर्राष्ट्रीय व्यवस्था को एक महान टॉनिक प्राप्त हुआ है और देतांत, पंचशील, गुटनिरपेक्षता आदि तमाम उच्च विचारोंसमेत शांति की राजनीतिक शक्ति घूरे के ढेर पर डाल दी गई है। पर इस सबमें लोकचेतना की रुचि क्यों हो ? उसे तो पेट्रोल, मारुति और अनवरत विकास से वास्ता है। उपभोक्ता के हितों पर चोट न आए, नागरिक जाए भाड़ में, व्यापारी और उद्योगपति उत्साहित रहें, तेल के जहाज़ आते रहें, यही हमारी सर्वोच्च कामना है। युद्ध से इस प्रक्रिया में व्यवधान पड़ रहा है, इसलिए पेट्रोल की बचत ज़रूरी है। संकट है यानी कुछ दिनों की बात है। एक विवेकशील समाज को अपनी जीवनशैली (जिसमें कारों के उत्पादन में वृद्धि शामिल है) की रक्षा के लिए ऐसे संकट का सामना ठंडे दिमाग़ से करना चाहिए। घूमा करें अमीरों के लौंडे कार में बैठकर दिन-रात, विज्ञापन में पेट्रोल की बचत दिखाने के लिए मंदिर की पैदल यात्रा ही उपयुक्त है।

यही वह तीसरा सिरा है इस विज्ञापन के सामाजिक नाट्य का—मंदिर। मंदिर की पैदल यात्रा अभी लोक-स्मृति में ताज़ा है। मुलायम सिंह यादव ने बसें बंद करा दीं, ट्रेनें रुकवा दीं, चुंगियों पर पुलिस (उनकी छाती पर लिखे नाम प्रायः पिछड़ी जाति का संकेत देते थे) लगवा दी, जिससे कोई मंदिर ने पहुँच सके। जिस उत्तरप्रदेश की कोई सीमा नहीं है, वह घेर लिया गया। किसी ने इटावा चुना, किसी ने झाँसी, तो किसी ने चित्रकूट, पर हर एक प्रवेश-बिंदु पर वही आलम। फिर क्या था, लोगों ने तय किया कि वे खेतों-खेतों

चलकर मंदिर जाएँगे और मुलायम सिंह की राज्य-व्यवस्था को धता बताएँगे। सब नहीं तो भतेरे पहुँचे, गिरफ्तार हुए, पिटे, यहाँ तक कि मारे गए। एक नई मिसाल उन्होंने क़ायम की। राज्य की धर्मनिरपेक्षता भले संविधान में शामिल हो, उसके ख़िलाफ़ बोलने में अब भला किसे और क्यों लाज आए ? उधर आतंकवादी संविधान के ख़िलाफ़ बोलता है, पर वह देशद्रोही है। रथयात्री नेता संविधान के ख़िलाफ़ इसलिए बोलता है, क्योंकि उसका देशप्रेम संविधान की औपचारिकताओं में बँधना बर्दाश्त नहीं कर पा रहा। इस तर्क-प्रणाली से चलो, फिर कहो कि क्यों न सरकारी टी. वी. पर मध्यवर्गीय बाप गर्व से कहे कि वह मंदिर जा रहा है।

अब हमने तीनों सिरे देख लिए तो आइए उन्हें जोड़ें और एक त्रिभुज बनाएँ। यह त्रिभुज है आधुनिकता की दक्षिणपंथी परिकल्पना का। सतही टिप्पणीकार हमें समझाते आए हैं कि वाम और दक्षिणपंथ का द्वंद्व आधुनिकता और परंपरावाद का द्वंद्व है। भारतीय दक्षिणपंथ पर अपनी किताब में एर्डमैन ने कई दशक पहले कह दिया था कि दक्षिणमार्गी दल भी आधुनिकतावादी हैं। दरअसल, यह भेद व्यर्थ था और आज बेमानी हो भी चुका है। जवाहरलाल नेहरू ने भारत को आधुनिक बनाने का जो नुस्ख़ा दिया था, उसके कुछ तत्त्वों को उलटकर और कुछ को बचाकर एक नया नुस्खा आज दक्षिणपंथी दल सशक्त रूप से प्रचारित कर रहे हैं। धर्मनिरपेक्षता उनकी दृष्टि में धोखा है, समता विचारणीय है—पर अभी नहीं। देश की आत्मछवि यानी पहचान सर्वोच्च महत्त्व की चीज़ है और उसका अकाट्य प्रतीक है धर्म। बाकी बची प्रगति की अनिवार्यता, पर उसके लिए खुली आर्थिक नीति यानी राज्य के नियंत्रण से मुक्त एक प्रतियोगी वातावरण चाहिए। इस अंतिम तत्त्व में पूँजीवादी राष्ट्रों से प्रतिबद्धता और उपभोक्तावाद की बेरोकटोक दौड़ शामिल है। इस नुस्ख़े को जन-जन तक पहुँचाना है। जो जितनी समझ रखता हो, उसे उतनी बात बतानी है। तो सबके मतलब की बात है मंदिर, सो वह इस त्रिभुज का शीर्ष रहेगा। करोड़ों निरक्षर भारतीयों के मतलब की बात यही है। शहरी मध्यवर्ग को मतलब है सुखोपभोग से, तो उसके लिए पेट्रोलवाला एंगिल है, जो बचत की बात उठाकर व्यवस्था की बुनियादी दृढ़ता और संकट से जूझ सकने की ताकत की याद दिलाता है (याद करें ग़रीबी से जूझने के लिए डाकख़ाने में बचतखाते के संदेशी विज्ञापन)। रहा बुद्धिजीवी, वह तो आदतन यथास्थिति के विरोध में रहा है और सांस्कृतिक परिवर्तन के बिना मानता नहीं। उसके लिए है बेटी, जो बाप से ज़्यादा बुद्धि की मालिक है। किसी को लगे कि इससे परिवार की व्यवस्था को ख़तरा है, तो वह इस बात पर ग़ौर करे कि बेटी की सलाह में दम का सर्टिफ़िकेट कौन देता है। बाप का दोस्त अपनी

अंतिम भूमिका के ज़रिये पुरुषप्रधानता और बाप की पुनर्प्रतिष्ठा करके ही दर्शकों से विदा लेता है।

यहाँ हम अपने इस शीर्ष प्रश्न पर पहुँचते हैं कि आधुनिक भारत की रचना के इस नये नुस्ख़े का लोकव्यापीकरण संभव कैसे हुआ ? भौतिक परिस्थितियों ने इस नुस्ख़े के प्रसार में जो बड़ी-बड़ी बाधाएँ डाली होंगी, वे कैसे दूर की गईं ? सचमुच यदि भौतिक परिस्थितियों पर विचार करें तो दक्षिणपंथ की विचार-नीति के विस्तार की संभावना हमें दिवास्वप्न प्रतीत होगी। जिस देश में कुपोषण और साधारण बीमारियों से करोड़ों शिशु मर रहे हों, वहाँ आत्म-गौरव की पुनर्स्थापना सस्ता दूध-अन्न और साफ़ पानी मुहैया कराकर होगी या एक चार सौ साल पुरानी मस्जिद तोड़कर ? इतनी व्यापक और निर्मम गरीबी, बेरोज़गारी और बेघरी के रहते आत्मछवि, इतिहास के परिमार्जन और राज्य की धर्म-संबंधी नीति जैसे सवाल लोकमत को प्रभावित कर सके, यही आश्चर्य का विषय होना चाहिए। ज़ाहिर है, भौतिक परिस्थितियों पर परदा डालने की ज़बर्दस्त कोशिश की गई, जनमानस को ज़िंदगी की दैनिक समस्याओं से विमुख करने और रखने का सिलसिला चला, तभी भूख, बीमारी और शोषण से जूझते इस देश में इतिहास की मरम्मत का मुद्दा एक राष्ट्रीय संकट बनाकर उभारा जा सका। जहाँ बच्चों की दैनिक कुशिक्षा, अस्पतालों की गंदगी, सरकारी अधिकारियों के भ्रष्टाचार और रोज़ बढ़ाई जा रही क़ीमतों से खौलकर लोग कोई क़दम नहीं उठाते, वहाँ एक भव्य मंदिर के निर्माण की माँग लेकर लाखों लोग सफ़र करने, डंडे-गोली खाने को तैयार हो गए। कैसे तैयार हुआ यह मायालोक, जिसमें हिंसा के लिए ललकारना राष्ट्रकर्म बन गया ?

इन प्रश्नों का उत्तर किसी एक जगह ढूँढ़ लेना संभव नहीं है, पर मेरा तर्क है कि दैनिक अख़बार की पत्रकारिता ने हमारे देश में विवेक और विश्लेषण की पहले से क्षीण संभावना को चोट पहुँचाकर उन्माद का माहौल रचने में भारी योगदान किया है। इस तर्क को सिद्ध करने के लिए हमें दैनिक पत्रकारिता के मूल स्वभाव पर विचार करना होगा और फिर इस स्वभाव की हमारे संदर्भ में ऐतिहासिक अभिव्यक्ति पर ग़ौर करना होगा। यह मानकर चलना चाहिए कि यह विश्लेषण-यात्रा कष्टप्रद होगी, क्योंकि हमें अख़बारों को सूचनातंत्र के विकास का प्रतीक समझने की आदत रही है। सातवीं-आठवीं में हम सबने 'समाचारपत्रों की उपयोगिता' पर परीक्षोपयोगी निबंध लिखे हैं। हमारे शिक्षकों ने हमें समझाया है कि लोगों में बराबर रहनेवाले ज्ञान, विशेषकर समसामयिक जानकारी (जिसे 'सामान्य ज्ञान' कहते हैं और जिसका नौकरी की परीक्षाओं में विशेष महत्त्व है) की भूख को पूरा करते हैं। यही नहीं, हम मानते आए

हैं कि दैनिक अख़बारों की संख्या, प्रसार-संख्या और विविधता हमारे लोकतंत्र की उदारपंथी प्रकृति का सबूत है। पत्रकारिता को हमने अपने स्वतंत्रता-संघर्ष के इतिहास से भी जोड़ रखा है और उसके चंद कीर्तिमानों को महिमा से अलंकृत कर डाला है। इन्हीं सब संस्कारों की बदौलत हम यह सवाल कभी नहीं उठाते कि जंगलों के विनाश की क़ीमत पर एक-एक नगर से चार-चार अख़बारों को निकलने के लिए प्रोत्साहित करनेवाली सरकारी काग़ज़ और विज्ञापन नीति का औचित्य क्या है ? जब बच्चों को चित्र बनाने के लिए काग़ज़ नहीं है, उनकी कापियाँ तक राशन से बेचने की नौबत आ चुकी है, तो फिर हज़ारों शीर्ष-पंक्तियों में प्रतिदिन चीखनेवाले इन तमाम अख़बारों पर ऐसी कृपादृष्टि क्यों की जा रही है कि उनके लिए यूरोप से काग़ज़ आ सकता है और काग़ज़ मिलों के इर्द-गिर्द की सैकड़ों वर्गमील ज़मीन के बाँसों का सफ़ाया किया जा सकता है ? इतनी विशेष अनुकंपा और उदारता में अभय चल रहे इस उद्योग के स्वभाव और नैतिक ढाँचे का विश्लेषण बर्दाश्त करने के लिए वास्तव में बहुत-सी निस्संगता जुटानी होगी।

प्रसिद्ध मीडियाविद मार्शल मैक्लूहन के गुरु हैरल्ड इनिस ने लिखा था कि जिस समाज में दैनिक अख़बार प्रतिष्ठित हो चुका हो, वहाँ भविष्य को लेकर कोई दूरदृष्टि पनपना मुश्किल है। इनिस ने यह बात अमरीका के संदर्भ में लिखी थी। उनका मानना था कि अमरीकी संस्कृति (सभ्यता तो वहाँ अभी उभरी नहीं) का नैतिक आधार नष्ट करने में दैनिक पत्रकारिता ने बहुत बड़ा योगदान किया है। कारण यह है कि अख़बार हर साधारण दिन को एक ऐतिहासिक इकाई बनाने की कोशिश करता है। वर्तमान को महत्त्व देने की उसकी विवशता एक सीमा के बाद एक तरह की मानसिक बीमारी बन जाती है। प्रतिदिन कुछ नया, कुछ भिन्न परोसने के चक्कर में अख़बार हमारी दैनिक चिंताओं का शोषण करने लगता है। वह सामाजिक संवाद को लगातार वर्तमान-केंद्रित बनाने का प्रयास करता है। हर ख़बर उसके लिए आज के महत्त्व का विज्ञापन होती है और अख़बार चलाने के लिए विज्ञापन तो होते ही हैं। अख़बार का स्वभाव ही ऐसा है कि वह सामाजिक जीवन और समय को अस्थिरता से ग्रस्त दिखाता है। वह एक अस्थिर विश्व की रचना करता है, फिर उसे हमारे मन पर मढ़कर इस रचना को सत्य बना देता है। अतीत का, यहाँ तक कि ताज़ा अतीत का भी, मंथन और भविष्य पर विचार इस अस्थिरताकामी स्वभाव के कारण संभव ही नहीं रह जाता। न केवल अख़बार स्वयं ऐसा चिंतन करने में असमर्थ होता है, वह दूसरों को भी ऐसे चिंतन के लिए अक्षम बनाता चलता है। वह ऐसे माहौल की रचना करता है, जिसमें किसी भी किस्म की निरंतरता एक कल्पना, एक झूठ दिखने लगे। राजनीति

हो या आर्थिक स्थिति, हर तरफ़ आवेग ही एकमात्र सच्चाई दिखने लगता है। दैनिक आवेग युगसत्य बन जाता है। पत्रकारिता का यह स्वभाव अख़बार में सूक्ष्म रूप में ही प्रकट होता है, पर टी. वी. जैसे माध्यम में एकदम मुखर होकर अपनी पराकाष्ठा पर पहुँच जाता है। समाज में सक्रिय एक शक्ति के रूप में पत्रकारिता मनुष्य की चेतना की निरंतरता को निर्मम निश्चय के साथ चोट पहुँचाती चलती है। कोई लेख, कोई विचार इस चोट से बचने में कामयाब नहीं हो पाता, क्योंकि हर बात का दायरा उस दिन की शाम बनाती है और अगली सुबह कुछ नया लाने का भ्रम गढ़कर परोसती है। मनुष्य एक उपभोक्ता बनने की प्रक्रिया के चरम पर पहुँचकर घटनाओं, विचारों, भविष्यवाणियों का ताबड़तोड़ सेवन करने लगता है। हिंसा हो या धर्म, दोनों तात्कालिक आवेग बन जाते हैं। किसी आवेग का अंततः कोई अलग चरित्र नहीं रह जाता। कोई नई चीज़ ख़रीदकर खा लेने का आवेग हो या किसी को पकड़कर मार डालने का, किसी लड़की को पीछे बिठाकर मोटरसाइकिल भगाने का हो या शिक्षा पाकर अफ़सरी चलाने का, या फिर एक मंदिर बनवाकर इतिहास पलटने का, सभी क़िस्मों और स्तरों के आवेग एक बर्बर चेतना को प्रतिक्षण धकेलनेवाले बलमात्र रह जाते हैं। विचार, अध्ययन और विश्लेषण मुट्ठी-भर बौद्धिकों का शौक़ मान लिए जाते हैं और इन बौद्धिक लोगों को अप्रासंगिक बना दिया जाता है।

एक व्यवसाय के रूप में पत्रकारिता का यह विवरण शायद आपको कुछ अतिरंजित लगे और संभव है आप इसे पढ़ते-पढ़ते गणेशशंकर विद्यार्थी, राहुल बारपुते या रघुवीर सहाय जैसे अपवादों की याद कर इस विवरण को नकारने के लिए तैयार हो जाएँ, पर भारतीय संदर्भ में पत्रकारिता के इस मूल स्वभाव ने इतनी मुखर अभिव्यक्ति पाई है कि अंततः उसे नज़रअंदाज करना कठिन ही सिद्ध होगा। यहाँ मैं इस अभिव्यक्ति के एक-दो पक्षों को ही ले सकूँगा। महानगरों से लेकर क़स्बे-क़स्बे से रोज़ निकल रहे छोटे-बड़े अख़बार किसकी संपत्ति हैं ? बड़े अख़बार किसकी संपत्ति हैं। बड़े उद्योग हों या छोटे व्यापारी, देश के दो-चार अखबारों को छोड़कर शेष सब पर उन्हीं की मिल्कियत है। उनमें से कुछ थोड़े संभ्रान्त हैं और अपने सम्पादक को तनख़्वाह के साथ थोड़ी आज़ादी भी देते हैं, पर प्रकाशन और मुद्रण की तकनीकी सीमाएँ, राजनैतिकों की शर्तें, सरकार के दबाव संपादकीय लेख मशीन में दिए जाने के क्षण कितनी आज़ादी दरअसल छोड़ते हैं, यह कोई संपादक अपनी असीम थकान के बीच कभी नहीं बता पाएगा। हर ज़िले के नामी नेता और गुंडों का तो 'अपना' अख़बार है और ज़रूरत के वक़्त कोई भी अख़बार अपना बनाया जा सकता है। छोटे नगर का संपादक, संवाददाता, लेखक (जो प्रायः

एक ही होता है) हर नए ज़िलाधीश का चरण-स्पर्श करके ही क़लम उठाता है और हर वाक्यांश के बाद महामहिम की मुद्रा का परीक्षण करके आगे बढ़ता है, इन जैसे तमाम स्थूल पक्षों का विस्तृत विवरण यहाँ देना ज़रूरी नहीं है, क्योंकि हिंदी का कोई पाठक इनसे अनभिज्ञ नहीं होगा। हिंदी में अब मिलता ही क्या है क़स्बे की दुकान पर सिवाय अख़बारों और पत्रिकाओं के ? क़स्बे की छोड़िए। यदि दिल्ली के हिंदी विषय के अध्यापक और शिक्षक भी किताब पढ़ रहे होते, तो आज हिंदी साहित्य की हर नई कृति कम-से-कम पाँच-सात हज़ार सिर्फ़ दिल्ली में बिक जाती। साहित्य को पत्रकारिता ने लील लिया है। मन को स्थिरता देनेवाली किताब आवेगजीवी पत्रकारिता के आगे ठहर ही कैसे सकती है ? पत्रकारिता का दोस्त तो विज्ञापन है, जो अख़बार के मुखपृष्ठ की लाज छोड़कर (वह भी सदैव नहीं) हर पन्ने पर फैला रहता है। पत्रकारिता की आत्मा पाठक में नहीं, ख़रीदार में रहती है।

हमारे देश की उदीयमान पूँजीवादी व्यवस्था को सांस्कृतिक जनाधार देना पत्रकारिता का विशिष्ट ऐतिहासिक मिशन था। इस मिशन को पूरा करने में उसे शिक्षा का भरपूर सहयोग किस प्रकार मिला, यह मैं विस्तार से अन्यत्र (देखिए *सोशल साइंटिस्ट*, अक्तूबर 1990) बता चुका हूँ। यहाँ इतना कहना ही पर्याप्त और अधिक प्रासंगिक होगा कि हिंदी पत्रकारिता ने उस खोखलेपन का लाभ उठाया जो औपनिवेशिक व्यवस्था से उपजे स्वतंत्र भारत के शासनतंत्र की शिक्षा और प्रसार की नीतियों में निहित था। सबसे साफ़ रूप में यह खोखलापन शासन की भाषा नीति में दिखाई देता था। अंग्रेज़ी पर टिका शासक वर्ग हिंदी का विकास संविधान में अंकित राज्यप्रणाली और समाज-रचना के अनुरूप करने में स्वयं अक्षम था, इसलिए उसने यह गुरु-गंभीर ज़िम्मा उन लोगों के हाथों सौंप दिया जो स्वतंत्रता-संघर्ष के दिनों में ही हिंदी के राजनैतिक उपयोग ताड़ चुके थे। ये लोग समाज के आंचलिक 'एलीट' थे—बड़ी जोतवाले सामंत, शहर के व्यापारी, उच्च जातियों के नौकरीशुदा व्यवसायी इस 'एलीट' वृत्त में शामिल थे। देश को इकाई बनाकर राज कर रहे अंग्रेज़ीदाँ प्रभुवर्ग से होड़ लेने के लिए इस आंचलिक प्रभुवर्ग का औज़ार थी भाषा और उसके ज़रिए फैलाई जा सकनेवाली पुनरुत्थानवादी संस्कृति। दक्षिणपंथी राजनीति का यह प्रच्छन्न रूप था, और अभी कुछ वर्ष पहले तक कोई बड़ा दक्षिणपंथी नेता ग्रह मानने को तैयार नहीं होता था कि यह राजनीति है। भाषा के स्तर पर इस राजनीति ने उर्दू और हिंदी के पहले से प्रचारित आपसी परायेपन को उभारा, प्रतीकों के स्तर पर इतिहास और मिथक को गड्डमगड्ड कर भारत के एक रोमांटिक अतीत और रोमांटिक भविष्य की रचना की। भाषा और प्रतीकों के स्तर पर पुनरुत्थानवाद की इस सूक्ष्म पहल को उन्माद में बदलने का काम

किया पत्रकारिता ने। प्रेस काउंसिल की विशेष समिति (जिसके सदस्य रघुवीर सहाय थे) ने हाल के सांप्रदायिक तांडव में उत्तरप्रदेश और बिहार के जिन अख़बारों की प्रताड़ना की है, उन्हें अपवाद मानना उतना ही ग़लत होगा जितना हिंदी पत्रकारिता के उन्मादी चरित्र को एक आकस्मिक विक्षेप समझना। हमारे देश में दैनिक पत्रकारिता को राज्य की ओर से मिली सुविधाओं और प्रांतीय राजनीति, अपराध-जगत और सूचनातंत्र के रिश्तों का रहस्य जाने बग़ैर हम अख़बार को आठवीं कक्षा के छात्र की दृष्टि से ही देखते चले जाएँगे। उस हालत में हम इतना भी नहीं देख सकेंगे कि अख़बारों ने निर्धनता, शोषण और अशिक्षा से पैदा हुई परिस्थितियों को किस कामयाबी से छिपाया है और उनका लाभ उठाया है।

6

जादुई मुखौटे और अन्य खेल

अभी-अभी ('93 में) निपटे चार हिंदी प्रांतों के चुनावों में जो गाने बजाए गए, वे सभी पचास और साठ के दशक के थे। सड़कों और गलियों में बिछे शोर-शराबे के बीच लता की आवाज़ में "ऐ मेरे वतन के लोगो, ज़रा आँख में भर लो पानी", या प्रदीप की आवाज़ में "आओ बच्चे तुम्हें दिखाएँ झाँकी हिंदुस्तान की" सुनकर एक गड़बड़-सी अनुभूति मन में जागती थी। एक तो उन भावों की समस्या थी जो इन मनोरम गानों में पैठे हैं और जो आज की राजनीति के छल-प्रपंच से किसी प्रकार का समझौता करने को अभी तक तैयार नहीं हैं। आज़ादी के पहले दो दशकों के देशभक्ति के गानों ने ही नहीं, इश्क़-मुहब्बत के गानों ने भी भारतीय मन में वही स्थान बना लिया है जो किन्हीं ऊँचे, अलभ्य आदर्शों का होता है। उन गानों को आज चाहे कोई चुनाव में प्रचार के लिए बजाए, या कल पोर्नोग्राफ़िक फ़िल्मों में भाव-विह्वल पृष्ठभूमि तैयार करने के लिए बजाए लोग इस दुरुपयोग को आसानी से पचा नहीं सकेंगे। कनफ्यूज़न का दूसरा कारण अपेक्षाकृत सतही था : कांग्रेस और भाजपा दोनों पुराने गाने बजा रही थीं। दोनों उस पवित्र खाते को भँजाना चाहती थीं जो पचास और साठ के लोकप्रिय संगीत ने जनमानस में खोला था और जो आज तक चुका नहीं है। (मुझे आश्चर्य नहीं है कि दोनों हिंदी के हृदय-प्रांत यानी उत्तरप्रदेश में पराजित हुईं। इस पराजय की संभावना पर मेरा यक़ीन देखकर पेशेवर विश्लेषक मित्र और उत्तरप्रदेश के नाड़ीतंत्र में पैठ रखनेवाले कहते थे—विशफुल थिंकिंग है।) दोनों पार्टियाँ उस अकाट्य राष्ट्र की मनोमूर्ति की याद जगाकर चुनावी लाभ लेना चाहती थीं जो हिंदीजन के हृदय में विराजमान अवश्य है, पर अब प्रासंगिक नहीं रही। कांग्रेस और भाजपा के नेता ही क्या, पत्रकार और समाजवैज्ञानिकों की एक खासी तादाद अभी तक अद्वैत राष्ट्रवाद के उसी चौखटे में जी रही है जो उन्नीसवीं सदी की देन था। वह चौखटा

कई अहिंदी प्रांतों में काफ़ी पहले टूट चुका था—तमिलों ने साठ के दशक में ही तय कर लिया था कि हम भारतीय होने के साथ-साथ ठप्पे से तमिल भी रहेंगे—बस, अब वह हिंदी-क्षेत्र में भी चरमरा रहा है। एक सयानी अस्मिता विकसित करने की चाह बहुत आगे पहुँच गई है।

पर मैं अभी पीछे मुड़कर नेताओं के राष्ट्रवादी संसार में लौटना चाहूँगा; अभी उस संसार में बहुत-कुछ है जो हमें तफ़सील से समझना होगा, वरना हमारी जान जोखिम में पड़ सकती है। यदि हमारा दैनिक राष्ट्रीय जीवन एक प्रतीक नाटक के रूप में दिखाया जाए तो, मैं सोचता हूँ कि, मंच पर नेता और बच्चे देशभक्ति के गीत गाने में मगन दिखाए जाएँगे और दर्शकों के बीच गाली-गलौज, छुरेबाज़ी और कहीं-कहीं गोली चलने की घटनाएँ हो रही होंगी और मंच पर गा रहे अभिनेता अपने चेहरों पर एकदम कसे काले मुखौटे पहने होंगे। दर्शक यह न जान सकेंगे कि हाल में चल रही अराजक गतिविधियों का कोई असर अभिनेताओं पर हो रहा है या नहीं। उधर दर्शक भी एक ख़ास क़िस्म के मुखौटे पहने होंगे। इन विशेष मुखौटों को पहनने से उनमें यह सामर्थ्य आ जाएगी कि वे अपने आसपास चल रही छुरेबाजी व गोलीबारी आदि के प्रति अपनी स्वाभाविक उत्सुकता और अन्य भावनाओं को अपनी मर्ज़ी के अनुसार उभाड़ या दबा सकें।

देशभक्ति के समूह-गान में किसी व्यतिक्रम के बिना मंच और हॉल के बीच लोगों की अदला-बदली जारी रहेगी। कई अभिनेता अपने मुखौटे उतारकर नीचे की भीड़ में शामिल हो जाएँगे और उनका स्थान वे लोग ले लेंगे जो अभी तक हॉल में हो रही घटनाओं में सक्रिय थे। यह नाटक राजनीति के संपूर्णत्व को प्रतीक-रूप में व्यक्त करेगा। 'संपूर्णत्व' से मेरा आशय चुनाव लड़ने और जीतने, विधानसभाओं और संसद में सदस्यों के बर्ताव और तौर-तरीक़े, मीडिया के इस्तेमाल, और अगले चुनाव के वक़्त वोट माँगने के लिए लोगों के पास वापस जाने की तमाम प्रक्रियाओं से है। चुनाव में तो हिंसा होती ही है, और ख़रीद-फ़रोख़्त, छल-प्रपंच चलता ही है, मगर चुनाव के बाद की बात अलग है। चुनाव बचपन में सीखे गए गीतों को गाने का समय है। देशभक्ति के समूह-गान में अपनी शिरकत और दमदार उपस्थिति दर्ज कराने के बाद वक़्त आता है अपने ख़ूँखार सिपाहियों के साथ रणभूमि में लौटने का, सबका समर्थन माँगने के लिए। 'सब' में वे भी शामिल हैं जो डरे हैं, सहमे हैं; और वे भी जो छुरेबाज़ी और आगजनी में व्यस्त हैं।

इस प्रतीक-नाटक का इस्तेमाल मैं राष्ट्रवादी अस्मिता का विश्लेषण करने के लिए करना चाहूँगा। विश्लेषण का फ़ोकस उस गठजोड़ पर होगा जो नेता और बच्चों के बीच रहता है। नेता और बच्चे सिद्धांततः भी एक-दूसरे के

पूरक हैं। नेता का सारा जीवन ताक़त की साधना के चतुर्दिक घूमता है। उधर बच्चा ताक़त के पूर्ण अभाव का प्रतिनिधित्वि करता है। एक और बात भी है जो उन्हें परस्पर पूरक बनाती है—बच्चा स्वभाव से भोला होता है, नेता में भोलेपन का लेशमात्र भी नहीं हो सकता; नेता यदि कभी भोला दिखता है तो यह भी एक चाल होती है। ये विशेषताएँ नेता और बच्चों को परस्पर-निकट लाने के लिए पर्याप्त हैं। पर हमारे देश की राजनैतिक जीवनी में बतौर एक रूपक के बच्चे का उपयोग किया गया जो नेता और बच्चों के गठजोड़ को एक ख़ास मज़बूती देता रहा है। यह रूपक इतना लोकप्रिय है और इस हद तक हमारी सामाजिक चेतना का हिस्सा बन चुका है कि हम उसका ऐतिहासिक महत्त्व नहीं देख पाते। रूपक है बच्चों को देश का भविष्य मानने का। यह रूपक स्वाधीनता आंदोलन में जन्मा। गोखले ने 1911 में हर बच्चे को अनिवार्य शिक्षा दिलानेवाला विधेयक रचा। विधेयक तो अंग्रेज़ों और देसी रईसों की मिलीभगत के कारण विफल हो गया, पर राष्ट्र की प्रगति में बच्चों के महत्त्व पर गोखले की ज़ोरदार पैरवी ने आज़ादी की लड़ाई में बच्चे को एक केंद्रीय प्रतीक बना दिया।

आज़ादी की लड़ाई के आगे बढ़ने के साथ-साथ 'प्रगति' एक महत्त्वपूर्ण मूल्य बनती गई, और बच्चे का प्रतीक उन अभीप्साओं में लिपटता चला गया जो आज़ाद किंतु अभी अजात भारत के सपने में समाई थी। बच्चों के लिए लिखी गई सैकड़ों वयस्क कविताओं में (जिनमें से अनेक 1917 से आरंभ हुई *बालसखा* में छपीं) बच्चे की छवि राष्ट्रवादी कल्पना के केंद्रीय बिंब के रूप में उभरी। बच्चा उस भावी देश का संकेत-चिन्ह बन गया जिसमें अतीत और वर्तमान की तमाम अशुद्धियाँ दूर हो जानी थीं। जिस अतीत की शुद्धि इस दृष्टि में निहित थी, वह अंग्रेज़ों द्वारा गुलाम बनाए जाने तक सीमित नहीं था, उसकी सीमा मुग़लों के आने के समय तक थी। इस अतीत-दर्शन की विवेचना मैंने अन्यत्र की है। यहाँ मैं केवल उस 'राष्ट्र' की पहचान कर रहा हूँ जो स्वाधीनता संघर्ष के निर्णायक दौर (1920-1940) में 'बच्चे' के प्रतीक से जुड़कर एक ताबीज़ बन गया। इस ताबीज़ में प्राचीन भारत के मधुर मिथकों और आज़ादी के संघर्ष और बलिदान की भावप्रवण सामूहिक यादों के साथ-साथ उन अरमानों को रूपाकार देने की क्षमता थी जिन्हें स्वाधीन भारत में पूरा किया जाना था।

"बच्चे ही राष्ट्र का भविष्य हैं"—इस रूपक की लुभावनी अपील की परतें अब हमारे सामने खुल गई हैं। पहली परत में बलिदान और संघर्ष की प्रेरक स्मृतियाँ छिपी हैं। दूसरी परत में नए, स्वतंत्र देश के आदर्श के रूप में बच्चे की स्वाभाविक, समाज की बाध्यताओं से अछूती, स्वच्छंदता छिपी है। तीसरी

और सबसे महत्त्वपूर्ण परत में आज़ादी की लड़ाई से उपजे सपनों को पूरा करने के लिए स्वाधीन भारत में राजनीति और प्रशासन के प्रयासों की वैधता अंकित है। इन तीनों परतों को सुघड़ता से समेटकर वह रूपक बना है जो ताक़त के विमर्श में बच्चे का इस्तेमाल संभव बनाता है और ताक़त की साधना और उसके उपयोगों के यथार्थ पर एक सलोना आवरण डाल देता है।

'बच्चे' को समझकर अब हमें रूपक के दूसरे भाग यानी 'राष्ट्र' की तरफ़ बढ़ना चाहिए। नेताओं के हाथों भाषाई उथलेपन की दैनिक खुराक हम सबके आगे परोसी जाती है। 'राष्ट्र' वास्तव में उस उथले विमर्श की धुरी है जो नेताओं के भाषणों से शुरू होता है और जिसकी असंख्य प्रतिलिपियाँ रोज़ स्कूलों के अध्यापक, प्रसार माध्यमों के लिक्खाड़ और एक न एक जलसे में मंचासीन चीफ़ गेस्ट द्वारा, बनाई जाती हैं। निश्चय ही, राष्ट्र के प्रति समर्पण का राग अलापने में नेता का कोई सानी नहीं। वह जब मुँह खोलता है तो स्वाधीनता आंदोलन के बलिदानों की स्मृतियाँ, राष्ट्र-निर्माण के लिए किए गए अथक प्रयास, राष्ट्र की एकता और अखंडता के सामने उठाए जा रहे सवाल, इन सवालों से जूझने का सरकार का संकल्प और सबसे आख़िर में जाकर विश्व के रंगमंच पर भारत की भूमिका से जुड़े उत्तरदायित्व हवा में फैल जाते हैं।

नेताओं के मुँह से निकले हुए ये वाक्य और वाक्यांश ही प्रतिदिन लाखों स्कूली कक्षाओं, टी. वी., रेडियो, अख़बारी विज्ञापनों और समाचारों, संगीत कार्यक्रमों और नुक्कड़ सभाओं में दुहराए जाते हैं। स्कूली संस्कृति में राष्ट्रवादी जुमलों को बहुत ही विशेष स्थान प्राप्त है—वे दीवारों पर पुते हैं, पाठ्यपुस्तकों में छपे हैं, कार्यक्रमों में संगीत और गीत के रूप में बच्चों के कानों में ठूँसे जाते हैं। टी. वी. के विज्ञापनों में राष्ट्र की एकता और अखंडता के विज्ञापन खुलेआम शैंपू और जूतों के विज्ञापनों से सटकर होड़ लेते हैं। कैलेंडरों पर छपे चित्र हों या अमज़द अली ख़ान जैसे पहुँचे हुए कलाकार का बच्चों के लिए विशेष रेकॉर्ड, अद्वैत राष्ट्रवाद की उथली पदावली हर जगह अपनी पकड़ बनाए है। इस पकड़ का विश्लेषण उस सामूहिक अस्मिता को पहचानने के लिए ज़रूरी है जिसे हम सबको, ख़ास तौर पर बच्चों को, भारतीय होने के नाते पहनना पड़ता है। 'पहनना' मैं एक निश्चित मक़सद से कह रहा हूँ। मक़सद यह है कि हम अस्मिता के मनोवैज्ञानिक और समाजशास्त्रीय मायनों में अंतर करें। समाजशास्त्रीय दृष्टि से देखें तो अस्मिता एक ऐसी चिप्पी या मुखौटा है जिससे सामूहिकता का बोध होता है। मनोवैज्ञानिक अर्थ में अस्मिता एक व्यक्ति के जीवन-क्रम में अहं के विकास का फल होती है। यह कहना सही

है कि सामूहिकता का बोध करानेवाले मुखौटे किसी हद तक पहननेवालों के स्वभाव का अंग हो जाते हैं, यह बात उन परिस्थितियों से जुदा नहीं है जिनसे व्यक्तिगत अहं को आकार मिलता है। लेकिन फ़िलहाल मैं सामूहिक अस्मिता पर ही अपना ध्यान केंद्रित रखूँगा और नेताओं द्वारा हमारे मानस पर चिपकाई गई 'राष्ट्र' की चिप्पी का परीक्षण जारी रखूँगा।

इस चिप्पी में अंकित राष्ट्र की सबसे बड़ी विशेषता उसकी परिपूर्णता है। नेता की उथली पदावली में इंगित राष्ट्र की सत्ता हरेक अन्य सामूहिक अस्मिता और रिश्ते की भावना से ऊपर है। यही नहीं, वह अस्मिता की उन तमाम इकाइयों को नैतिक रूप से अवैध ठहराता है जिन्हें संविधान में कानूनी वैधता दी गई थी। अस्मिता की उन राष्ट्रीय इकाइयों को ख़ारिज करने के लिए विखंडन और तोड़फोड़ का प्रेत जगाकर दिखा दिया जाता है। दरअसल अस्मिता की सारी इकाइयों को इकट्ठा करके उन सभी में देश के बिखरने का ख़तरा जताकर 'राष्ट्र' की परिपूर्णता स्थापित की जाती है। फिर भी हम अस्मिता की इकाइयों को दो वर्गों में बाँट सकते हैं। पहले वर्ग में वे हैं जो सीधे-सीधे 'ग़लत' बताई जाती हैं। दूसरे वर्ग की इकाइयों को थोड़ा होशियारी से इस्तेमाल किया जाता है।

जाति और धर्म पर आधारित अस्मिताएँ पहले वर्ग में आती हैं। राष्ट्रवाद का नारेबाज़ विमर्श हमें यह इजाज़त नहीं देता कि हम भारतीय होने के नाते इकट्ठा या एक महसूस करने के क्षण में इन अस्मिताओं को पहनें। जब नेता आह्वान करता है कि हम भारतीय होने के नाते एक साथ खड़े हो जाएँ, तो इस आह्वान में यह अपेक्षा निहित होती है कि खड़े होते समय हम जाति और धर्म के फ़र्क़ों को 'भूल' जाएँ। ज़ाहिर है, राष्ट्रवाद का नेताई आह्वान इस मान्यता पर आधारित है कि भारतीय होने की चेतना हमारा खत्री या ईसाई होना बर्दाश्त नहीं कर सकती। किसी जाति या धर्म के स्त्री या पुरुष होने की छूट हमें अन्य क्षणों में मिल सकती है, भारतीय होने के क्षण में नहीं। अस्मिता की इन इकाइयों के लिए अलग क्षणों के निर्धारण का औचित्य यह है कि ये अस्मिताएँ 'राष्ट्र' की अमित्र मानी गई हैं। राष्ट्र के जागरण के वक़्त इन संदेहास्पद प्रेतों को सुला देना उचित और ज़रूरी माना जाता है।

क्षेत्रीय और भाषाई अस्मिताएँ दूसरे वर्ग में आती हैं। उन्हें एक तरह की सशर्त जमानत पर रखा गया है जिसके कारण वे राष्ट्रीयता की उपस्थिति के क्षणों में भी कभी-कभी याद की जा सकती हैं। यानी कुछ संदर्भ ऐसे हो सकते हैं जिनमें अद्वैत राष्ट्रवाद की पदावली में इन अस्मिताओं को भी जगह मिल जाए। मिसाल के तौर पर, 'विकास' एक ऐसा संदर्भ है जो क्षेत्रीयता के

राष्ट्र-विरोधी चरित्र को कुछ देर के लिए धो डालता है। आर्थिक रूप से पिछड़े हुए किसी क्षेत्र में एक बड़े उद्योग या बाँध का उद्घाटन करते समय नेता राष्ट्र के विकास में उस क्षेत्र के योगदान का गुणगान कर सकता है। ऐसे क्षण में किसी छत्तीसगढ़ी को यह छूट मिल जाती है कि वह अपनी भारतीयता में शक पैदा किए बग़ैर छत्तीसगढ़ी होने का गर्व महसूस करे। इसी प्रकार, किसी पुस्तक के विमोचन या कवि के सम्मान के अवसर पर नेता राष्ट्र की सांस्कृतिक बुनावट में किसी क्षेत्रीय भाषा या आंचलिक बोली के महत्त्व का ज़िक्र कर सकता है। ऐसे अवसरों पर उपस्थित श्रोतागण भारत के साथ-साथ अपनी मातृभाषा से जुड़ाव महसूस कर सकते हैं। अनिवार्यतः ऐसे क्षण सीमित होते हैं। उनके गुज़र जाने के बाद फिर से पूर्णतया भारतीय हो जाने की ज़िम्मेदारी हम पर आ गिरती है।

आइए, अब हम फिर बच्चों की तरफ़ लौटें। नेता का विमर्श बच्चों तक हमेशा सीधे नहीं पहुँचता। शिक्षक, पाठ्यपुस्तकें, मीडिया और माननीय अतिथि इस विमर्श को बच्चों तक पहुँचाने में अपनी-अपनी भूमिकाएँ निभाते हैं। नेता के विमर्श को बच्चे शुरू में शब्दशः ग्रहण करते हैं। बच्चों के मन में यह संदेह शुरू से नहीं होता है कि विमर्श के स्रोत-पुरुष की अपने ही विमर्श में आस्था नहीं होगी। पाखंड एक ऐसी विशेषता है जिसे बच्चे किशोरावस्था के परिपक्व होने तक पूरी तरह नहीं पकड़ पाते। इसलिए बचपन में 'राष्ट्र' की परिपूर्णता उन्हें एक गंभीर चीज़ लगती है और वे अन्य अस्मिताएँ जिनका अस्तित्व बच्चे अपने भीतर और आसपास रोज़ महसूस करते हैं, बच्चों में एक गहरा टकरावबोध, और सिर्फ़ टकरावबोध ही नहीं, अपराधबोध भी पैदा करती है। बच्चों में जाति और धर्म की भावना का विकास एक स्वाभाविक प्रक्रिया है, पर इस पर कोई शोध नहीं करता; शायद इसलिए, क्योंकि ऐसे शोध के लिए पैसा कोई संस्था नहीं देगी—वित्तीय अनुदान के लिए उपयुक्त विषय बच्चों में राष्ट्रभाव के उदय और विकास से ही संबंधित हो सकते हैं।

क्षेत्रीय और भाषाई अस्मिता के संदर्भ में देखें तो हम पाते हैं कि अपने गाँव या इलाक़े और अपनी भाषा से जुड़ाव शिक्षित और अशिक्षित बच्चों में एकदम अलग-अलग स्तर का मिलता है। यह जुड़ाव इस बात से प्रभावित होता है कि उनके माता-पिता की स्थानीय जड़ें कितनी गहरी हैं। जहाँ तक स्कूल के प्रभाव का सवाल है, स्कूल हमारी व्यवस्था में भरसक यत्न करता है कि बच्चा अपनी ज़मीन से उखड़ जाए, स्थानीय परिवेश, उसके इतिहास, भूगोल और संस्कृति से बच्चे के सहज संबंधों को काटने में स्कूल कोई कसर नहीं रखता। एक औपचारिक संस्था के रूप में—चाहे वह सरकार द्वारा सीधे चलाई जाए या किसी निजी प्रबंध द्वारा—स्कूली ज्ञान और संस्कृति का आदर्श

राष्ट्र की परिपूर्णता में है। इस आदर्श की छाया में ही स्कूली ज्ञान क्षेत्रीय या स्थानीय विषयों को इतने सतही ढंग से पेश करता है या दुरदुराता है। ज़ाकिर हुसैन कहते थे, "सारा भारत मेरा घर है।" स्कूल की संस्कृति इसी भावना से बच्चे का समाजीकरण करने का प्रयास करती है। पर इस उद्देश्य में वह बुरी तरह असफल क्यों होती है ? विचारक और प्रगतिशील शिक्षण के प्रेरक जॉन डीवी की तरह सोचें तो सारे भारत को अपना घर एक गंभीर अर्थ में वही व्यक्ति बता सकता है जिसकी स्थानीय जड़ें गहरी और मज़बूत हों। वरना यह कथन सिर्फ़ कहने की बात रह जाएगा—एक तरह की नारेबाज़ी।

बच्चों में ठूँस-ठूँसकर भरे जानेवाले अद्वैत राष्ट्रवाद का आदर्श किशोरावस्था का आगमन नहीं सह पाता। मनोवैज्ञानिक दृष्टि से किशोरावस्था का अर्थ एक ऐसा समय है जब बच्चा पहली बार विचारों के संसार में आराम से अपनी राहें ढूँढ़ना संभव पाता है। वह अमूर्त चिंतन करने में समर्थ हो जाता है और इस सामर्थ्य की मदद से लोगों, घटनाओं और संस्थाओं का विश्लेषण करने लगता है। मनुष्यों के व्यवहार को अमूर्त विचारों की कसौटी पर कसने का काम इतना रंजक सिद्ध होता है कि किशोर हर व्यक्त विचार और आचरण का निर्भय परीक्षण करके, उसमें निहित अंतर्विरोधों को पहचानकर उसे सबको दिखाना अपना धंधा बना लेता है। बचपन से अब तक जितनी नारेबाज़ पदावलियाँ उसने पचाई थीं, उन सबमें अब उसे व्यक्तित्व की वह विशेषता दिखाई दे जाती है जो इन पदावलियों का इतने उत्साह से दुहराया जाना संभव बनाती थी। वह विशेषता होती है—पाखंड; ऐसा पाखंड जो आदत बन चुका हो। किशोर मानस में यह क्षमता आ जाती है कि दूरदर्शन के समाचारों, प्रवासी भारतीयों, धार्मिक हत्यारों, चुनावों और सांस्कृतिक कार्यक्रमों जैसी विविध चीज़ों में अंतर्संबंध ढूँढ़ सके और उस दुनिया के बारे में अपने निष्कर्ष निकाल सके जिसमें वे विविध चीज़ें पाई जाती हैं। इस क्षमता के उदय के साथ ही नेता का काला जादू उतरने लगता है। ताक़त के विमर्श में बच्चे को शामिल करनेवाला यह काला जादू उतरने के साथ किशोर अपने उन्मत्त 'ज्ञान' में अकेला महसूस करने लगता है।

अब उसके सामने कई विकल्प उभरते हैं जिनकी मदद से आगे जिया जा सकता है, जैसे पश्चिम की ओर प्रस्थान (या प्रस्थान की इच्छा दबाए हुए यहीं जीवनयापन), किसी उन्मादी संगठन की सदस्यता जो राष्ट्रवाद का कोई और सुनहला आदर्श जगा सके, या फिर धन की साधना के प्रति समर्पण। 'नई' आर्थिक नीति द्वारा रचे गए माहौल में इस आख़िरी विकल्प की राजनैतिक और नैतिक वैधता प्रतिदिन बढ़ती जा रही है। हम यह मानकर चल सकते हैं कि जल्दी ही राष्ट्रवाद की पदावली धनार्जन और व्यापार को अपने आदर्शों

में शामिल कर लेगी। उपभोक्तावाद और बहुराष्ट्रीय कंपनियों के निवेश, राष्ट्रवाद की पदावली में गुँथकर सुंदर दिखने लगेंगे। स्वतंत्रता के लिए संघर्ष की एक व्यंजना अब पूँजी-निवेश की स्वतंत्रता और अमीर बनने की आज़ादी हो जाएगी।

इस विराट व्यंजना-विक्षेप के चिह्न काफ़ी स्पष्ट हो चले हैं। 'राष्ट्र' की परिपूर्णता की उन्नीसवीं सदी की अवधारणा को इक्कीसवीं सदी में प्रवेश कराने के लिए कुबेर ने एक नया विराट, प्रलोभक रूप लिया है। जल्दी ही राष्ट्र का स्थान पैसा ले लेगा; यानी पूँजीप्रेम राष्ट्रप्रेम का पर्याय ही नहीं, सबूत भी हो जाएगा, राष्ट्र की परिपूर्णता में लिपटी अस्मिता धन से जा चिपटेगी। राष्ट्रीयता का अर्थ पासपोर्ट में दर्ज एक मामूली सूचना भर रह जाएगा। पूँजी का महाशक्ति-रूप अमरीका अपनी नागरिकता दक्षिण कोरिया और ताइवान के धनकुबेरों को पैसों के बदले बेचता है। हमारे कई चतुर सुजान नेता और बुद्धिजीवी सोचते हैं कि नागरिकता का यही आदर्श उस दैनिक आगजनी और छुरेबाज़ी से राहत दिला सकता है जिससे हमारी राष्ट्रीय अस्मिता आज आहत है।

7

बेघर संसार की पुकार

अपनी कई राजनैतिक मान्यताओं और उनमें छिपे अंतर्विरोधों की जड़ें टटोलता हूँ तो 'हम पंछी एक डाल के' फ़िल्म की याद आती है। यह मेरी देखी हुई पहली राजनैतिक फ़िल्म थी। पचास के दशक में बनी यह फ़िल्म बच्चों को भारत की एकता का संदेश देती थी। इस संदेशवाली फ़िल्में लगातार बनती रही हैं और एकता की राजनीति के लगातार घटिया और ख़तरनाक होते चले जाने को रोक नहीं पाई हैं। डालें, घोंसले, जंगल, बगीचा और इस तरह के तमाम रूढ़ रूपक राष्ट्रीय एकता के हवन में होम हो चुके हैं। एकता न रूपक के स्तर पर हमारी पकड़ में आई है, न चेतना के। शिक्षा, साहित्य, रेडियो, फिल्म—ये सभी माध्यम राष्ट्रीय एकता को लेकर लगभग एक-से दायरों में घूमते रहे हैं। सबमें वही कल्पनाहीनता, वही सब्ज़बाग़ी, बच्चे को लेकर वही रोमानियत व्याप्त है। सबकी ऊर्जा को एक राजनैतिक छद्म ने भीतर से तोड़ रखा है।

छद्म है विषमता का लाभ उठानेवाली दृष्टि का। यह दृष्टि विषमता को छिपाने, उससे सामान्यजन का ध्यान हटाने के लिए विविधता का हौआ खड़ा करती है, फिर उस हौए से निपटने के लिए एकता की ज़रूरत बताती है, और अंत में एकता लाने के फ़ार्मूले सुना देती है। यह इस दृष्टि का राजनैतिक बर्ताव हुआ। फ़िल्म में यह दृष्टि एकता को विविधता के उत्तेजक आनंद के साथ लिया जानेवाला टॉनिक बताकर एक मोहक, रंगीन छाया रचती है। इस छाया में बहुत-सा अल्हड़ प्यार है (दूसरे प्रांत की लड़की का), बहुत-सी ताज़गी है (दूसरे प्रांत के भोजन की), बहुत-से चटख़ रंग हैं (ख़ास तौर से पहाड़ों के)। कमी है तो बस विश्वसनीयता की। किस भारतीय को नहीं मालूम कि उसके जीवन का बुनियादी तनाव ग़ैर-बराबरी से पैदा हुआ है, विविधता से नहीं? इस छोटी-सी बात को दबाने के लिए सिनेमा और साहित्य को

फ़ार्मूलाबद्ध होना पड़ता है, शिक्षा और राजनीति को झूठा बनना पड़ता है। सत्यजित राय की 'पथेर पांचाली' भी एक सिनेमा है, यह विश्वास एक आम हिंदी दर्शक के लिए करना मुश्किल है। पहली बार—कोई सोलह वर्ष पहले—यह फ़िल्म देखने पर समझ में नहीं आया था कि इसका क्या करूँ। 'पथेर पांचाली' से निपटने के लिए स्वयं से निपटना ज़रूरी था। इस चुनौती में उस तमाम शिक्षा और उन तमाम पाखंडों से जूझना निहित था जो एक बौद्धिक युवक होने के नाते मैंने पाल रखे थे। यथार्थ की अवहेलना चाहे छायावाद के बहाने हो या बौद्धिक वाग्जाल के बहाने, शिक्षित भारतीय को दोनों रास्ते सुलभ हैं। शिक्षा हमें एक ओर यथार्थ की दैनिक झटक से बचना सिखाती है, दूसरी ओर अपना एक यथार्थमुक्त संसार बनाने में सिद्धहस्त कर देती है। 'पथेर पांचाली' देखने में मेरी ये दोनों ही क्षमताएँ काम नहीं आईं, बल्कि दोनों ही चोट खाकर सहम गईं। वाग्जाल के सहारे सच्चाई से जीना मुश्किल है, यह खरा निष्कर्ष पर्दे पर लिखा नज़र आया।

इस घटना के कुछ समय बाद 'सारा आकाश' देखने को मिली तो लगा कि एक तिलस्म टूट रहा है। पुरुषत्व का रहस्य कैसे राष्ट्र की संकटापन्न छवि से जुड़ा है, हमारी बड़ी-बड़ी राष्ट्रीय चिंताएँ कैसे स्त्री के प्रति डर से जुड़ी हैं, यह 'सारा आकाश' देखने से एकाएक समझ में आने लगा। यह उस वक़्त नई बात थी। सुधीर काकर की किताब (द इनर वर्ल्ड, हिंदी में अनुपलब्ध) अभी नहीं लिखी गई थी। 'सारा आकाश' की बात नशे की तरह छा गई। इस फ़िल्म में स्वयंसेवक संघ की राजनीति पर करारी चोट थी। ऊपर से एक स्त्री की असमय मृत्यु और दूसरी की विषाद-भरी ज़िंदगी इतने लगाव से दिखाई गई थी कि पुरुषत्व की वीर्यवान ठसक भूलकर रोना आता था। फिर भी इस बात की संभावना कम ही है कि किसी सचमुच के स्वयंसेवक की संवेदना इस फ़िल्म से जागी हो या उसका दंडवत अहं टूटा हो।

'सारा आकाश' देखने पाँच बार गया। एक बार अपनी फुफेरी बहनों को ले गया पर वे इस फ़िल्म का कोई आनंद न ले सकीं। फ़िल्म का आलेख पहले से विचलित दर्शक को ही छू सकता था। इस तरह के दर्शक पर वह नशे की तरह हावी हो जाने में सक्षम था। नशे में एक तरह का स्नान शामिल था। अपनी कई उलझनों, चिंताओं और नासमझी से मुक्ति देनेवाला यह स्नान करके मुझे लगा कि मैं ताज़ा हो गया और अपनी विशिष्ट संवेदना की परिधि में और मज़बूती से स्थापित। 'सारा आकाश' के बाद मैंने कोई पचास कला-फ़िल्में अभी तक देख ली होंगी। उनमें से चार-छः ही हैं जिनका आलेख इस स्नान-भाव की दृष्टि से 'सारा आकाश' से भिन्न था। अर्थात जिन्हें देखकर निकलते वक़्त लगता था कि मैं इस अनुभव के कारण और अकेला नहीं

हुआ हूँ।

ज़्यादातर फ़िल्में (यानी कला-फ़िल्में या अबंबइया फ़िल्में) वे रहीं जो यह भावना जगाकर अकेला बनाती हैं कि मैं कितना निराला हूँ जो इन तमाम अंतर्विरोधों के बीच अपनी संवेदना बचाए हूँ। मणि कौल की फ़िल्में तो खुलेआम यह भावना जगाती हैं, पर श्याम बेनेगल भी कोई बहुत भिन्न नहीं हैं। बावजूद अपने मुखर जनप्रेम के वे भारतीय मध्यवर्गीय बौद्धिक पुरुष की आत्मलीनता से बच नहीं पाए। उनकी 'अंकुर' और 'निशांत' जैसी फ़िल्में उस भावना से चिपट गईं जो अन्याय के ख़िलाफ़ भोलापन और सौंदर्य लिए दौड़ती रहती हैं पर घर से नहीं निकलतीं क्योंकि घर से बाहर के संसार को निर्देशक इतना वीभत्स बना चुका होता है कि वहाँ बग़ैर पुलिस और अफ़सर की छाया के घूमा नहीं जा सकता।

हिंदी की अनेक कला-फ़िल्मों का द्वंद्व स्नान और सफ़र का द्वंद्व है। स्नान ताज़गी देता है, पर एक निजी ताज़गी। दुनिया कितनी ही गंदी रहे, स्नान करके आदमी साफ़ हो लेता है। पर्यावरण कितना ही प्रदूषित हो गया है, स्नान से तरावट मिलती ही है। स्नान जीने का सहारा है, चुनौतीभरे संसार में नन्हा-सा आत्मतोष। दूसरी तरफ़ सफ़र है जो आदमी को कष्ट की पूरी जानकारी के बावजूद घर से बाहर ले जाता है। सफ़र के लिए यह भान ज़रूरी है कि घर से निकलना ही होगा क्योंकि घर में दुनिया नहीं है। बाहर तकलीफ़ें हैं, असुविधाएँ हैं और अपनी निजी, परिचित दुनिया का आसरा नहीं है—यह जानते हुए भी मनुष्य सफ़र करता है। संस्कृति की राजनीति के ये दो सिरे हैं—स्नान कराओ या सफर; लोगों को छोटी-सी ताज़गी दो या उन्हें एक जाने-माने कष्ट से फिर गुज़ारो। कलाओं का इतिहास इन्हीं दो सिरों के बीच घूमता है। भक्तिकाव्य ने सफ़र कराया—राम आख़िर एक अथक यात्री थे; रीति काव्य में स्नान-इतना लंबा कि गुसलख़ाने से भागने की तबियत हो आए।

बंबइया सिनेमा एक लंबा स्नान ही है। उसने मध्यवर्गीय हिंदुस्तानी की निजी भावनाओं को निरंतर धोते-चमकाते रहने का ठेका ले रखा है। पर भावनाएँ इतनी उलझी हुई हैं कि कितना ही धो लो, साबुन लगाओ, उनकी लटें नहीं खुलतीं, न ही उनका मैल जाता है। बहुसंख्यक समाज से बेगाना मध्यवर्ग पचास बरस से अपना व्यक्तित्व निखारने में लगा है। कल्याणकारी राज्य, शिक्षा, धार्मिक पुनरुथान—सारे इलाज कराके देख लिए पर मध्यवर्गीय भारतीय की बेरौनकी, उसकी कल्पना की निष्प्रभता जाती नहीं। कारण गहरा है। वह भारतीय समाज-व्यवस्था की दरारों में छिपा है। विषमता का इलाज हुए बिना मध्यमवर्गीय आदमी की, उसके साहित्य और सिनेमा की अनुर्वरता कम नहीं होगी। कोई-कोई कृति फूट निकलती रहे, यह बात और है। जिस-जिस

फ़िल्मकार ने यह बात पहचानी है, उसकी नज़र में एक अलग पकड़ दिखाई देती है। ऋत्विक घटक को ही लें। मैं बंगाली नहीं समझता पर घटक की फ़िल्मों में समाई उमस समझता हूँ। यह उमस पैदा हुई होगी जब घटक की प्रतिभा भारतीय समाज की विषमता से रूबरू हुई होगी। संभव था कि घटक इस सौभाग्य से वंचित रह निकलते। आख़िर वे एक सफ़ल पटकथा लेखक थे और 'मधुमती' जैसी सुंदर स्नान-फ़िल्मों की पटकथा लिख चुके थे। वे स्नानवादी फ़िल्मकार बने रह सकते थे, पर सफ़र करने निकल गए और वापस न आए। 'अजांत्रिक' और 'मेघा ढाके तारा' इस सफ़र की ही देन हैं। पर दिक़्क़त यह है कि विषमता के रूबरू हुए बग़ैर भी विषमता पर लिखा और उसे फ़िल्माया जा सकता है। सातवें दशक की हिंदी कहानी और बहुत-सी फ़िल्में इस संभावना की मिसाल हैं। विषमता किस तरह समाज की जड़ें सुखाती है, मनुष्य के स्वभाव को कुंठित करती है, स्त्री, पुरुष और बालक होने का मायना बदलकर रख देती है—यह जज़्ब किए बग़ैर भी विषमता पर कलाकारी की जा सकती है। कोई होशियार आदमी विषमता का महत्त्व पहचानकर अपने कलाक्षेत्र में एक पूरा आंदोलन खड़ा कर सकता है। कभी-कभी कुछेक ठीक-ठाक कृतियाँ भी ऐसे आंदोलन से उपज सकती हैं। पिछले दस-पंद्रह वर्षों में कई फ़िल्मों ने विषमता को बतौर एक विषय के इस्तेमाल किया और एक भूले हुए समाज में विषमता की याद दिलाने का ज़िम्मा निभाकर प्रशंसा प्राप्त की। 'चक्र' ऐसी ही फ़िल्म थी। कामयाबी के साथ उसने एक भयावह स्थिति को समेटा। उस जैसी अनेक फ़िल्में बनीं, और अभी यह शैली और चलेगी। इस शैली का उद्देश्य शहरी दर्शक को अपनी नाक के तले छिपी दुनिया दिखाना है; उसका अपराधबोध जगाकर कला की प्रशंसा में घोल देना है। यह एक जटिल स्नान है, पर है स्नान ही।

इससे भी ज़्यादा शोचनीय नियति उस क़िस्म की कलासृष्टि में निहित है जो मुझे 'दामुल' देखकर स्पष्ट हुई। कहीं कोई लंगर नहीं, सब ओर छल-फ़रेब, ग़रीबों से धोखाधड़ी। पब्लिक-स्कूली संस्कृति में प्रशिक्षित समाजदृष्टि से आज का भारत ऐसा ही दिखता है। राजनीति के प्रति वितृष्णा जगानेवाली, संवाद को हिंसा पर निर्भर बनानेवाली यह दृष्टि स्वयं अपनी ऊर्जा से लड़ बैठती है। न वह चरित्र के स्तर पर कहीं कोई मौलिक मनुष्य छोड़ती है, न कथानक के स्तर पर कोई आश्चर्य। फ़ार्मूलाई कला के ख़िलाफ़ झपटते-झपटते वह स्वयं अपना फ़ार्मूला रच लेती है जिसमें पात्र, भाषा, प्रतीक सब समा जाते हैं। राजनीति के गड्ढे दिखानेवाली फ़िल्म ऊब की राजनीति की एजेंट बन जाती है।

फ़ार्मूले में कलाकार क्यों फँसता है ? इस नियति का समाजशास्त्र समझे

बिना हम आज के कई फ़िल्मकारों की तरकीबों का विश्लेषण नहीं कर सकते। महेश भट्ट जब स्त्री-पुरुष संबंधों के द्वंद्व में आधुनिक दृष्टि का सवाल खड़ा करते हैं ('सारांश' में) या जब प्रदीप कृष्ण एक क्लर्क की ज़िंदगी में उपनिवेशवाद का सामाजिक दर्शन ढूँढ़ते हैं तो वे एक नए विषय की ओर बढ़ रहे होते हैं। उत्पलेंदु चक्रवर्ती जब 'देवशिशु' में उत्पीड़ित दम्पति के विश्वासों की जड़ें टटोल रहे होते हैं तो वे भी एक प्रयोगशील काम करते दिखते हैं। पर अंततः ये सभी फ़िल्मकार फ़ार्मूले में जा फँसते हैं। 'सारांश' का धैर्यवान नायक अपनी स्त्री को थप्पड़ मारकर उसे वैज्ञानिक दृष्टि देने की अपनी कोशिश के चरम बिंदु पर पहुँचता है। 'मैसी साहब' में होशंगाबाद के क्लर्क की बेबसी दिखाते-दिखाते प्रदीप कृष्ण अंग्रेज़ अफ़सर की ठोस ईमानदारी पर रीझ जाते हैं। 'देवशिशु' में प्रयास यह किया गया है कि अंधविश्वासों की सामाजिक और भौतिक जड़ें पकड़ी जाएँ, पर ये जड़ें ही जैसे काँटेदार तार बन जाती हैं और एक सचेत औरत को नाहक घेर लेती हैं। वे तीनों फ़िल्में अपने-अपने ढंग से एक ऐसी वैचारिक परिधि में घिर जाती हैं जो फ़िल्मकार की संवेदना और सामाजिक यथार्थ के बीच कहीं पैदा हुई लगती है। इस परिधि में न संवेदना के ईमान की चमक है, न सामाजिक यथार्थ की सच्चाई। वह समझौते का घेरा है जिसे एक ख़ास ऐतिहासिक परिस्थिति ज़िंदा रखती है।

इस प्रक्रिया को कुछ सीधे शब्दों में हम इस तरह रख सकते हैं कि कलाकार का मन ज्यों ही फैलने का होता है, और एक वृहत्तर समाज या जीवन-संदर्भ को अपने प्यार से भिगोने निकलता है, वहीं एक बोदा, गुलाम बौद्धिक माहौल उसे हतोत्साहित करने पर आमादा हो जाता है। हमारे जैसे संकीर्ण शिक्षित समाज में कलाकार कभी इस डर से बरी नहीं हो पाता कि एक मौलिक प्रयास कोई पहचानेगा भी कि नहीं। दर्शक वर्ग की आदतें जाने दीजिए, समीक्षाकर्मियों के संसार की क्षुद्रता भी भयावह है। कलाकर्मी पहले ही महँगाई और अपनी विकृत शिक्षा का मारा है; ऊपर से पाठकों या दर्शकों की किसी बड़ी संख्या तक पहुँचने की उसे विशेष आशा नहीं है। समीक्षकों के फेंके हुए टुकड़े ही उसकी साधना का प्रत्याशित प्रसाद हैं। ऐसे में अपनी मौलिक प्रतिभा को प्रकट करने निकला कृतिकार डर के मारे कुछेक जाने-पहचाने नुस्ख़े शामिल कर लेने में ही अपनी भलाई पाता है। 'सारांश' और 'मैसी साहब' जैसी फ़िल्मों का यही दुःख है कि वे नुस्ख़ों से समझौता करने में सारी ऊर्जा खो बैठीं। वे उस विराट् सांस्कृतिक परिदृश्य का हिस्सा बन गईं जिसमें कला भी ऐसे सवाल उठाने को स्वतंत्र नहीं है जिन्हें कोई नौकरीशुदा समीक्षक ठीक-ठाक पहचान न सके। दर्शकों में कोई ऐसे सवाल पहचानता भी हो तो इससे क्या? गंभीर दर्शक वर्ग यदि बहुत सूक्ष्म है तो न हुए के बराबर है।

पिछले दस-पंद्रह वर्षों में बनी कितनी ही फ़िल्मों ने समाज के उन तबकों से चरित्र और कथानक लेने का प्रयास किया जहाँ सिनेमा की पहुँच नहीं है। यह प्रक्रिया ठीक वही थी जो साहित्य में एक अर्से से चल रही थी। उपन्यास, कहानी व कविता में काफ़ी साहित्य पिछले पचास वर्षों में ऐसे लोगों के जीवन के बारे में लिखा गया है जो न केवल साहित्य की पहुँच से दूर थे बल्कि निरक्षर थे, इस कारण किसी प्रकार आधुनिक प्रकाशित साहित्य के पाठक नहीं हो सकते थे। इस सीमा का जैसा प्रभाव साहित्य पर हुआ, वैसा ही फ़िल्म पर भी हुआ। उस मनुष्य की छवि, जो स्वयं पाठक या दर्शक नहीं है, उतारने में लेखक या फ़िल्म निर्देशक एक विशेष अर्थ में मुक्त रहा। उस पर वह बंधन लागू नहीं हुआ जो अपने संभावित पाठक या दर्शक के जीवन की तस्वीर उतारने में रहता है। जातिप्रथा और निरक्षरता ने मिलकर हमारे समाज के बहुत बड़े हिस्से को शेष से एक बुनियादी मानवीय अर्थ में अलग किए रखा है। एक तरफ़ जाति के तंग घेरों ने समूचे समाज में मनुष्य होने के मायने को बौना बनाए रखा। ऐसी लौकिक अवधारणाएँ उसने विकसित नहीं होने दीं जिनके तहत प्रत्येक मनुष्य को समान कहा जा सके। दूसरी तरफ़ अक्षरों के ज़रिए प्रकृति और सामाजिक जीवन पर अमूर्त नियंत्रण स्थापित करने की सुविधा ऊँची जातियों की बपौती रही। इसमें शक नहीं कि इन परंपराओं में बहुत-सी सांस्कृतिक ऊर्जा का विकास हुआ, पर एक व्यक्ति-विशेष के रूप में मनुष्य की पहचान मौखिक परंपराओं से जुड़े समाज के लिए बेगानी बात थी। शख़्सियत का विकास समाज के उन्हीं तबकों में हो सका जिन्हें अक्षरों के ज़रिए संवाद और ज्ञान का संचय करने की सुविधा थी। यह सुविधा व्यक्तिगत दृष्टिकोणों की स्वीकृति संभव बनाती थी।

कला के संदर्भ में जाति-प्रथा और निरक्षरता का प्रभाव चरित्रांकन में प्रकट हुआ। ऊँची जातियों के जीवन की छवि में चरित्र की व्यक्तिगत ख़ासियत प्रकट हुई। नीची जातियों के चरित्र अव्वल तो कलांकन के योग्य ही नहीं माने गए, और जब वे अंकित हुए तो रूढ़ विशेषताओं से मंडित होकर हुए। यह भेद कला की पहुँच ने और पुख़्ता किया। जिन्हें हम शास्त्रीय कला-परंपराएँ कहते हैं, उनकी अपील उन्हीं लोगों में रही जिनकी अपनी छवियाँ व्यक्तिनिष्ठ थीं। शास्त्रीय कला की पहुँच से बाहर वे तमाम लोग रहे जिनकी छवियाँ रूढ़, सामूहिक विशेषताओं के सहारे और वह भी कभी-कभार चित्रित होती थीं।

चरित्रांकन पर निर्भर हरेक विधा मनुष्य की विशिष्टता और सामान्यता के द्वैध को स्वीकार करती है। इस द्वैध की पकड़ में ही कलाकार की एक बड़ी चुनौती छिपी रहती है। इतिहास के ऐसे दौर में यह चुनौती और प्रखर हो जाती है जब किसी कला की दिलचस्पी समाज के एक वर्ग से हटकर

एक वृहत्तर दायरे की ओर बढ़ती है। ऐसे दौर में कलाकार को चरित्र की विशिष्टता और सामान्यता का जटिल द्वैध उन मनुष्यों की तस्वीर में स्थापित करना होता है जो पहले तस्वीर के योग्य नहीं माने जाते थे या जिनकी तस्वीर बने-बनाए आकारों से ट्रेस कर ली जाती थी। पिछले (यानी '70 के) दशक में फ़िल्म की कला में यह चुनौती पैदा हुई। नए या समांतर सिनेमा के निर्देशकों ने समाज के वृहत्तर दायरे को अपनी कला में स्थान देना आरंभ किया। ऐसे पात्र और कथानक उनकी नज़र में प्रविष्ट हुए जो अब तक केवल रूढ़ रूपों में ही फ़िल्म में प्रवेश पाते थे। मजदूर, छोटे किसान, आदिवासी, उत्पीड़ित औरत और बच्चा ऐसे पात्र थे। उनकी छवि को चरित्रांकन के शास्त्रीय द्वैध में ढालना नए फ़िल्मकार का संघर्ष था। बंगाल में सत्यजित राय यह चुनौती काफ़ी पहले स्वीकार कर चुके थे पर न तो उनका काम उत्तर भारत के दर्शकों तक पहुँचा, न उनकी उपलब्धि का सार्थक विश्लेषण हुआ (जो आज शुरू-भर हुआ है, उनकी फ़िल्में तो पहले की तरह दुर्लभ बनी हुई हैं)। पिछले और इस दशक में बहुत कम ऐसी हिंदी फ़िल्में बनी हैं जो चरित्रांकन के स्तर पर समाज के वृहत्तर फलक से चुने गए पात्रों के साथ न्याय कर सकी हों। न्याय से आशय यही है कि किसी पात्र की विशिष्टता और सामान्यता का द्वैध बनाए रख सकी हों। बहुत कम निर्देशक अपने उन पात्रों को रूढ़ हो जाने से बचा पाए जो ग़रीब, उत्पीड़ित वर्गों से लिए गए थे। ऐसे पात्रों के चित्रण में सामान्यता का ज़ोर रहा, विशिष्टत्व नहीं निखरा—बावजूद स्मिता पाटील और ओम पुरी जैसे कई अच्छे अभिनेताओं के। 'आक्रोश' और 'मैसी साहब' जैसी तमाम फ़िल्में अंततः जातिप्रथा और निरक्षरता की विरासत से उबर नहीं सकीं। कई फ़िल्मकारों ने प्रयास किया कि वे स्त्री-चरित्रों को सामान्य अपेक्षाओं और पारंपरिक धारणाओं से बचाकर प्रस्तुत करें। पर इतिहास का ज़ोर ज़्यादा भारी साबित हुआ। सत्तर के दशक में फ़िल्म में जो संभावना पहचानी गई—उत्पीड़ित भारतीय में चरित्र तलाशने की—वह राजनीति में भी पहचानी गई, और जिस तरह यह संभावना राजनीति में निष्फल हुई, उसी तरह फ़िल्म में भी निष्फल हुई।

निष्फल हुई पर भविष्य का करणीय संघर्ष और विकास इसी संभावना में छिपा है। भारत में हम तब तक सर्जना और दिमाग़ी स्फूर्ति के व्यापक विकास की कल्पना नहीं कर सकते जब तक आधी जनता रोटी के लिए जीती है, और बाकी में से दो-तिहाई रोज़ी के लिए। यह स्थिति समता और न्याय के लिए संघर्ष के जारी रखने से ही बदलेगी। इस संघर्ष में कला का योगदान संघर्ष की मनोभूमि और ऊर्जा पैदा करते रहना है। कला अपनी हरेक विधा में हमारे समय के तीखे विरोधों और अंतर्विरोधों को समेटकर, उन्हें

अभिव्यक्ति देकर, राजनीतिक संघर्ष के लिए ऊर्जा पैदा कर सकती है। फ़िल्म के क्षेत्र में कला की इस ज़िम्मेदारी के दो प्रधान स्तर हैं—कथा की संरचना और चरित्र की पकड़। इन दोनों स्तरों पर समाज की वास्तविक परिस्थितियों से न्याय करनेवाली संश्लिष्टता चाहिए और समाज के वृहत्तर दायरे से सरोकार रखनेवाली निगाह चाहिए। वृहत्तर दायरे को समेटने की ख़ातिर संश्लिष्टता की ज़रूरत को छोड़ा नहीं जा सकता। ग़रीब औरत को चरित्र बनाया पर उसका सपाट चित्रण ही किया तो बात नहीं बनेगी। मध्यवर्ग का रचनाकार ग़लती करता है जब वह सोचता है कि ग़रीबी मनुष्य को सपाट बना देती है।

8

अँधेरे छा रहे होंगे

मनुष्यों में उन्हें ही सुख है
वही श्रेष्ठ हैं
दुख मनाने के लिए
जिनके पास दुख अभी शेष हैं

—तेजी ग्रोवर के संग्रह **लो कहा साँबरी** से

अस्सी का दशक हमारे समाज के आर्थिक और सांस्कृतिक माहौल में पनमेंड़ की तरह आया। इस दशक के पहले का वक़्त इस दशक के बाद आए वक़्त से काफ़ी अलग दिखाई देता है। राजनीति और अर्थव्यवस्था में भारी संकट के चिह्न सत्तर के दशक के पूर्वार्ध में प्रकट होने लगे थे। आपातकाल की घोषणा इन चिह्नों को दबाने का एक गंभीर प्रयास थी। इस प्रयास ने समाज-व्यवस्था को गहरे स्तरों पर प्रभावित किया—कई स्तरों पर तोड़ा, कुछ स्तरों पर जड़ बनाया। आम मनुष्य की रचना-शक्ति को आपातकाल के अनुभव ने ऐसी डरी हुई अवस्था में छोड़ा जिसमें रूपक तलाशनेवाली कल्पना और कहने की व्यंजना जाती रहती हैं। इस बात को फ़िल्मी गीतों के संदर्भ में जाँचें तो "चिट्ठी आई है", और "पापा कहते हैं बड़ा नाम करेगा" जैसे बोल सुनकर लगता है कि हम सही दिशा में सोच रहे हैं। ये अस्सी के दशक के सबसे लोकप्रिय गीतों में से हैं। इन गीतों में शब्द का सौंदर्य ग़ायब है, केवल धुन का सहारा है। फ़िल्मी गीतों का इतिहास यदि कभी लिखा गया तो उनकी एक समस्या यही होगी कि वह बोल पर ग़ौर करे या धुन पर।

'मधुमती' का एक गाना है—"आ जा रे, मैं तो कब से खड़ी इस पार"। उसके बीच में एक और गाने की धुन कभी-कभी सुनाई देती है—"घड़ी-घड़ी मेरा दिल धड़के"। फ़िल्म की कहानी पूर्वजन्म की स्मृति पर आधारित है।

इन दो गीतों की धुनें स्मृति को कहानी के एक निर्णायक मोड़ पर खुरचती हैं। कहानी के रास्ते में जहाँ भी स्मृति वर्तमान की सतह के क़रीब आने को होती है, इनमें से कोई एक धुन अनायास बज पड़ती है। धुन की विशेषता ही यह है कि वह शब्दों की तरह घिसती नहीं है, समय के बोझ-तले सुरक्षित पड़ी रहती है और मन व मौक़े का क्षणिक तादात्म्य होते ही बज पड़ती है। इसीलिए यह फ़ैसला करना कठिन है कि फ़िल्मी गीतों के विवेचन में तरजीह बोल को दी जाए या धुन को।

अच्छी धुनें घिसे-पिटे बोलों को उबार लेती हैं, वरना अस्सी के दशक में फ़िल्मी गीत साहित्य की लोकप्रियता घटने लगती। अनुराधा पौडवाल के स्वर में जब हम सुनते हैं, "दिल धक-धक करने लगा" तो हम धुन और गले के आकर्षण के कारण ही इन पिटे हुए शब्दों को बर्दाश्त करते हैं या उन पर ध्यान नहीं देते। फ़िल्मी गानों की धुनें दरअसल लोकमन का संग्रहालय हैं। दिक़्क़त यही है कि इस संग्रहालय में कुछ भी टटोलने के लिए बोलों के बिना काम नहीं चल सकता। धुन केवल सुनी जा सकती है—चाहे मन में, चाहे कानों में, उसका हवाला देने के लिए हमें बोलों का उल्लेख करना होगा, भले ही वे कितने अदना या लचर हों। 'कजरा मोहब्बत वाला' और 'झुमका गिरा रे' जैसे गीतों में जो जादू, यानी ध्यान खींचने की शक्ति है, वह उनकी धुन में है, बोल तो बहाना है। यदि युंग और ग्राम्शी से बीसवीं सदी के भारत पर बात की जाती तो वे दोनों कहते कि इस ज़माने की सबसे विशाल लोकवार्ता फ़िल्मी गीत और उनकी धुनें हैं। सामूहिक अवचेतन की खोज करनी हो या 'नेशनल पापुलर' की, दोनों के लिए हमें फ़िल्मी गीत साहित्य का विश्लेषण करने की क्षमता विकसित करनी होगी। फ़िल्मी गीत की विधा को स्थापित हुए आधी सदी से ऊपर समय हो गया, पर उसका विवेचन करने की ज़रूरत अभी तक नहीं समझी गई है।

इस दिशा में एक मामूली-सी शुरुआत करने का मेरा मन पिछली जून कौसानी से लौटते समय यकायक कैसे बना, यह आगे चलकर सही जगह पहुँचकर ही बता सकूँगा। पहले मैं इस प्रयास का मोटा निष्कर्ष बता देना चाहूँगा जिससे वे पाठक विदा ले सकें जो कुछ भी पढ़कर यह सवाल पूछने के लिए संपादक को पत्र लिखते हैं कि लेखक आख़िर कहना क्या चाहता है। हिंदी फ़िल्मी गीत साहित्य में दो मुख्य भाव-समुच्चय मुझे नज़र आए। आप चाहें तो इन्हें स्रोत-भाव कह सकते हैं क्योंकि इन्हीं दो भाव-समुच्चयों से वे हज़ारों लड़ियाँ फूटी हैं जिन्हें हम राह चलते सुनकर अपने भीतर झट से पहचान लेते हैं। ये दो स्रोत-भाव हैं—चाह की असीमता और बात या संवाद के अधूरा रह जाने की अनिवार्यता। इन दो स्रोत-भावों में हम उस

विराट् सामाजिक परिवर्तनचक्र की घिसट से पैदा हुई मनोभूमियाँ ढूँढ़ सकते हैं जो हमारे इर्द-गिर्द रात-दिन घूमता रहा है। इस चक्र की रफ़्तार और घर्घर ध्वनि को कई परिचित शीर्षकों में पढ़ा जा सकता है जिनमें गाँव से शहर बनती अस्मिता, पूँजीवाद के प्रति आकर्षण और डर का मिश्रित भाव, आज़ादी के अर्थ तलाशने का उत्साह और रह-रहकर पैदा होनेवाली थकान प्रमुख है। कुछ अपरिचित शीर्षक भी गढ़े जा सकते हैं जिनमें स्त्री की शख़्सियत मान लिए जाने का डर, राज्य के प्रति संदेह और ताक़त की निरुद्देश्यता का आतंक प्रमुख होंगे।

उन चाहों को शब्दों में तौलना कठिन है जो जाति-प्रथा से जकड़े और रूढ़ियों से कसकर बँधे समाज में थोड़ी-सी ढील आने से बढ़ना शुरू हुई। इस ढील के पीछे वह लंबी प्रक्रिया थी जिसे उपनिवेशवाद और उसके ख़िलाफ़ उभरी चेतना का विस्तार कहते हैं। फ़िल्म की भाषा में यह ढील स्त्री और पुरुष के प्रेम के संदर्भ में दर्ज की गई। प्रेम की संभावना और संभावना के फलित होते ही प्रकटनेवाली कशाकशी का जायज़ा लेते हुए ज़माने की ख़बर लेना फ़िल्म की विधा का पर्याय बन गया। पुरानीवाली 'अनाड़ी' के अंतिम हिस्से में ज़माने के सताए प्रेमी जब बिछुड़ने को होते हैं, उस समय लता की आवाज़ में बजनेवाला गाना तकलीफ़ की कविता है। अन्याय के शिकार की प्रतिमूर्ति राजकपूर जिस हीरो की भूमिका में हैं, वह जा रहा है। नूतन के रूप में हीरोइन उसे जाता देख रही है। उसका मन संकुल है और इन शब्दों में अपनी अभिव्यक्ति पाता है : "तेरा जाना दिल के अरमानों का मिट जाना।" जो अरमान इस गीत की धुन में छिपे हैं, उन्हें अगले दशकों के पता नहीं कितने गानों में एक बहुत बड़े और अनिश्चित शहरी समाज की मुद्रा के रूप में भी पढ़ा जा सकता है और प्रेम में पड़ी दुविधाग्रस्त स्त्री की अनंत आशंकाओं के रूप में भी। दोनों मनोदशाएँ इस असुरक्षा के कठोर धागे में बँधी हैं कि सारा किया-कराया बर्बाद हो जाएगा। होगा वही जो होता आया है, यानी या तो दुनिया हमें मार डालेगी या तक़दीर। दुनिया वह चीज़ है जो अकेलों-दुकेलों की परवाह नहीं करती। वह निर्मम है, पैसे की मुरीद है। रूढ़ियों को जीवित रखना और मुक्त होने के आकांक्षी इन्सान को अट्टहास करते हुए बाँध देना उसके शौक हैं। और तक़दीर? वह दुनिया से बड़ी है, पर अक्सर दुनिया के पक्ष में चलती है। पर उससे फ़रियाद करना संभव है—कम-से-कम सत्तर के दशक तक रहा जब तक़दीर का उल्लेख यकायक कम होने लगा। पहले के प्रेमी तक़दीर से अपील कर सकते थे। कभी-कभी तक़दीर को चुराने की कल्पना भी कर लेते थे। इधर के गानों से तक़दीर का विलोप दिखाता है कि अब सिर्फ़ दुनिया है—हमें उसी से जूझना है और उसी में विलीन होना

है। जब इसी दुनिया में विलीन होना एकमात्र नियति है (क्योंकि इस दुनिया से ऊपर की परिकल्पनाएँ जीवन की व्यस्तताओं, माँगों, शिक्षा, विज्ञान और राज्य के आग्रहों ने पोंछ दी है), तो उससे क्यों और कितना जूझा जाए, वह एक महत्त्वपूर्ण सवाल बन जाता है।

अरमान की बात को पूरा कर लें। दुनिया को जीतने का मतलब रूढ़ि और ग़रीबी के दूर-दूर फैले महासागर में मध्यमवर्ग की सुरक्षा की लालसा के टापू का नाम ही अरमान था। उस युग में—अस्सी की पनमेंड़ के पहले के युग में—इस टापू की मिल्कियत का दस्तावेज़ विवाह की रस्म थी। विवाह के अवसर पर फ़िल्मी गानों की धुनें बैंड पर आज भी निकाली जाती हैं, पर वैसे गाने अब नहीं रहे जो इस अवसर पर वर्षों बजते रहते थे। "पंख होते तो उड़ आती रे" इसी क़िस्म का गाना था। जब यह गाना हमारे शहर के क्लांत बिगुल-बाजों से निकलकर गर्मी की रातों में फैलता तो हमें लगता कि एक घटना कहीं घट रही है। इस गीत के बोल पुरुषमन की फैंटेंसी थे या स्त्रीमन की चाह, यह कहना कठिन है। पर असंख्य बार बजकर इस गाने ने एक रस्म की हैसियत पा ली थी जिसे पूरा किए बग़ैर शादी करना असंभव था। ग़रीबी और कुपोषण के सताए, क़स्बे की परिधि पर रहनेवाले अनुसूचित बसोर बैंड-वादक बाम्हन, ठाकुर और बनिया सभी की शादियों में इस गाने की धुन बजाकर सवर्ण-समाज को आश्वस्त करते थे कि ज़माना अभी जस का तस चलेगा।

दुनिया को बदल डालने, तक़दीर को अपनी मुट्ठी में बंद कर लेने और हिंदुस्तान को अपनी सारी ऊर्जा दे देने की बात फ़िल्मी गीतों में सबसे ज़्यादा बच्चों ने कही। 'बूट पॉलिश' के प्रसिद्ध गीत में पूछे जाने पर आनेवाली दुनिया का ब्यौरा नन्हे-मुन्नों ने वे सारी बातें कहकर दिया है जिन्हें आज नेहरू-युग के स्मृति-चिह्न कहा जा सकता है। आज़ादी का पहला दशक पूरा होने तक देश-प्रेम के फ़िल्मी गीतों की संख्या इतनी हो चुकी थी कि राष्ट्रीय पर्वों पर विविध भारती का कार्यक्रम कोई गाना रिपीट किए बिना पूरा हो सके। बच्चों की कुछ फिल्में तो बनाई ही इस तरह से गईं कि उनके रिकॉर्ड देश-प्रेम के गीतों का संग्रह बनकर बिके। ये गीत आज़ादी के उल्लास के बहाने राज्य की वैधता स्थापित करने के औज़ार बने। ये गाने न बजे होते तो आज़ादी के आसपास पैदा हुई पीढ़ी राज्य के प्रति गहरे संदेह और राजनीति के पाखंड के प्रति गहरे गुस्से को अच्छे बच्चों की तरह मन में ही बनाए रखने में असमर्थ हो जाती। आज़ादी के आंदोलन के साथ-साथ सरकार की महिमा में स्वतंत्र भारत की संतान को समाजीकृत करने का काम हमारी लचर शिक्षा-व्यवस्था अकेले क़तई न कर पाती। मज़े की और निस्संदेह उल्लेखनीय बात यह है

कि वे तमाम गाने आज तक चुनाव जितवाते हैं, बच्चों और बड़ों दोनों को घंटों धूप में नेताओं का इंतज़ार करने में मदद देते हैं। न नेता की नक़ली व्यस्तता घटी है, न जनता का धीरज, यद्यपि बेरोज़गारी और मुफ़लिसी बहुत बढ़ गई हैं, औद्योगीकरण बढ़ रहा है, समय पैसा हुआ जा रहा है। "हम लाए हैं तूफ़ान से क़िश्ती निकाल के" मूलतः एक विदाई समारोह में ही गाया गया था, वह एक इतना योग्य शिक्षक सिद्ध हुआ था कि उसे स्कूल से हटाकर बोर्ड में नियुक्त करना ज़रूरी हो गया था। उसने जाते-जाते अपने किशोर छात्रों से रफ़ी की बुलंद आवाज़ में कहा था-"तुम गाड़ दो गगन में तिरंगा उछाल के।" आज वे किशोर पचास से ऊपर के हो रहे हैं और गगन में तिरंगे की जगह रूपर्ट मरडोक के झंडे लहराते देख रहे हैं जो हर महाद्वीप में थोड़ा-सा स्थानीय रंग लिए नज़र आते हैं। यह स्थानीय रंग उस लड़की के बालों का होता है जो बहुराष्ट्रीय फ़ॉर्मूलों में स्वदेश में ही तैयार शैंपू लगाकर अपने बाल कैमरे के सामने झुलाती है।

फ़िल्मी गीत साहित्य का कोई भी बड़ा प्रतीक लेकर उसके साथ दो-चार क़दम चलें तो हम इसी क़िस्म की उत्साहघाती दृश्यावली से घिर जाते हैं। दुपट्टे की बात लें जिसका मर्म मेरे लिए पिछली गर्मी में खुला। कौसानी से हल्द्वानी यानी पहाड़ों से मैदान आ रही बस ने अपनी दैनिक संघर्ष यात्रा शुरू ही की थी। पहाड़ बारिश के बाद की धुंध में खोए थे। ड्राइवर के सिर के ऊपर घूम रहे कैसिट से हरिओम शरण का भजनामृत बह रहा था। लगता था जैसे कोई राम के पैर पकड़े उन्हें जाने से रोक रहा है। उस पहाड़ी सड़क पर ऐसे ही विवश राम की आवश्यकता थी, वरना बस कब की उलट गई होती। कुछ दूर चलकर बस एक छोटे-से गाँव में रुकी। अभी सुबह ठीक से पकी नहीं थी और लोग जागे नहीं दीखते थे। कौन जानता था कि इस गाँव में हमारी बस की आगे की यात्रा पर गहरा प्रभाव डालनेवाली दो घटनाएँ घटेंगी ? घनी धुंध में से एक मामूली दुकान प्रकटी और भगवान का चमत्कार देखिए, उस दुकान के अंधकार में जलेबियाँ सिक रही थीं। वह भी कोई आम जलेबी नहीं, करीने से फेंटे गए मैदे की संतान। कम-से-कम बीस यात्रा-कर्मियों ने अवश्य उस जिह्वामृत का भोग किया होगा। इस अनुष्ठान के बाद जैसे ही सुरक्षित जीवन के उस पार्श्व पर पर्दा गिरा, यानी कि बस धुंध में डूबे तीखे मोड़ों की तरफ़ निडर बढ़ी कि दूसरी घटना घटी। ड्राइवर ने हरिओम शरण को हटाकर दूसरा कैसिट लगाया। मेरे मन में उस समय आशा की कोई किरण नहीं थी। ज़िंदगी में ऐसे क्षण आते ही रहते हैं जब हमें यह नहीं पता होता कि अब आगे क्या होनेवाला है, पर किसी भली बात की आशा भी हमें नहीं होती। कैसिट ने अपनी शुरुआती, संकोची शून्यावस्था में दो-चार

फेरे लगाए होंगे कि अचानक मेरे कानों में वे शब्द घुस गए जिन्हें पहले-पहल सुनकर आज़ादी के क़रीब किशोरावस्था में प्रवेश करनेवाली लड़कियाँ पुलकित हो उठी होंगी। इन शब्दों को नब्बे के दशक में सुनना पुलक के साथ-साथ दहशत भी पैदा करता है—इस एहसास से उपजी दहशत कि हम कहाँ से कहाँ आ गए। पर जिन शब्दों का मैं ज़िक्र कर रहा हूँ, उनकी आधी शक्ति उन्हें एक लुभावनी, संक्षिप्त झटक में पिरोनेवाली धुन में है। इन शब्दों को यहाँ उद्धृत करना इसीलिए अधूरा-सा लग रहा है क्योंकि उनकी धुन लिखकर नहीं बताई जा सकती। पर उसे 'बताने' की ज़रूरत ही क्या है ? यह धुन तो एक समूची पीढ़ी का सहगान है। आख़िर हम सबने वह सपना मिलकर देखा था जिसमें स्त्री की आज़ादी पुरुष को इन्सान बनाने की शर्त बताई गई थी। आज जब मुज़फ़्फ़रनगर में नए साल की शुरुआत से अब तक 162 बलात्कार दर्ज किए जाने की ख़बर पढ़ता हूँ या खारी बावली की भीड़ में सिमटकर गुज़रती हुई लड़की को देखता हूँ तो वह सपना मुझे याद हो आता है यद्यपि उसके इस तरह याद हो आने में कोई सुख नहीं होता, घबराहट और निराशा ही होती है। घबराहट इस बात की कि अब और क्या-क्या होना है, और निराशा इस बात की कि जो वक़्त बीता वह उत्तर भारत के समाज में स्त्री की नियति को प्रभावित करने में इतना विफल हुआ। इस मिलेजुले मूड के धुएँ में वे शब्द और उनकी धुन अपने और अनेक अपनों के सबसे ऊँचे आदर्शों को पुकारती है—"हवा में उड़ता जाए मेरा लाल दुपट्टा मलमल का!"

स्त्री की आज़ादी और शख़्सियत की जैसी रम्य घोषणा इस गीत और उसकी धुन में है वैसी शायद ही किसी अन्य रचना में मिले। पर सही बात है कि यह रचना किशोरावस्था का गान है, स्त्रीत्व का नहीं; हिंदीभाषी समाज में किशोरी को एक क्षणिक छूट परंपरागत रूप से मिली रही है। इस छूट के इर्द-गिर्द दस-बारह बिंब और क्रियाकलाप आरक्षित रहे हैं। इनमें तुनकना, भाई से बराबरी (जो मिल नहीं सकती) के लिए मचलना, कच्चे अमरूद और आम खाना, झूला हो तो उस पर बैठकर या खड़े होकर ज़ोर से झूलना शामिल हैं। ये स्त्री-जीवन की लंबी, कष्टप्रधान यात्रा में सुख और स्वाधीनता के प्रतीक क्षण हैं। कोई आश्चर्य नहीं कि स्वतंत्रता के उषाकाल में बनी अनेक फ़िल्मों ने स्त्री की ज़िंदगी के इन मोहलती क्षणों का भरपूर उपयोग किया। ये क्षण संगीत में हों या दृश्य में, आज़ादी और उससे उपजे सामाजिक सपनों को आकार देने में मदद करते थे। आज जब वे सपने पूरी तरह से खो चुके हैं, सामूहिकता का बिखराव एक वास्तविकता और परतंत्रता की वापसी एक संभावना बन चुकी है, किशोरावस्था के गान में किसी अनागत खुशी के प्रतीक

पिरोना अनावश्यक हो गया है। इसलिए आज के गीत में किशोरी हमसे कहती है—"मैं पंद्रह बरस की हो गई, मेरी चुनरी लंबी हो गई, मेरी चोली छोटी हो गई" वगैरह। सच, हम बहुत दूर चले आए हैं, और पचास के दशक की दृष्टि से देखें तो बुरी तरह भटक गए हैं। अब हमारे पास सपनों के संस्मरण-भर रह गए हैं। गुलज़ार का एक बहुत सुंदर गीत है—"मेरा कुछ सामान तुम्हारे पास पड़ा है।" इस गीत में धोखा खाई नायिका वे तमाम चीज़ें वापस माँग रही है जिनके साथ अरमानों की स्मृति जुड़ी है। इनमें पतझड़ में पत्ते गिराती हुई वह शाख़ भी शामिल है जो अभी तक काँप रही है।

एक और गहराई में झाँकें जो आज़ादी से ज़्यादा पुरानी स्मृतियों की है और उन स्मृतियों में गाँव बसा है। फ़िल्म उद्योग की महानगरी बंबई फ़िल्मों के कथानक और संगीत में गाँव का विलोम बनकर चित्रित हुई। फ़िल्मों का गाँव वह सब था जो बंबई नहीं हो सकती। प्रकटतः तो शहर एक सपना था जिसकी खोज में आदमी गाँव को छोड़कर भटकता हुआ आता था लेकिन रजतपट के मायावी यथार्थ में गाँव एक सपने की तरह उभारा गया जिसे देखते-देखते आदमी शहर का अभ्यस्त होने के कष्ट से गुज़र जाता था। शहर और गाँव का द्वंद्व फ़िल्म के व्याकरण में दुनिया और इनसान का द्वंद्व बना। दुनिया थी बंबई जो उद्योगों और वाणिज्य के तेज़ विस्तार को अपनी रग-रग में बिछा रही थी—"मिलता है यहाँ सब कुछ पर मिलता नहीं दिल।" दिल की तलाश के लिए नायक का दूर-दूर जाना फ़िल्म का रिवाज़ बन गया। भारतीय रॉबिन्सन क्रूसो राजपूताने की हवेलियों, आदिवासियों के छप्परों, लोणावला की पहाड़ियों, कश्मीर की वादियों और यहाँ तक कि गोपालगंज की धूसरित पगडंडियों में भटका और मनुष्यता के भावपुंज ढूँढ़कर ही लौटा। इस एडवेंचर में उसे वह सब कुछ मिला जो बंबई में नहीं था : पत्थर की जगह पेड़, नफ़रत की जगह प्रेम, छल की जगह ईमान और पुरुष की भावनाओं से खेलनेवाली औरत की जगह भोलीभाली गाँव की लड़की। स्टीरियोटाइपों की इस बहार में गाँव का वह रूप हिंदी सिनेमा में शायद एक भी बार नहीं उभरा जिसे अंकित कर सत्यजित राय 'पाथेर पांचाली' के पर्याय बन गए। हिंदी फ़िल्म का गाँव हर तरह के हीरो और विलेन के लिए किशोर की अमिट धुन वह गाना है : "गोरी गोरी गाँव की गोरी रे, किसलिए बुन रही डोरी रे।" साथ में जो धुन है उसमें किसी शांत हरे खेत के पास कुएँ से पानी निकालते रहट को घुमा रहे बैलों की चाल की लय है। पास में कहीं गन्ने का ताज़ा रस उबालकर गुड़ भी पकाया जा रहा हो तो आश्चर्य नहीं।

यह दृश्य मैंने लगभग इसी रूप में दो वर्ष हुए मंढ़खेरा के प्रसिद्ध प्रतिहारवंशी सूर्य मंदिर के सामने देखा था। भारतीय पुरातत्व सर्वेक्षण में शामिल इस मंदिर

से मूर्तियाँ बराबर ग़ायब होती रही हैं और आदतन बंबई होते हुए अमरीका की ओर प्रयाण करती रही हैं। मंदिर के सामने कुएँ और खेत की सीनरी लगभग वैसी ही थी जैसी हज़ार साल पहले प्रतिहार युग में रही होगी। हाँ, पास जाने पर दिखता था कि बैलों को एक छोटे डंडे से हाँकती बालिका की धोती फटी थी और बाल साफ़ बताते थे कि उसके आहार में विटामिन-बी देनेवाली चीज़ों, जैसे हरी सब्ज़ी और फलों, का ख़तरनाक अभाव है। इस परिवेश से सैकड़ों मील दूर बंबई की चालों, मल्टीस्टोरी मध्यमवर्गीय मकानों और डीलक्स अपार्टमेंटों में स्वास्थ्य और सुख के इंतज़ाम इकट्ठा हैं, पर फ़िल्मी गीतों में बंबई क्या कोई भी महानगर 'बेदिल शहर ये कैसा' ही रहेगा। गाँव का जैसा रूप राजकपूर की 'श्री 420' ने रचा था वह आर्केटाइप बनने में कामयाब रहा। 'बूझ मेरा क्या नाम रे, नदी किनारे गाँव रे, पीपल झूमे मोरे आँगना ठंडी ठंडी छाँव रे'—यह एक परिपूर्ण बिंब-शृंखला है जो हिंदी-मन की सैकड़ों साल पुरानी चाहों को प्यार से घेरे है। उन्नीसवीं सदी के औपनिवेशिक दोहन, बीसवीं सदी की विकास-योजनाओं और कालातीत टकरावों और विषमताओं को अपनें सीने में समाए उत्तर भारत का गाँव यदि आज भी हमारे मन में मनुष्य और प्रकृति के बालपन का प्रतीक बना हुआ है तो इस मनोवैज्ञानिक उपलब्धि के श्रेय का एक ख़ास हिस्सा फ़िल्म और फ़िल्मी गीतों को दिया जा सकता है। आज के हालात देखकर लगता है कि गाँव के निवासी और प्रकृति का निर्मम दोहन जैसा इतिहास में अभी तक हमें दिखाया गया, आनेवाले कल की तुलना में मामूली था। गैट और डंकल आज से दो सौ बरस बाद लोकगीतों में विकराल राक्षसों के रूप में याद किए जाएँगे जिन्होंने मज़दूर, किसान और धरती को भींच-भींचकर निचोड़ा। उस भविष्य में पीपल अवश्य होगा पर आँगन होगा कि नहीं, यह कहना कठिन है। इतना ही बहुत होगा यदि आँगन की स्मृति बची रहे और तब के विश्वविद्यालय का कोई संस्कृति-विशेषज्ञ इस पंक्ति का अर्थ बता सके—"जानूँ रे जानूँ रे, छुपके कौन आया तोरे अँगना।" शब्द और संगीत की व्यंजक शक्ति के प्रयोगों में 'इन्सान जाग उठा' के इस गीत का सानी ढूँढ़ना कठिन है।

व्यंजना का युग आज बीत चुका लगता है। आजकल तो दरअसल गाने की ज़रूरत ही नहीं रही। गाने का वह सूक्ष्म व्याकरण, जो साढ़े-तीन मिनट के लिए जीवन के तमाम कष्टों को सरका देता था, अब कुछ अनावश्यक हो चला है। जिस मध्यमवर्ग के कष्टों की कथा कहने और इस कथा के ज़रिए दिल बहलाने के लिए सिनेमा और उसका संगीत रचा गया, उस मध्यमवर्ग का चरित्र आज तेज़ी से बदल रहा है। नवधनिकों की अगुआई में यह वर्ग आज एक नई तरह के रुवाब में लीन है। यह रुवाब अपार भौतिक सुख

और प्रमाद का है। सुरक्षा का डर अब मध्यमवर्ग को नहीं रहा क्योंकि उसे जिन वंचितों से डर है उन्हें कुचलने के लिए वह फासी क़िस्म के नियंत्रणतंत्र का इस्तेमाल करने को राजी है और ऐसा तंत्र उपलब्ध भी है। आज़ादी की खुशी और उसमें जीने की आकांक्षा भी उसे नहीं रही क्योंकि उसका दिमाग़ गुलाम हो चुका, उसकी संतान इस क़िस्म का लेख पढ़ने लायक हिंदी पढ़ा सकनेवाले स्कूलों में नहीं पढ़ती। राज्य के प्रति रचनात्मक संदेह, जो मध्यमवर्ग के दिमाग़ को मथता था, अप्रासंगिक हो चुका है क्योंकि राज्य ने स्वयं दुकान-धर्म अपना लिया है, आशय यह है कि वे सारी परिस्थितियाँ बदल गई हैं जिनके बीच फ़िल्मी गीत की विधा जन्मी और पली। आज वह प्रकट भावों, उत्तेजक शब्दों और उन्मादी संगीत में बुरी तरह घिर गई है। इस विधा का नया, भावी रूप क्या होगा, यह कौन देखने जाएगा ? वह मध्यमवर्ग से ही जुड़ी रहेगी और उसी की तरह बर्बर होती जाएगी या रचना के साधनों से आज मोहताज, वंचित वर्गों की विधा बनेगी और एक नई शक्ति अपने भीतर पैदा करेगी ? वंचितों का संघर्ष स्वयं क्या सांस्कृतिक रूपाकार ग्रहण करेगा ? ये सवाल आज पूछना भर प्रासंगिक है। आज़ादी और पाकिस्तान के निर्माण की विभीषिका में प्रदीप ने पूछा था—"देख तेरे संसार की हालत क्या हो गई भगवान ?" यह सवाल हमें आज भाव-विह्वल भले कर ले, हमारी परिस्थिति को समेटता नहीं है। हमारे बैठे दिलों में आँगन, पीपल, पायल और चिलमन की पूर्वजन्मी स्मृतियाँ हल्की-सी झटक-भर पैदा कर सकती हैं पर बाहर का शोर बहुत ही तेज़ हो गया है। इन दिनों का एक गाना सही ही पूछता है कि "हाले दिल कैसे बताएँ, मैं भी पागल, तू भी पागल।" शायद इसी भाव को थके हुए समाजवादी, अमरीकी पैसे से आयोजित सेमिनार में उत्तर-आधुनिकता का नाम देते हैं। उनका दिल इसी से बहलता है। काश, वे मुबारक बेगम को सुन सकते—"कभी तन्हाइयों में हमारी याद आएगी, अँधेरे छा रहे होंगे...।"

9

राज्य और समाज का द्वंद्व

मंडल आयोग की एक सिफ़ारिश के लागू किए जाने से उपजी बहस अब अपने डेल्टा पर पहुँच गई है। शीघ्र ही वह सामाजिक दुर्भावना के निरंतर गहराते सागर में विलीन हो जाएगी। यह सागर देश का सामूहिक अवचेतन है जिसमें अनगिनत सपने, इरादे, टकराव और आधे-अधूरे अनुभव तैरते रहते हैं। किसी आँधी या ज्वार के साथ कभी कोई चीज़ किनारे आ लगती है तो उसे लेकर बहस जैसा शोर होने लगता है। उस चीज़ की जाँच और उसके मूल रूप की पड़ताल शुरू नहीं होने पाती कि कोई नई आँधी उस चीज़ को धकेलकर वापस समुद्र में पहुँचा देती है और किसी नए अजूबे को किनारे ला रख देती है।

'पिछड़ी' जातियों के लिए सरकारी नौकरियों में 27 प्रतिशत आरक्षण के सवाल पर पिछले ('91 के शरद के) आठ-दस हफ़्तों में जो बहस चलती रही है, उसमें किसी नए तर्क का प्रयोग तो किसी पक्ष की ओर से नहीं हुआ, पर बहस ने देश के राजनीतिक और वैचारिक परिदृश्य के कुछ छिपे हुए पहलू अवश्य उजागर कर दिए। इनमें से एक महत्त्वपूर्ण पहलू समाजवादी विचारनीति का इस्तेमाल करनेवाले पक्ष से संबंधित है। यदि इस पक्ष में हम साम्यवादियों और समाजवादियों, दोनों को शामिल कर लें तो हम देख सकते हैं कि यह पक्ष किस हद तक उदारपंथी या 'लिबरल' हो गया है। आरक्षण की बात सत्ताधारी दल और विशेषकर प्रधानमंत्री ने एक राजनैतिक अस्त्र के तौर पर उठाई थी। वामपंथी खेमे (यहाँ मैं उसमें समाजवादियों को भी रख रहा हूँ) ने उसका समर्थन किसी राजनैतिक दबाव की वजह से नहीं, विचारनीति (आइडियालाजी) की वजह से किया, और काफ़ी ज़बर्दस्त समर्थन किया। इस खेमे के लेखकों के लेख पढ़ते वक़्त लगता था जैसे आरक्षण एक क्रांति है। ये लेखक अवश्य जानते होंगे कि आरक्षण की व्यवस्था बूर्जुआ

जनतंत्र की उदारपंथी सोच का अंग है और इस सोच में भी उसे क्रांतिकारी नहीं माना जाता। कमज़ोर तबकों के प्रति 'पक्षपात' प्रायः एक प्रतीक और ज़्यादा से ज़्यादा एक मुआवज़े का काम करता है। उससे कोई अन्यायी सामाजिक व्यवस्था बदली नहीं जा सकती। सुधारी भी जा सकती है या नहीं, यह भी विवाद का विषय है। विश्व के कई वामपंथी चिंतकों ने माना है कि इस तरह के क़दम से अन्यायी सामाजिक व्यवस्था और मज़बूत हो सकती है, क्योंकि कमज़ोर वर्गों के कुछेक चुनिंदा सदस्यों के अभिजात वर्ग में शामिल हो जाने से व्यवस्था कुछ ज़्यादा वैध नज़र आने लगती है। इस तर्कप्रणाली से अच्छी तरह परिचित समाजवादी (जिसमें से कई को लोहियावादी कहकर पुकारा जाता है) और साम्यवादी लेखकों ने मंडल आयोग की एक सिफ़ारिश लागू किए जाने को क्रांतिकारी बताकर और उसका ज़ोरदार समर्थन करके अवश्य किसी गहरी निराशा या विवशता का इज़हार किया है।

इस विवशता की टोह में हम यदि देश के राजनैतिक अवचेतन में उतरें तो पाएँगे कि औपनिवेशिक विरासत का अँधेरा अपने में बहुत कुछ छिपाए है। अपने देश में राज्य और समाज के बीच मौजूद द्वंद्व के बीज हमें इसी अँधेरे में मिलेंगे। अंग्रेज़ी का औपनिवेशिक राज्य किसी सामाजिक संघर्ष या उथल-पुथल की देन नहीं था। समाज के भीतर बैठकर वह 'बाहरी' ही नज़र आता था भले ही उसने पढ़े-लिखे भारतीयों को नौकरी देकर और कई सुधारात्मक कदम उठाकर अपने बाहरीपन को घटाने की काफ़ी चेष्टा की। आज की राज्यव्यवस्था औपनिवेशिक शासन का ही परिष्कृत रूप है। लोकतांत्रिक राजनीति और आर्थिक विकास की विवशताओं ने उसका काफ़ी-कुछ परिष्कार किया है, पर उसका 'बाहरीपन' आज तक बना हुआ है। हम किसी भी ज़िले में चले जाएँ, बस्ती या गाँव में बैठकर हमें ज़िला मजिस्ट्रेट का कार्यालय और उसके हाकिमों का संसार आज भी 'बाहरी' नज़र आएगा। भारतीय आदमी महानगरवासी हो या ग्रामवासी, सरकारी अधिकारी या पुलिसकर्मी को सामने देखकर उसके अवचेतन में पहला संचारी भाव डर के रूप में ही प्रकट होता है। सरकारी आफ़िसों में इस्तेमाल होनेवाले बाँसी कागज़ का लिफ़ाफ़ा डाक में पाकर हम अपने अंतर्तम में किसी अनिष्ट की आशंका को सिर उठाने से रोक नहीं पाते, भले ही हमें किसी ख़ास वजह से उस लिफ़ाफ़े का इंतज़ार क्यों न हो।

उपनिवेश रह चुके समाज में सरकार का अर्थ है ऐसी ताक़त जो समाज को उसकी शक्तिहीनता का बोध कराती हो; शक्तिहीनता ही क्यों, नाना दुर्बलताओं का बोध कराती हो। औपनिवेशिक शासन का प्रमुख ज़िम्मा और उसके अस्तित्व का लोकप्रिय सूत्र था 'ला एंड आर्डर', यानी क़ानून और

व्यवस्था। औपनिवेशिक प्रशासन का समाज के नाम संदेश ही यही था कि मेरे बिना तुम आपस में लड़ मरोगे। दंगे के बाद की 'शांति' उस प्रशासन की सबसे कारगर प्रतीक थी। इस शांति में एक पराधीन समाज की दहशत छिपी होती थी। पराधीनता की पराकाष्ठा इसी बात में आई कि समाज को शासन द्वारा स्थापित शांति के बिना दहशत महसूस होने लगी। समाज ने प्रशासक की समझ आत्मसात कर ली, यानी समाज मानने लगा कि वह नैतिक रूप से पंगु और कठोर हाथों से दबाकर रखे जाने योग्य है। उसने औपनिवेशिक शासन के 'बाहरीपन' को समेटने की ख़ातिर अपनी पहचान में परिवर्तन कर लिया और स्वयं को शासन की दृष्टि से देखने लगा। 'ला एंड आर्डर' स्वयं उसकी प्राथमिकता बन गया और दूसरे पर हुक्म चलाने की ताक़त पाना जीवन में सफलता पा लेने का पर्याय बन गया। इस नैतिक भाषाविज्ञान के बीज राजाशाही और सामंती व्यवस्थाओं में पहले से मौजूद थे, औपनिवेशिक विजय ने उन्हें एक नया और सुनिश्चित अर्थ दिया।

औपनिवेशिक विचारनीति पर आधारित राज्य कितना ही दम भरे कि वह कल्याणकारी है और उसका लक्ष्य समाज का विकास करना है, किंतु अपने मूल स्वभाव में वह ताक़त को इकट्ठा करके उसके प्रयोग का एकाधिकार पाने व बनाए रखने का यंत्र है। उसके इस स्वभाव को देखते हुए हमें आश्चर्य नहीं होना चाहिए कि वह जो भी क़दम उठाता है, अंततः उस क़दम की परिणति समाज में ताक़त की साधना को और सघन बनाने और सामाजिकता को और खंडित करने में होती है। ताक़त एक मरीचिका है जिसकी तलाश में उपनिवेश रह चुके समाज का हरेक सदस्य कभी समूह में तो कभी अकेला भागते-भटकते रहने के लिए अभिशप्त है। जिन वर्गों के पास प्रशासन चलाने की ताक़त बतौर विरासत के आई है, वे इस मरीचिका का लाभ उठाते हैं, उसे सामाजिक संघर्षों का केंद्रीय लक्ष्य बताते हैं और लगातार यह प्रयास करते हैं कि मरीचिका को यथार्थ मानने की लाचारी बनी रहे।

इस विश्लेषण के सहारे हम स्वतंत्र भारत में शिक्षा की अवहेलना और उसके औपनिवेशिक स्वरूप को बनाए रखने की विवशता (जो दरअसल एक ऐतिहासिक साजिश है) का रहस्य समझ सकते हैं। हमारी इस समझ का मंडल आयोग के पन्ने खोले जाने से उत्पन्न स्थिति को समझने में गहरा महत्त्व होगा। आख़िर क्या वजह है कि समाज-व्यवस्था में आमूल परिवर्तन चाहने वालों (वे मंत्री हों या लेखक या शिक्षक) के लिए आरक्षण इतना महत्त्वपूर्ण मुद्दा है और शिक्षा के पराभव का कोई महत्त्व नहीं ? राष्ट्रीय मोर्चा सरकार के किसी लोहियावादी मंत्री और किसी वामपंथी सहयोगी ने प्रधानमंत्री पर यह दबाव नहीं डाला कि वह शिक्षा के लिए कैबिनेट स्तर का मंत्री नियुक्त करें।

आरक्षण की पूरी बहस में यह सवाल नहीं उठाया गया कि प्राथमिक शिक्षा के पाँच वर्षों में होनेवाली दो-तिहाई छँटनी—जिसके शिकार 'पिछड़े' वर्गों की संतान ही मुख्य रूप से होती है—से प्रधानमंत्री का दिल क्यों नहीं दुखता और वे उसका उपचार करने में कोई रुचि क्यों नहीं दिखा रहे। बात यह है कि शिक्षा को मुद्दा बनाकर यदि हम आरक्षण की बहस की जायज़ा लें तो पूरी बहस बेमानी नज़र आती है। जब कमज़ोर वर्गों के बच्चों को अकाल मृत्यु और कुपोषण से बचाने की कोई व्यवस्था नहीं है और जो बच्चे बच जाते हैं उन्हें वास्तविक साक्षरता और आत्मसम्मान देनेवाली शिक्षा का वायदा देने को कोई तैयार नहीं है, तो नौकरियों में आरक्षण का अर्थ निश्चय ही काफ़ी रहस्यमय हो जाता है। उसे सुदूर भविष्य के क्रांतिकारी राज्य की तैयारी मानने के पुराने दकियानूसी समाजवादी चिंतन के प्रकाश से ही चमकाया जा सकता है।

आरक्षण की बहस में यदि किसी ने शिक्षा की चर्चा छेड़ी भी तो व्यक्तिगत प्रतियोगिता के सीमित संदर्भ में। सुरेंद्रप्रताप सिंह ने *नवभारत टाइम्स* में छपे एक लेख में मोहन और लल्लू नाम के दो प्रतीक बालक गढ़कर बताया कि इन दो की शिक्षा के बीच जो फ़ासला है, वह लल्लू को आरक्षण दिए बिना नहीं पाटा जा सकता। सुरेंद्रप्रताप का यह तर्क सही है, पर अधूरा है। आरक्षण के ज़रिए लल्लू अधिकारी बन भी जाए, पर उसकी इस उपलब्धि से उस-जैसे लाखों बच्चों को प्रतिदिन, निरक्षरता और अपमान की ओर धकेलनेवाली व्यवस्था में परिवर्तन नहीं आ सकता। लल्लू के शैक्षिक अनुभव को जाँचा जाए तो हम पाएँगे कि उसमें आत्मपलायन और सामाजिक यथार्थ से डर का वही सूक्ष्म प्रशिक्षण निहित है जो हमारी शिक्षा व्यवस्था अपने हर ग्राहक को देती है। आत्मा को खंडित करनेवाली शिक्षा पाकर लल्लू भले ही आरक्षण के दरवाज़े से उस कमरे में घुस जाए जिसमें मोहन अपनी हैसियत और पैसे के बल से कुर्सी पर बैठा है, लल्लू और मोहन किसी प्रकार कुछ नया नहीं रच सकते—न अलग-अलग रहकर, न साथ मिलकर, न एक-दूसरे से लड़कर। वे दोनों उस 'बाहरी' पट्टी पर ही जिएँगे जिसे औपनिवेशिक विचारनीति ने समाज को दुर्बल बनाने और उसमें छिपी ताक़त को बतौर वर्चस्व के इस्तेमाल करते चले जाने के लिए रचा था।

मंडल आयोग के दम पर सामाजिक क्रांति का सपना देख रहे लोगों ने ग़रीब बच्चों के दैनिक स्कूली जीवन पर थोड़ा भी ग़ौर किया होता तो वे पाते कि आरक्षण की व्यवस्था का तर्क दूर-दूर तक भारत में सामाजिक न्याय और उत्पीड़न को प्रभावित नहीं कर सकता। वे शायद यह भी देख पाते कि आरक्षण आज के भारत में एक अस्त्र से ज़्यादा एक आड़ है जिसके पीछे

समाज के सबसे कमज़ोर तबक़ों की बुनियादी ज़रूरतों की अवहेलना पर आधारित विकासनीति और पूँजीवाद के भौंडे विस्तार पर आधारित अर्थनीति छिपाई जा सकती है। दरअसल आज चल रही विकासनीति और अर्थनीति के तीखे अंतर्विरोधों को पहचानने के लिए किसी सूक्ष्म विश्लेषण की ज़रूरत नहीं है क्योंकि ये अंतर्विरोध दैनिक जीवन की सतह पर दिखाई दे रहे हैं। एक तरफ़ शक्तिशाली प्रचार माध्यमों के ज़रिए विलास और मौज-केंद्रित उपभोक्तावाद फैलाया जा रहा है जिसका सबसे ताज़ा और बड़ा प्रतीक 'पैप्सी कोला' है, तो दूसरी तरफ़ नर्मदा और टिहरी के बाँधों की 'योजनाओं' से करोड़ों ग़रीब लोगों को, (जिनमें संविधान द्वारा संरक्षित आदिवासी समूह शामिल हैं) ज़मीन से उखाड़कर फुटपाथ पर लाया जा रहा है। इस विशाल लीला के आगे आरक्षण के लाभ-हानि का हिसाब बहुत विनय और दीनता के साथ किया जाए, तभी वह सार्थक हो सकता है। इस विनय की अपेक्षा हम सरकार से तो कर नहीं सकते, पर लेखकों और बौद्धिकों से तो कर ही सकते हैं—वे मंडल आयोग के समर्थक हों या विरोधी।

10

रघुवीर सहाय की याद

रघुवीर सहाय की मृत्यु बड़ी वेदनादायी है। कोई श्रद्धांजलि, कोई संकल्प या अन्य कैसी ही औपचारिकता इस वेदना को कम नहीं कर पाएगी। केवल समय के बीतने से कुछ फ़र्क़ पड़ेगा। महीने-दो महीने बाद मन मान लेगा कि रघुवीरजी नहीं हैं। अभी तो उँगलियाँ उनका नंबर मिलाने के लिए फ़ोन की तरफ़ अनायास बढ़ती हैं, *न.भा.टा.* में मेरा कोई लेख पढ़कर सुबह आठ बजे तक वे फ़ोन कर चुके होते थे। मन को कोई भी बात मथ रही हो, उनसे बात करके मंथन को एक आकृति मिल जाती थी, हालाँकि उस आकृति के बनते ही याद आता था कि रघुवीर सहाय के अर्थ में किसी विचार या लेख की 'रचना' करने के लिए इस आकृति को लगभग तुरंत तोड़ना ज़रूरी होगा। वे मेरे शिक्षक थे या प्यारे बंधु ? उनकी अनिवार्य अनुपस्थिति से उपजा आँसू कोई और ही संज्ञा चाहता है। उस संज्ञा की खोज में मुझे इन बीस वर्षों का इतिहास पलटना होगा जिनमें मैंने उन्हें जाना—उनके काव्य, संपादन और संयोगवश मिल जानेवाले साथ के ज़रिए।

उनसे परिचय सर्वेश्वरजी ने कराया था। *दिनमान* के आफ़िस में सर्वेश्वर बड़े हाल में बैठते थे, रघुवीर सहाय अपने केबिन में। *दिनमान* अभी उस इमारत में नहीं भेजा गया था जिसे सर्वेश्वर कबूतरखाना कहते थे। मुझे दिल्ली आए कुछ महीने ही हुए थे। शहर में *'दिनमान'* ही मेरा मित्र था। उससे मेरा परिचय और उसमें सक्रिय भागीदारी 'मत-सम्मत' और 'प्रश्नचर्चा' के ज़रिए टीकमगढ़ और सागर के छात्र-जीवन में ही आगे बढ़ चुकी थी। सर्वेश्वर ने पूछा, "मुंशी से मिलोगे ?" मैं एकाएक समझ नहीं सका कि वे किसकी बात कर रहे हैं। फिर उनकी मुद्रा देखकर भाँप गया कि उनका आशय रघुवीर सहाय से है। उस पहली मुलाक़ात की कोई साफ़ तस्वीर नहीं रह गई है, बस इतना याद है (और वह भी शायद बाद की याद हो) कि इन दो कवियों

के बीच एक क्षीण अंतर्धारा के तौर पर तनाव बह रहा था। जैसा कि रघुवीरजी के लिए नितांत स्वाभाविक था, उन्होंने कभी इस तनाव का कोई प्रकट प्रमाण नहीं दिया—सर्वेश्वर के निधन के वक़्त तो उन्होंने स्पष्टतः मुझसे कहा कि कुछ लोग प्रतीक्षा कर रहे हैं कि "मैं सर्वेश्वरजी पर कुछ ऐसा कहूँ जिसे वे उछाल सकें।" रघुवीर सहाय ने उस वक़्त कहा कि सर्वेश्वरजी रोशनी के पक्ष में थे। रघुवीरजी इस बात से संतुष्ट थे कि उनके इस बयान से उन लोगों को ख़ासी निराशा हुई जो उनके असंपृक्त रवैये से खीझे रहते थे।

रघुवीरजी की बुनावट में सबसे ऊपर थी उनकी शिष्टता। कड़वी बातों को भी वे उतने ही शिष्ट अंदाज़ में कहते थे जितना अच्छी लगनेवाली बातों को—पर यह कहना एक तरह से व्यर्थ ही है क्योंकि कड़वी बात उन्होंने बीस साल में एक बार ही की, और कोई बात कभी इसलिए तो की ही नहीं कि वह अच्छी लगेगी। इतनी भरोसेमंद थी उनकी शिष्टता कि उनके शत्रु भी (और शत्रु उनके थे) उसका भरपूर लाभ उठाते थे। आज जब रघुवीर सहाय के ख़िलाफ़ षड्यंत्र रचनेवाले उनकी शोकसभाओं में निर्द्वंद्व बोलते हैं या कि उनकी अर्थी के राष्ट्रीय प्रसारण में उपस्थित घोषित किए जाते हैं तो मुझे अंततः रघुवीरजी की शिष्टता को ही कोसने का मन होता है। उसी के कारण वे कभी अपने दुश्मनों को अपनी भाषा की जानी-मानी धार पर नहीं रख सके। उनके व्यक्तित्व की संश्लिष्ट बुनावट में यदि सबसे ऊपर यानी प्रकट थी शिष्टता तो सबसे नीचे या गहरे थी एक चीख़ (जो उनकी कविता में अक्सर सतह पर आने को उद्यत रहती है पर आ नहीं पाती)। उनके सहज संवादों में भी एक चीख़ बराबर लुकी-छिपी रहती थी—उसे प्रकट करने का जोखिम कभी हास्य उठाता, कभी व्यंग्य, तो कभी सिर्फ़ मुस्कान या सिर्फ़ आँखें। जब किसी घटना से उद्विग्न होकर फ़ोन करते तो अक्सर भूल-से जाते कि दूसरे सिरे पर भी कोई है। उस घटना में निहित अन्याय और हिंसा या क्रूरता के ख़िलाफ़ चीख़ने की उनकी इच्छा एक लंबा वाक्य बनती जाती जिसकी रचना अपने-आपमें विश्लेषण का पर्याय होती। मेरी समझ में, रघुवीर सहाय का हिंदी को एक बहुत बड़ा और ऐतिहासिक योगदान (पर इस शब्द से उन्हें काफ़ी चिढ़ थी) गद्य की वाक्य-रचना को विश्लेषण का साधन बनाने का प्रयास है। समाज-व्यवस्था, राजनीति, साहित्य और उनकी सबसे बड़ी चिंता—भाषा—के प्रासंगिक संदर्भ अनायास हर संवाद में जुड़ते जाते और संवाद के बाद लगता कि हम पहले से ज़्यादा 'हम' हुए हैं। समाज में घटते दैनिक अन्याय को रघुवीर सहाय अपनी कविता और पत्रकारिता का फ़ोकस बना सके, यह उनकी जिजीविषा का कारण था, पर वे अपने साथ हुए अन्याय के ख़िलाफ़ न चीख़ सके, न कारगर ढंग से लड़ सके, यही उनकी असामयिक

दिखनेवाली मृत्यु को क़रीब लाने, उन्हें भीतर से तोड़नेवाला कारण बना।

दिनमान से उनका अपमानित करके निकाला जाना एक ऐसा भयावह अन्याय था जिसे वे अंत तक सहन नहीं कर पाए। जिस ढंग से उन्होंने इस अन्याय से लड़ने की कोशिश की, वह ढंग उनके व्यक्तिगत जीवन से मेल खाता है, उनके साहित्य से नहीं। बेहद अनिश्चयी, उलझा हुआ, संकोची ढंग था वह। शायद इसलिए क्योंकि वे चाहते थे कि *दिनमान* का उनसे किया गया व्यवहार दूसरों की लड़ाई बने, सिर्फ़ उनकी नहीं। *दिनमान* की सामूहिकता के साथ यह एक महत्त्वाकांक्षी प्रयोग होता और यह 'पतनोन्मुख दिनमान बहिष्कार समिति' के तहत शुरू भी हुआ पर नियोजित ढंग से आगे न बढ़ा। पर रघुवीरजी के साथ उनके पक्ष में लड़ना चाहनेवालों की यह एक ख़ासी दिक़्क़त थी कि वे ठीक-ठीक कैसे जुड़ें। कुछ परिस्थितियाँ भी ऐसी थीं या शायद हमारे समय के भारत का स्वभाव ही ऐसा है कि वह लड़ाई ठीक से लड़ी जाने के समय तक बहुत-से लोगों की निगाह में बासी पड़ गई। शेष रही चीख़ने की संभावना, पर उस पर अभी कुछ देर में लिखूँगा।

दिनमान के संपादक पद से एकाएक हटाए जाने के कोई छह-आठ महीने बाद तक रघुवीरजी स्पष्ट नहीं थे कि *टाइम्स ऑफ इंडिया* प्रतिष्ठान से उन्हें खुलेआम लड़ना चाहिए या निजी रूप से। उस दौर में वे अक्सर मेरे घर आते और किसी-न-किसी पत्र की अंग्रेजी के मंतव्य पर विचार करके अपना इरादा तय करने की कोशिश करते। वे स्वयं अंग्रेज़ी में एम. ए. थे पर अभी कुछ मास पहले तक काव्यानुवाद के अपने काम में किसी शब्द को लेकर फ़ोन पर हिंदी में उसका समानार्थी पूछते और अंत में मुझे अनेक हिंदी-शब्दों से जुड़े बिंबों के बारे में बारीकी से बताते। अपने प्रतिष्ठान पर दबाव डालने के उनके सारे इरादे निष्फल हुए। (गिरधर राठी ने एक बार मुझसे बड़ी पते की बात कही थी कि वह मैनेजमेंट ही क्या जो झुकना कबूल कर ले।) यहाँ तक कि यह मामूली-सी इच्छा भी सफल नहीं हुई कि रघुवीर सहाय को *दिनमान* में यह छोटी-सी घोषणा कर लेने दी जाए कि वे संपादक के पद से अपनी इच्छा से नहीं हटे हैं। उनके निकाले जाने के बाद के पहले अंक में छपे संपादकीय से ऐसी ही ध्वनि निकलती थी (और इस ध्वनि में सर्वेश्वरजी ने 'चरचे और चरखे' में यह लिखकर शायद अनायास एक स्वर जोड़ दिया था कि नया *दिनमान* पुराने-सा ही होगा)। मामला किसी छोटे अफ्रीकी देश में किए गए सैनिक 'कू' जैसा था। जिस *दिनमान* पर हम रश्क़ करते थे कि वह अन्याय के ख़िलाफ़ बोलने का मंच है, वह अपने संपादक के ख़िलाफ़ हुए अन्याय के मर्यादित खुलासे के लिए भी अनुपलब्ध हो गया। अन्य बड़े अख़बारों ने भी चुप्पी साध ली, बस *नयी दुनिया* ने इस विषय पर

मेरा लेख छाप दिया। यही रघुवीरजी को संतोष का बेहद क्षीण एहसास करानेवाली घटना उस वक़्त घटी। प्रेस की उस चुप्पी की पराकाष्ठा तो अभी कल प्रकट हुई है जब विष्णु खरे स्वयं के कहे अनुसार *नभाटा* में रघुवीर सहाय के जीवनवृत्त में यह एक पंक्ति लिखने को स्वतंत्र नहीं थे कि *दिनमान* के संपादन से रघुवीरजी की विदाई स्वैच्छिक नहीं थी (भले ही साहित्य अकादमी की शोकसभा में विष्णुजी इतना कह गए कि रघुवीरजी के जीवन के उस दौर की जाँच-पड़ताल होनी चाहिए)। सत्य के आधुनिक प्रतिष्ठानो, धन्य है तुम्हारी प्रतिबद्धता और मर्यादाबुद्धि।

रास्ता इधर से है की भूमिका में रघुवीर सहाय ने लिखा था सत्ता और वाणी का द्वंद्व तीव्रतर होता जा रहा है और संस्थानों की वृद्धि जो कि संगठित समाज में अनिवार्य है, सत्ता को वाणी के मुक़ाबले अधिकाधिक शक्तिवान बनाती जा रही है। व्यक्ति और संस्था (यहाँ मैं 'व्यवस्था' की बात नहीं कर रहा) के टकराव में व्यक्ति ही हारेगा, यह बात रघुवीरजी न जानते रहे हों, ऐसा नहीं है, पर संस्था को 'अपना' मान लेने की भूल वे कर बैठे थे। वे स्वयं अपनी कई कसौटियों पर आधुनिक थे पर 'आधुनिक' मनुष्य की इस त्रासदी का कोई हल नहीं खोज सके कि वह बिना संस्था के कुछ विशेष कर पाने की आशा नहीं रख पाता और संस्था से जुड़कर उस पर निर्भर होने लगता है। रघुवीर सहाय का *'दिनमान'* एक शिक्षा-संस्थान था, इसमें शक नहीं और मैं मानता हूँ कि उसका शैक्षिक संस्कार अपने समय के समाज और उसके संघर्षों के अनुरूप ढालने का काम रघुवीर सहाय ने किया, अज्ञेय ने नहीं। मेरे सरीखे हज़ारों नौजवान उससे जुड़कर अपनी कॉलिज या विश्वविद्यालय की जूठन से उबरे और आत्मविश्वास की दवा से उन घातक कुंठाओं से मुक्ति पा सके जिन्हें हिंदी-अंग्रेज़ी के बीच बँटे अपने इस देश की लचर शिक्षा अनिवार्यतः पैदा करती है। रघुवीर सहाय ने अपनी पत्रिका को एक पत्राचार विश्वविद्यालय बना डाला (जिसके सामने लंदन की ओपन यूनिवर्सिटी क्या ठहरेगी) और देखते-ही-देखते उस प्रयोग की सफलता का नशा-सा उन्हें आने लगा। बेशक *दिनमान* का संपादकीय और लेखकीय दायरा सीमित था, इसलिए साहित्य-संसार के अनेक प्रतिभाशाली लोग उससे असंतुष्ट थे (हालाँकि इस असंतोष की ज़िम्मेदारी सिर्फ़ रघुवीर सहाय पर नहीं डाली जा सकती)। स्वयं मैं, जो *दिनमान* का नियमित लेखक था, अपना कहानी-संग्रह *दिनमान* में रिव्यू किए जाने का सुख न पा सका और रघुवीर सहाय सिर्फ़ इतना कह सके—"आप यह सब जानते ही हैं कि पुस्तक-समीक्षा में क्या हो रहा है।" पर जो उस दायरे के भीतर थे, वे संचार की हिलोर में मगन हो गए थे।

रघुवीर सहाय पर इस हिलोर का नशा इस कदर छाया कि वे षड्यंत्र की आहट और उसका संभावित क्षण भी न ताड़ सके, सिर्फ़ आशंकित रहे जो उनका स्वभाव था। सन् '82 के वसंत में वे एक झटके में तोड़ डाले गए। शायद तभी कहीं जाकर वे यह दुःखद पहचान कर सके होंगे कि *दिनमान* उनके लिए कितना व्यक्तिगत हो गया था ('व्यक्तिगत' उनके स्तंभ का भी शीर्षक था जिसे वे कुछ समय संपादकीय से अलग लिखते रहे और जिसे *दिनमान* में अपने अंतिम वर्ष में उन्होंने मुझसे दुबारा शुरू करवाया था)। वह उनके लिए इतना निजी हो गया था कि निकाले जाने के सात-आठ बरस बाद भी वे उस अपमान की चोट महसूस करते थे। *दिनमान* के तीस वर्ष पूरे होने के उपलक्ष्य में जब पुराने अंकों से रघुवीर सहाय के कुछ लेख निकालकर छापे गए तो उन्होंने आग्रहपूर्वक मुझसे कहा कि मैं संपादक के नाम चिट्ठी लिखकर यह सवाल उठाऊँ कि इस *दिनमान* को उस *दिनमान* में अपनी विरासत ढूँढ़ने और दुनिया को दिखाने का कौन-सा नैतिक अधिकार है। चिट्ठी मैंने लिखी पर उसके छपने का सवाल ही कहाँ था। फिर अभी मृत्यु के महीना-भर पहले किसी प्रसंग में रघुवीरजी ने कहा कि हमें *दिनमान* के उस दौर की कहानी दुनिया को बतानी चाहिए। मैंने सुझाया कि *रंग शिविर* में अपने स्तंभ में लिखूँगा। वे बोले कि नहीं, किसी बड़ी पत्रिका में लिखना चाहिए। पहली बार उन्होंने पत्रिका के छोटे-बड़े होने का फ़र्क़ किया था। यह बात उनके मुँह से इतनी अप्रत्याशित और अस्वाभाविक थी कि मैं कुछ न कह सका। मुझे याद आईं *पीस न्यूज़* जैसी वे तमाम छोटी-छोटी पत्रिकाएँ जिन्हें न केवल वे चाव से पढ़ते थे, बल्कि आधुनिक समाज में बड़े संस्थान की क्रूर शक्ति को थामने का साधन मानते थे। मन में आया कि कहूँ रघुवीरजी, आपने संवाद की छोटी-से-छोटी कोशिश को 'छोटा' नहीं माना फिर आप कैसे यह कह रहे हैं। कह देता तो उन्हें चोट पहुँचती (हालाँकि वे सिर्फ़ यही कहते कि वे अपनी बात ठीक से समझा नहीं पाए)। आख़िर उन्होंने मुझे चीज़ों को समझना, उनकी जाँच करना, उन पर निरंतर लिखना सिखाया था और लिखते रहने के सुंदर अवसर मुहैया कराए थे। शिक्षा में मेरी दिलचस्पी को उन्होंने चिंता का रूप दिया था और उसे गहराने की राह खोली थी। सबसे बड़ी बात कि मुझ पर विश्वास किया था, बीसियों ऐसे मौक़ों पर जब वे पेशेवर या मुझसे बड़े लेखकों की सोच सकते थे। कुछ कहे बिना मैं यह समझकर रह गया कि अब बहुत दिन उनका शरीर और इच्छाजगत उनके मूल्यों का पराभव बर्दाश्त नहीं करेगा। उनकी मृत्यु की आशंका, जो मुझे काफ़ी समय से थी, और गहरी हो गई।

अब वही सवाल रह गया है कि *दिनमान* की हत्या पर वे चीख़े क्यों

नहीं ? उनके जटिल व्यक्तित्व से जुड़े और तमाम कारण जाने दें तो यह अंतिम कारण मेरे सामने शेष रह जाता है कि वे चीख़ने के बाद की इस स्थिति से डरते थे कि लोग चीख़ का मज़ाक बनाएँगे (उन्होंने पहले लिखा भी था—"लोग निडर उस जगह खड़े रह / लगे बताने उन्हें जिन्हें संशय था हत्या होगी)।" सिल्विया एश्टन-वार्नर की पुस्तक *टीचर* (जो शिक्षाविज्ञान की पुस्तक नहीं, एक आत्मवृत्त है) में एक नन्हा बालक रोते-रोते आर्तनाद स्वर में कहता है—"तुमने मेरा किला तोड़ डाला।" *दिनमान* के मोर्चे पर रघुवीर सहाय की पराजय से पैदा हुई टीस इस बालक के आर्तनाद की तरह अभिव्यक्त होती तो होती, वरना व्यर्थ होती।

कविता उनका कोई अलग आयाम नहीं थी, पर लोग उनकी विशेष उपलब्धि कविता को ही मानते हैं। सच भी है, गद्य और *दिनमान* रघुवीरजी की प्रतिभा के स्वप्न थे, पर कविता को उन्होंने एक नए साँचे में ढाला और वह साँचा स्वीकृत हुआ। उन्हें अपने समय का महान कवि माननेवाले आज कई लोग हैं जिनमें नामवर सिंह जैसे रूढ़िमुक्त समीक्षक भी हैं। आगे चलकर जैसे-जैसे जटिलतर होती व्यवस्था को समझने के लिए साहित्य और समाजविज्ञानों की अन्योन्याश्रयिता स्वीकृति पाती जाएगी, वैसे-वैसे रघुवीर सहाय की कविता का महत्त्व निखरेगा। इसका कारण यह है कि रघुवीर सहाय ने अपनी कविता का प्रधान विषय राजनीति को बनाया, और वह भी आक्रमण या व्यंग्य के अंदाज़ में नहीं, राजनीति के प्रसंग की संवेदना का हाल जाँचने के उद्देश्य से। कुंभनदास के बारे में संतन कहाँ सीकरी सो कामवाला किस्सा मशहूर है। इधर रघुवीर सहाय ने सीकरी को ही अपने काव्य का मानस बनाया। सीकरी के छोटे-बड़े तमाम कारिंदों को क़रीब से देखा, उनकी फूँक का मख़ौल उड़ाया और आपातकाल में उसी फूँक से डरे भी। खुद सीकरी को भी उन्होंने नहीं बख़्शा और 'अधिनायक' जैसी कविता लिखी जो दुनिया के कई देशों में कवि को कृष्णजन्म-भूमि में डाल दिए जाने के लिए पर्याप्त सिद्ध होती। उनकी अंत्येष्टि में प्रधानमंत्री समेत कई छोटे-बड़े नेता पहुँचे और उनकी उपस्थितिवश दूरदर्शन को भी कुछ समय देना पड़ा। अटलबिहारी वाजपेयी भी पहुँचे जिनके दल ने देखते-ही-देखते रघुवीर सहाय के सामाजिक मूल्यों के परखचे उड़ा दिए। रघुवीरजी ने दक्षिणपंथी राजनीति के विध्वंसक रूप पर अपने अंतिम दिनों में साफ़-साफ़ चोटें कीं, पर लोहिया की तरह वे दक्षिणपंथ का यह चेहरा पहचानने का काम टालते रहे। कम-से-कम भाषा के मामले में दक्षिणपंथी चाल को वे बहुत ही ज़्यादा देर से पहचान सके, हालाँकि तब उन्होंने एक नायाब कविता लिखी जो *लोग भूल गए हैं* में संकलित है और यदि ठीक से पढ़ी जाए तो हिंदी के पक्ष में संघर्षरत लोगों को आगे का रास्ता

दिखाने का काम कर सकती है।

मंडल कमीशन के सिलसिले में चल रहे छात्र आंदोलन के दिनों में मैंने रघुवीरजी से अनुरोध किया था कि वे सरकार में शामिल समाजवादी मंत्रियों में से किसी से कहें कि वह छात्रों से मिलने की पहल करे। रघुवीरजी का उत्तर था कि इनमें से कोई मंत्री याद भी नहीं करना चाहता है कि "हम कभी साथ रहे हैं।" *दिनमान* से हटाए जाने के महीने-भर बाद बड़ी तकलीफ़ के साथ उन्होंने बताया था कि एक महत्त्वपूर्ण समाजवादी नेता की मुख्य चिंता यह जानने में थी कि संपादक की कुर्सी रहते उन्होंने इस नेता का लेख प्रेस में दे दिया था या नहीं। मैं समझता हूँ कि रघुवीर सहाय ने सत्ता में आने और आकर आराम से जीनेवाले किसी लोहियावादी को माफ़ नहीं किया। यदि इन लोगों में से कोई कविता पढ़ता हो तो उनकी 'मुआवज़ा' शीर्षक कविता से अपना माथा फोड़ सकता है।

राजनीति पर लिखना उन्होंने विवशतावश नहीं, आधुनिक मनुष्य की नियति को समझने और उससे जूझने के लिए चुना था। फिर भी यह सच है कि राजनीति से इतर विषयों पर उनका लेखन ही रघुवीरजी का वह रूप उजागर करता है जिसकी याद में आए आँसू मेरे लिए उनकी मृत्यु को जीतने का साधन हैं। उनकी पुस्तक *दिल्ली मेरा परदेस* एक ऐसा दस्तावेज़ है जिसे पढ़कर दिल्ली कुर्सी की पीठ पर पड़ा शाल हो जाती है। यह सही है कि आज की दिल्ली वह नहीं है जो धर्मवीर भारती के कहने पर सुंदरलाल नाम से रघुवीर सहाय ने *धर्मयुग* के पन्नों पर हफ़्ते-दर-हफ़्ते रची थी, पर उसके अवशेष पहचानकर भी अपूर्व सुख मिलता है। इस किताब को पढ़ते-पढ़ते रघुवीर सहाय का वह रूप याद आता है जो साधारण चीज़ों में सुंदरता और तृप्ति भर देता था। उनकी यह विशेषता नियमित मुलाक़ातों की मोहताज नहीं थी। वैसे भी उनसे मिलना तय करके कभी उसी तरह तृप्तिदायी नहीं होता था जैसे अनायास मिलना। *दिनमान* के दिनों में घंटों आफ़िस में बिठाए रखकर फिर अचानक उठ खड़े होते थे—'चलिए, त्रिवेणी में लंच खाते हैं।' खाना और खाने की चीज़ों की चर्चा उनके बारीक उत्साह का विषय बनती। लंच के बाद की चाय इस तरह पीते जैसे कोई बहुत निराली चीज़ हो, घर पर अपने हाथों से टोस्ट बनाकर उस पर मक्खन बिछाकर देते तो यह एहसास साथ होता कि टोस्ट उनकी प्रियतम चीज़ों में से है। और बिल्ली—नहीं; बिल्लियाँ : इस विषय में घर, सुख और शांति के वे सारे संस्कार समाए रहते जिनकी वजह से रघुवीर सहाय जितना जिए उतना जिए, बिल्ली की आकस्मिकता और स्वाधीनता उन्हें कहीं गहरे पर साथ देती थी। कोई चिड़िया, किसी पुरानी किताब की जिल्द, या कोई रुकी हुई मशीन उनका एक अजाना

सरल चेहरा उभार देती। 'मेरे नए जूते का था लचकीला तला' उन अनेक कविताओं में से एक है जिन्हें दोबारा पढ़कर मैं रघुवीरजी का वह सरल रूप फिर देख लूँगा। दुःख यही है कि वह अधूरा होगा। रामकृष्णपुरम् के मकान के पासवाले पार्क में क्रिकेट खेल रहे बच्चों से कुछ ही दूर घास में लेटे कहानी सुन रहे हों या वर्षों बाद साहित्य अकादमी में *कुछ पते कुछ चिट्ठियाँ* की कविताएँ सुना रहे हों, वे कभी पूरी तरह साथ हो किसी मुलाक़ात या महफ़िल में समा जानेवाले व्यक्ति नहीं थे, अपने को बस ज़रा-सा दूर, थोड़ा-सा अनदिया बनाए रखते थे, और इसीलिए एक ही मुलाक़ात में कई बार क़रीब आकर अपनी मैत्री की ऊष्मा दे पाते थे। रचना के सिलसिले में उन्होंने इससे मिलती-जुलती बात दर्ज भी की है—

अपनी एक मूर्ति बनाता हूँ और ढहाता हूँ
और आप कहते हैं कि कविता की है।

11

'नायिका' की जननी

कमलादेवी चट्टोपाध्याय अभी पिछले महीने तक हमारे बीच थीं। यह सोचकर अटपटा लगता है। पहले तो यह जानने को मन करता है कि इस युग में अपना काम जारी रखने के लिए प्रेरणा और स्फूर्ति के कौन-से दैनिक स्रोत उन्हें उपलब्ध थे। जिस तरह के ध्येय की साधना में कमलादेवी अंतिम दिनों तक लगी रहीं, उसके संदर्भ में चालू साहित्यिक भाषा के 'आस्था' शब्द का इस्तेमाल उचित हो सकता है। पर मैं कई ऐसे आस्थावान लोगों को जानता हूँ जिनके संदर्भ में 'आस्था' का एकमात्र अर्थ 'आशा' रह गया है, वह भी ऐसी आशा जो चैन से बैठकर प्रतीक्षा करने की इजाज़त देती है। कमलादेवी के बारे में यह कह देना कि वे आस्थावान व्यक्ति थीं इसीलिए घोर वृद्धावस्था में भी कर्मशील बनी रहीं, पर्याप्त नहीं लगता।

अभी कुछ ही हफ़्ते पहले उन्होंने अपने सहज हस्तक्षेप से दो पंजाबी किशोरों को पाकिस्तानी जेल की यातना से बचाया था। ये किशोर भूल से अपने गाँव के पास बहनेवाले नाले के पार निकल गए थे। उन्हें पता नहीं था कि नाला ही भारत और पाकिस्तान की सरहद है। दोनों किशोर पकड़ लिए गए और उन्हें छुड़ाने के लिए हर संभव प्रयास करके उनके माता-पिता हार गए। अख़बार में यह ख़बर पढ़कर कमलादेवी चट्टोपाध्याय ने चुपचाप एक पत्र पाकिस्तान के राष्ट्रपति जिया-उल-हक को लिखा। विमान दुर्घटना में मरने के दिन की सुबह राष्ट्रपति दोनों लड़कों की रिहाई का आदेश जारी कर गए।

आज के भारत में ऐसे नाम बहुत नहीं हैं जिनके साथ राजनैतिक हैसियत, संपत्ति या किसी बड़े आदमी की रिश्तेदारी न जुड़ी हो, फिर भी जिनका असर किसी अन्य देश के सर्वोच्च नेता पर हो जाए। जो ऐसे थोड़े-बहुत नाम ढूँढ़ने से मिलेंगे, उनमें से ज़्यादातर की जड़ें गाँधी के इर्द-गिर्द अवश्य जाती होंगी।

कमलादेवी सोलह साल की थीं जब गाँधी भारत लौटे थे। वह एक असाधारण युग था। देश के वैचारिक जीवन के कई कोनों में एक अर्से से जमा हो रही ऊर्जा को अभिव्यक्ति मिलने लगी थी। शिक्षा, कला, खेल, साहित्य, राजनीति—हरेक क्यारी में भारतीय प्रतिभा के खिलने का वक़्त था। खिलनेवाली प्रतिभा को आश्वस्त करने के लिए समाज के विशाल कछार में सैलाब रह-रहकर उभरता था।

उस दौर में पला एक व्यक्ति अभी इस अक्टूबर (1988) तक इंडिया इंटरनेशनल सेंटर के गलियारे और सेमिनारों में दिखाई दे जाता था, यह सोचकर सचमुच हैरत होती है। उस ज़माने की आज से क्या तुलना की जाए ? आज कोई क्षेत्र नहीं जहाँ उजाड़ का फैलाव थमता नज़र आता हो। कहीं कोई अंकुर फूटता भी है तो उसे प्रतिकूल परिस्थितियों से घिरते देर नहीं लगती। प्रतिभावान लोग भी अपने भविष्य की चिंता में डूबे रहते हैं। राष्ट्र के आकाश पर हर शाम दौड़ती दूरदर्शन की तरंगों पर वही संदेश लिखा रहता है जो शिक्षा, पत्रकारिता, शासन और राजनीति में प्रतिदिन प्रमाणित किया जाता है—"अपने परिवार को पहले ठिकाने लगा लो।" ऐसे माहौल में कोई व्यक्ति पचास-साठ बरस एक उद्देश्य लेकर जीने के बाद मरे, यह बात चमत्कार से कम नहीं।

कमलादेवी चट्टोपाध्याय ने जिस ध्येय के लिए अपनी ज़िंदगी और क्षमताओं का सबसे बड़ा हिस्सा ख़र्च किया, वह था भारत की पारंपरिक लोककलाओं के कारीगरों की आर्थिक स्थिति को मज़बूत बनाना। इस काम की ख़ातिर कमलादेवी देश के चप्पे-चप्पे में गईं और स्वयं ग्रामीण कलाकौशलों का संचार-तंत्र बन गईं। आज़ादी के बाद उन्होंने सरकारी तंत्र में ऐसी संस्थाएँ बनवाईं जो अफ़सरी संस्कृति के बावजूद लोककलाओं को आर्थिक आधार दे सकें। इन संस्थाओं में उन्होंने जगह-जगह अपने हाथ से छाँटे हुए और अपनी भावना से प्रशिक्षण पाए हुए बंदों को लगाया। आज के समय में ऐसी किसी बात का ज़िक्र करना विचित्र लगता है क्योंकि अब निजी विश्वास के आधार पर किसी को नियुक्त करना या किसी उत्साही कार्यकर्ता को स्वतंत्र ज़िम्मेदारी देना ग़लत माना जाता है। यही नहीं, किसी अच्छे उद्देश्य से प्रेरित होकर सरकारी ढाँचे के भीतर या उसके सहयोग से कोई प्रयास करना आज नादानी माना जाएगा।

सच भी है कि सरकारी ढाँचे और समाज के बीच तीखे अंतर्विरोध उभर आए हैं। आज़ादी के बाद वाले वर्षों में ये अंतर्विरोध साफ़ नहीं दिखते थे। जिन्हें दिखते भी थे, वे इन्हीं अंतर्विरोधों की छाया में काफ़ी-कुछ जगह ऐसी देखते थे जहाँ राज्य की ओर से की गई पहल समाज को उपजाऊ बना सकती हो। मूर्तियों, कलाकृतियों और लोककलाकारों की दलाली के परनाले अभी

किसी की कल्पना में भी नहीं बहे थे। पर्यटन उद्योग के विकास का वह विकृत रूप अभी कोसों दूर था जिसकी हवस में आकर सरकार प्राचीन मूल्यवान मूर्तियाँ हज़ारों मील दूर लगी प्रदर्शनी में भेजने को सहमत हो जाए और मूर्ति में दरार पड़ जाए तो भी शर्मिंदा न हो।

उस युग में यदि श्याम बेनेगल अपनी फ़िल्म 'सुस्मन' बनाते तो उसके अंतिम दृश्य में उन्हें एक लंबा, बेतुका, कृत्रिम संवाद न जोड़ना पड़ता। 'सुस्मन' की पूरी कहानी भारतीय हस्तकौशलों के सामने खड़े संकट की पहचान कराती है, पर आख़िरी क्षणों में दिया गया उपदेश संकट का एक झूठा हल बेचने का प्रयास करता है। हल यह है कि लोककलाओं को जीवित रखने के लिए हम आज की अंतर्राष्ट्रीय औद्योगिक मंडी में कुछ जगह बनाएँ। इस 'उपाय' को बतौर एक संदेश बताने की धृष्टता पचास के दशक में, जब कमलादेवी चट्टोपाध्याय अपने सबसे बड़े प्रयास कर रही थीं, किसी को सूझ नहीं सकती थी। उस समय तक यह आशा कई विवेकशील लोगों के मन में जीवित थी कि पारंपरिक हस्तकौशलों को राष्ट्रीय विकास के नक़्शे के अंदर आदर और ज़रूरत के आधार पर जगह मिलेगी, सिर्फ़ गुंजाइश और कर्तव्य के नाते नहीं। विकास का वह रूप अभी प्रकट नहीं हुआ था जो देश के बुनियादी उत्पादनों (जैसे खेती) और कौशलों को विदेशी स्वार्थों और देसी बिचौलियों के हाथ छोड़ दे।

आज वही रूप हमारे सामने है। पारंपरिक कौशलों के संरक्षण और विकास की ऐसी कल्पना आज असंभव हो गई है जिसमें पश्चिम के पूँजीवादी बाज़ार और देश के नवधनिक वर्ग से समझौते का प्रावधान न किया गया हो। जो संस्कृति देश में उभर रही है, उसमें लोककलाओं क्या, लोक के प्रति सम्मान की भी गुंजाइश नहीं है। अच्छा-से-अच्छा कारीगर बिना अफ़सर की कृपा पाए या बिना मध्यपूर्व के किसी देश गए अपने परिवार की गुज़र-बसर का ठीक से इंतज़ाम नहीं कर सकता। कपड़ा, मिट्टी, लकड़ी, धातु—हरेक माध्यम की श्रेष्ठ कलाकृतियाँ विदेशी पर्यटकों या निर्यात की संभावना को ध्यान में रखकर बनाई जा रही हैं। हस्तकलाओं की सहज सुंदरता के लिए देश के शिक्षित मध्यम वर्ग के मन में कोई आकर्षण या आदर नहीं है और मेहनतकश वर्ग को आर्थिक दबावों की घुटन से मुक्ति नहीं कि अपनी ही विरासत और विद्या को जीवन में जगह दे सके। ऐसे समय में कमलादेवी चट्टोपाध्याय के संघर्ष का सही मूल्यांकन करना बहुत मुश्किल हो गया है।

कुछ ही महीने पहले मुझे उनके द्वारा शुरू की गई अनेक संस्थाओं में से एक के जानने का मौक़ा मिला। नई दिल्ली के दक्षिणी सिरे पर स्थित महरौली गाँव की एक गली में स्थित 'नायिका' नामक यह संस्था आस-पड़ोस

में गुड़िया के कारखाने के तौर पर जानी जाती है। बहादुरशाह ज़फ़र ने गर्मियों के लिए जो एक मामूली-सा महल बनवाया था और जो परित्यक्त और उजड़ी हुई हालत में अपने रहे-सहे व्यक्तित्व के मिटने का इंतज़ार कर रहा है, उसी के एक हिस्से को किराए पर लेकर कमलादेवी चट्टोपाध्याय ने लगभग तीस साल पहले 'नायिका' की शुरुआत की थी। निर्मल खोसला वहाँ तभी से हैं। उनसे मिलना आज़ादी के बादवाले दशक की संभावनाओं और स्मृतियों में खो जाना है। कठपुतली, गुड़िया, जानवरों और सजावट की तमाम आकृतियों में समाई ढेर सारी कल्पना और ऊर्जा 'नायिका' में घुसते ही घेर लेती है। पारंपरिक खिलौना का छोटा-सा किंतु ताज़ा संसार बाहर की गली से बिलकुल अछूता यहाँ जीवित है। प्लास्टिक के फूहड़ रंगों और आकारों के खिलौनों की सुलभ दुनिया का यहाँ कोई चिन्ह नहीं।

पर 'नायिका' के खिलौनों की ज़रूरत कोई निराला भारतीय स्कूल ही महसूस करता होगा। स्कूलों के नाम पर जो ख़रीदार यहाँ आते हैं, प्रायः अमरीकी या ब्रिटिश स्कूल जैसी संस्था से जुड़े होते हैं। बहुत-से खिलौने निर्यात में निकल जाते हैं। सजावट के आर्डर धनी घरों की शादियों या पाँच-सितारा होटलों के आयोजनों के सिलसिले में मिलते हैं। 'नायिका' में काम करनेवाले कारीगर महरौली के ही रहनेवाले हैं। उनके अपने बच्चे जिन सरकारी स्कूलों में पढ़ते होंगे, उनकी और उन-जैसे हज़ारों प्राइमरी स्कूलों की वीरानी लोककला के इन्हीं रंगों और आकारों से दूर हो सकती है। एक आम भारतीय स्कूल में बच्चे के दैनिक जीवन की जड़ता को किसी भी पारंपरिक हस्तकौशल का हल्का-सा स्पर्श भेद सकता है। वैसा सपना गाँधी ने बतौर बुनियादी तालीम की योजना के देखा भी था। इस वक़्त 'नायिका' की बस्ती में चल रहा स्कूल हो या देश के सुदूर कोनों में शासन का फ़रमान बजाते लाखों स्कूल, लोकविद्याओं से उनका कहीं कोई रिश्ता नहीं। रंग, ध्वनि, भंगिमा और आकार की राशि-राशि विविधता से ओतप्रोत लोककला की सभ्यता की संतान सूनी दीवारों और शिक्षक (या शिक्षिका) के सूखे दामन में पल रही है।

बाघ (ढलती सदी का पंचतंत्र) शीर्षक अपनी कवितामाला में केदारनाथ सिंह ने बाघ को लेकर कई-एक किस्से बयान किए हैं। इन्हीं में से एक किस्सा उस मिट्टी के बाघ का है जो एक बच्चे के हाथ से गिरकर टूट गया है और बच्चा अब रोए जा रहा है। उसे वही बाघ फिर से चाहिए जो अब टूटा पड़ा है। केदारनाथ सिंह के साथी कवि त्रिलोचन सुझाते हैं कि चलो, हम उस बाघ को ढूँढ़ने चलें :

> *मिलेगा—उन्होंने कहा*
> *कहीं-न-कहीं*

किसी कुम्हार की आँखों में होगा ज़रूर
जस का तस

सच ही है कि देश की हस्तकलाओं का ओज और आत्मगौरव अब कारीगरों की सामूहिक स्मृति में ही देखने को मिल सकता है। हाथ से बने सामान का व्यावसायिक और राजनैतिक इस्तेमाल अन्य समाजों की तरह हमारे यहाँ भी भूमि और पूँजी के स्वामिवर्ग ने किया पर आज यह इतिहास एक नई जगह खड़ा है। कहने के लिए हमारा प्रभुवर्ग लोककलाओं को संरक्षण देना चाहता है पर सच्चाई यह है कि प्रभुवर्ग की अपनी जीवनदृष्टि और जीवनशैली ने समाज में किसी क़िस्म की कला के पनपने की गुंजाइश नहीं छोड़ी है। देश की कल्पना एक उजाड़ में भटक रही है। उसे टिकाने का भ्रम पैदा करने के लिए प्रभुवर्ग कहीं कोई संग्रहालय बनाता है तो कहीं 'अपना उत्सव' करता है। पर देश की कल्पना का भटकाव इस क़िस्म की नाटकीय हरकतों से कैसे रुकेगा ? प्रश्न आख़िर कल्पना के संरक्षण का नहीं है। हर प्रकार के शोषण और अवरोध के बावजूद वही अभी जीवित है। प्रश्न उस मरुभूमि का है जिसे प्रभुवर्ग ने राज्यशक्ति का प्रयोग करके देश के कोने-कोने तक फैलाया है। कमलादेवी चट्टोपाध्याय का जीवन-संघर्ष राज्यशक्ति के इस दुरुपयोग के ख़िलाफ़ था। उनके हरेक प्रयास में राज्य की शक्ति और संरचना का परिष्कार शामिल था। यही कारण है कि वे कभी 'समाज-सुधारक' की सहज कीर्ति और सांत्वना नहीं पा सकीं।

12

बनारस की आधुनिकता : इलिच से बातचीत

डॉक्टरी का धंधा उत्तरी अमरीकी समाज में सबसे अधिक पैसा उगानेवाले धंधों में से एक है। उत्तर अमरीका की औषधि-निर्माता कंपनियों के दुनिया-भर में व्यापार केंद्र हैं। विश्व-भर में प्रचलित एलोपैथिक चिकित्सा विज्ञान पश्चिमी समाज के आधारों में से एक है। वह एक जीवन-दर्शन है, महज़ विज्ञान नहीं। स्वस्थ रहने के लिए आपको क्या-क्या चाहिए, यह बताने के वास्ते अनगिनत विज्ञापन चौबीसों घंटे उपभोक्ता के कानों और उसकी आँखों पर अपनी ताक़त आजमाते रहते हैं। बीमारी और स्वास्थ्य दोनों ही अब चिकित्सा-जगत की चिंता के विषय हैं। यदि आप बीमार हैं तो आपको ठीक करना डॉक्टर और दवा-विक्रेता का फ़र्ज़ है, पर यदि आप ठीक हैं तो भी आपको देखरेख और सलाह की ज़रूरत है, क्योंकि यह ज़रूरी नहीं कि आप सचमुच ठीक हों और यदि हों भी तो इसका क्या भरोसा कि ठीक इस वक़्त आपमें कोई गड़बड़ी पैदा नहीं हो रही है ?

ऐसी दुविधा से ग्रस्त पश्चिमी जगत के लिए इलिच की पुस्तक अबूझ साबित हो, यह स्वाभाविक है, बल्कि पश्चिमी जगत ही क्यों, भारत में भी आधुनिक चिकित्सा पद्धति का व्यावहारिक और मानसिक प्रभाव-क्षेत्र इतना बढ़ चुका है कि इलिच की हमलावरी मुद्रा भारतीय पाठक को शायद उतना ही चौंकाएगी जितना पश्चिमी पाठक को चौंकाती है। डॉक्टर की सुई और छुरी की महिमा अब गाँव-गाँव में पहुँच चुकी है, रंग-बिरंगे द्रव और नन्ही गोलियाँ देश के कोने-कोने में स्वास्थ्य का संदेश पहुँचा रही हैं। टोना, टोटका और ओझा की झड़ाई के साथ-साथ जड़ी-बूटियों का ज्ञान, भोजन और फलों की समझ और दैनिक आहार का पारंपरिक विज्ञान भी भारतीय जीवन से लुप्त हो रहे हैं। युवा डॉक्टर का सफ़ेद कोट और आला नए भारतीय समाज के प्रतीक हैं। इलिच की पुस्तक इस वातावरण में शायद ही खप सके।

फिर भी यह सोचकर कि इलिच हिंदी पाठकों में अपरिचित नहीं हैं और अपनी पिछली दो पुस्तकों (*डीस्कूलिंग सोसायटी* और *एनर्जी एंड इक्विटी*) के कारण भारत में काफ़ी दिलचस्पी के विषय रहे हैं, मैंने व्यवसायी विशेषज्ञों की गोष्ठी के बाद उनसे समय माँगा। मुझे सुबह सात बजे का समय मिला, जो काफ़ी भयंकर था। लेकिन इस काम में दम है, यह सोचकर मैं किसी तरह उठकर, दाँत साफ़ किए बग़ैर अपने ऊनी दस्तानों में ठिठुरता हुआ इलिच के होटल पहुँच गया। नया टेप खरीदने का वक़्त नहीं मिला, इसलिए एक दोस्त से उधार मिला रविशंकर के संगीत से मंडित टेप अपने भरोसेमंद यंत्र में डालकर संतोष किया। यंत्र ने मेरे भरोसे का आधा इस्तेमाल किया। इलिच की वार्ता टेप हो गई, पर रविशंकर का सितारा पृष्ठभूमि में बजता रहा। बाद में जब मैंने वार्ता काग़ज़ पर उतारी तो मुझे यह एक सटीक घटना प्रतीत हुई कि पश्चिम के एक उत्कृष्ट भारतप्रेमी के संवादों की पृष्ठभूमि में पश्चिमी ख्याति के स्वामी एक भारतीय संगीतज्ञ का वादन हो।

इलिच से सबसे पहले मैंने यह जानना चाहा कि उनकी निगाह में उनके विचार केवल समृद्ध देशों के लिए सार्थक हैं या एक ऐसे समाज के लिए भी जिसे अभी समृद्धि का स्वाद तक नहीं मिला है। सीधा उत्तर देने की जगह इलिच ने मेरी समृद्ध विषयक धारणा पर टिप्पणी की और पूछा—कि समृद्धि से मैं क्या मायने रखता हूँ। मैंने अपना सवाल साफ़ करने के लिए कहना चाहा कि भारत के रुपये और डालर में यहाँ आकर कोई संबंध नहीं दिखता। वह मेरी बात तोड़ते हुए बोले : "और न ही कोई संबंध इस कमरे के जिसमें हम बैठे हैं, और उस घर के जिसमें मैं मैक्सिको में रहता हूँ, बीच है। वह घर मिट्टी से बना है, जिसे मैंने और मेरे एक दोस्त ने बग़ीचे से निकाला और उससे सात सौ बीस ईंटें बनाईं। फिर वह एक गधा लेकर पहाड़ पर गया और छप्पर बनाने के वास्ते बड़े पेड़ खींचकर लाया। ऐसे घर को बनाने में इस कमरे के फ़र्नीचर से भी कम ख़र्च लगता है और यह फ़र्नीचर भद्दा, भौंडा, महँगा है, होटल का फ़र्नीचर है, जबकि वह मकान जिसमें मैं रहता हूँ, बिना किसी ऊर्जा के बना है। मेरा मतलब है बिना किसी प्राकृतिक ऊर्जा के ख़र्च के बना है। वह खूबसूरत है। हमने गधे की लीद उसमें मिलाई है और गधे की लीद से मिट्टी की ईंट को अपार शक्ति मिलती है जिससे वह एक या दो पीढ़ी ज़्यादा चल सके और गधे की लीद फिर से इस्तेमाल हो सकती है...।"

इलिच अपने मकान की स्मृति से एकदम से वापस लौटे। उनमें भावना में बहकर अचानक अपने तर्क पर लौट आने की प्रभावशाली क्षमता है। टोरांटो के इस आलीशान होटल के, जिसके फर्नीचर की ऐसी की तैसी वह

शुरू में ही कर चुके थे, कमरे में डेढ़ घंटे की बातचीत के दौरान वह कई बार अपने अतीत में गए और हर बार अपने निष्कर्षों के लिए एक अतिरिक्त पाया लेकर लौटे। मैक्सिको में अब वह कुएर्नवाका में लगभग 'सेवानिवृत्त' जीवन जीते हैं। उनका अंतर संस्कृति केंद्र बंद हो चुका है।

"...मैक्सिको के गाँव की शैली में जीने और इस संगोष्ठी के लिए सत्रहवीं मंज़िल पर रहने में कोई संबंध नहीं है। इस कमरे को बनाने में हमारे गाँव के एक हिस्से के मुकाबले ज़्यादा ख़र्च लगेगा और इस होटल में 580 कमरे हैं। फिर भी यह कितना असुविधाजनक है। आप खिड़की नहीं खोल सकते, आप केवल बासी हवा पा सकते हैं, जो इसे आवाज़ के साथ बहाई जाती है, आप रात-दिन किसी वक़्त इस आवाज़ से बच नहीं सकते। क्या तुम इसे ही समृद्धि कहते हो...?"

अपने प्रश्न का उत्तर एक प्रश्न की तरह मिलता देखकर मैं कुछ परेशान हुआ और मैंने तुरंत तय किया कि बात को कोई निश्चित प्रसंग देना चाहिए। मैंने कहा, समृद्धि के अनेक पहलू हैं। मैं आपकी नई पुस्तक के संदर्भ में चिकित्सा के पहलू को लेकर सोच रहा था कि एक औसत शिक्षित भारतीय के लिए अभी यह बहुत मुश्किल है कि वह पाश्चात्य चिकित्सा प्रणाली और बड़े अस्पतालों के ऊपर टिके अपने ताज़े मोह को तोड़ सके। भारत में लोगों का विश्वास पुरानी चिकित्सा-शैलियों से हटता जा रहा है। एलोपैथी के अलावा जो अन्य चिकित्सा दर्शन हैं वे अपनी साख बढ़ा नहीं पा रहे।

"ऐसा क्यों हो रहा है ?" इलिच ने अपने लंबे उत्तर की शुरुआत की, "हमें क्या करना चाहिए ? मेरा ख़याल है कि मैं लोकचिकित्सा में आस्था को बचाने की ख़ातिर कुछ सुझा सकता हूँ। भारतीय जनता को यह बताइए कि अस्पतालों में क्या होता है। चौबीस वर्ष पहले न्यूयार्क में मुझे निजी रूप से एक गंभीर दिक़्क़त उठानी पड़ी थी, क्योंकि मैं पोर्टोरिको के बच्चों के लिए एक गंदी बस्ती में काम कर रहा था और मैं उस गंदी बस्ती के, जो मैनहैटन द्वीप (न्यूयार्क का केंद्रीय द्वीप) के उत्तरी भाग में थी, बच्चों को उस समय संसार के सबसे आधुनिक कहे जानेवाले अस्पताल, कोलंबिया प्रेसबिटेरियन अस्पताल में ले गया। मैंने उन्हें दिखाया कि डॉक्टर मरीज़ों के साथ क्या-क्या करते हैं। मुझे बाल-अपराधों से संबंधित अदालत में पेश होना पड़ा, इसलिए कि मैं बच्चों को भ्रष्ट करने की कोशिश कर रहा था। मैं उन्हें अस्पताल से, जो एक मानवभक्षी मशीन है, भयभीत कर रहा था..."

एक संक्षिप्त विराम के बाद इलिच अपनी बात ताज़े अतीत में ले आए, दो दिन से वे कैनाडा के डॉक्टरों से जूझ रहे थे—तार्किक मुक़ाबलों में "परसों शाम स्वागत-समारोह के वक़्त कुछ डॉक्टरों ने मुझसे कहा कि मैं बहुत बुरा

आदमी हूँ, क्योंकि सामान्य आदमी सांत्वना चाहता है और यदि डॉक्टर कहे कि वह सचमुच कुछ नहीं कर सकता तो कम-से-कम ऊँची कीमत पर सांत्वना तो बेच ही सकता है। मैंने कहा, डॉक्टर! यदि आप केवल यही करते तो मुझे कोई आपत्ति नहीं है, लेकिन क्या आप फेफड़ों के सर्जन नहीं हैं ? हाँ, अवश्य। पर उसी क्षण तीन अन्य डॉक्टरों ने मुझे रोककर कहा, 'मिस्टर इलिच, आप बिलकुल ग़लत काम कर रहे हैं। आपने बिलकुल ग़लत व्यक्ति चुना है।' मैंने कहा, क्या मतलब ? एक बार जब उसने कह दिया है कि वह फेफड़ों का सर्जन है, मैं खुलेआम उससे यह कहूँगा कि मैं उससे कुछ दूर रहकर बात करूँगा—ठीक उन्हीं अनजान कारणों से जिनसे मैं एक एस. एस. (नात्सियों का यंत्रणा दल) आफ़िसर से दूर रहकर बात करूँगा। सब चुप। 'यह अतिशयोक्ति है।' वह बिलकुल आगबबूला हो गया, 'यह असहनीय है।' मैंने कहा, प्रिय डाक्टर, क्या हम नहीं जानते कि यह आदमी कैंसर से पीड़ित फेफड़ों की शल्यचिकित्सा करता है और हमारी तरह यह जानता है कि तीस वर्षों से किया जा रहा शोध दिखा रहा है कि जिन लोगों का आपरेशन नहीं हुआ है उनकी तुलना में वे, जिनका आपरेशन हुआ है, कम आयु जीने की उम्मीद रख सकते हैं और मृत्यु के समय पीड़ा की संभावना उनके लिए कहीं अधिक बढ़ जाती है। कई डॉक्टर बोल पड़े, 'मिस्टर इलिच, कृपया कोई-एक चीज़ इस तरह पेश न करें जैसे वह सामान्य सच्चाई हो।' डॉक्टर इस बात पर सहमत थे कि मैं जो कह रहा था, वह मूलतः सच था। इसलिए मैं मुड़ा और इंटेसिव केयरवाले सज्जन (हृदय विशेषज्ञ) की तरफ़ मुखातिब हुआ वह लगभग वही कुछ करता है...''

फ़ोन की घंटी ने एक संक्षिप्त व्यवधान पैदा किया। फ़ोन से लौटकर इलिच डॉक्टरों की एक और कहानी सुनाने की जगह मेरे सवाल पर वापस आए, ठीक उतनी ही रफ़्तार से जितनी रफ्तार से वह सामान्यतः चलते हैं।

"अब हम भारत के गाँव में क्यों नहीं जाते ? क्या यह किसी भी शासन के लिए उपयोगी नहीं होगा कि वह भारी टेक्नोलॉजी से बनी दवाओं का कम-से-कम प्रचार करे ? तुम्हारी परंपराओं ने लोगों को पश्चिमी चर्च से इतनी सफलतापूर्वक दूर कैसे रखा ? और अब हम पश्चिमी अस्पतालों के धोखे में फँस रहे हैं। पश्चिम का चिकित्सा-धर्म, पश्चिमी शिक्षा संबंधी धर्म—वे भद्दे किस्म के मिशनरियों से भी ज़्यादा भद्दे धर्म हैं।"

मैंने जानना चाहा कि सरकार बहुदेशीय व्यापार और उद्योग प्रतिष्ठानों से नाराज़गी मोल लिए बिना आधुनिक चिकित्सा पद्धति से किस तरह मुक्ति पाएगी। इलिच का उत्तर था किसी भी किस्म की सरकार के लिए विदेशी पूँजी का अनावश्यक जमाव हटाना अहितकारी नहीं हो सकता। अनुसंधान

से यह ज्ञात हो चुका है कि कुल पचास आधुनिक दवाइयाँ उन बीमारियों में से जिन पर दवाएँ असरदार साबित हुई हैं, 69 या 99 प्रतिशत का इलाज करने के लिए पर्याप्त हैं, बाकी दवाइयों को पूरी तरह बेकार कहा जा सकता है।

औषधिविज्ञान और स्कूली शिक्षा, इन दो विषयों में इलिच के विचारों में कुछ परस्पर-विरोध दिखता है। औषधिविज्ञान के क्षेत्र में वह नई टेक्नोलॉजी के ख़िलाफ़ दिखते हैं। शिक्षा के लिए वह टेपरिकॉर्डर, ग्रामोफोन आदि यंत्रों की उपयोगिता स्वीकार करते हैं। मैंने इलिच से इस विरोधाभास का कारण और हल जानना चाहा। जैसे ही मैंने कहा कि वह चिकित्सा के क्षेत्र में टेक्नोलॉजी के विरोध में दिखाई पड़ते हैं, वह पूरे आवेगसहित मेरे वाक्य को तोड़कर एक लंबी व्याख्या में प्रवेश कर गए।

“विरोध में ? या उसके सीमांकन के पक्ष में ? मैं टेक्नोलॉजी के ग़ैरतकनीकी प्रयोगों के विरोध में हूँ। समाज में तकनीक के मात्र तकनीकी लक्ष्य नहीं हैं। तुम वह ऊँची मीनार देख रहे हो (खिड़की के बाहर तीन ऊँची इमारतें खड़ी थीं), कितनी ऊँची हैं वह। यह न आर्थिक दृष्टि से वांछनीय है न तकनीकी दृष्टि से कि यह इमारत—बीमावालों की इमारत—हडसन बे कंपनी की इमारत से दस मंज़िल ऊँची हो। इसका उद्देश्य प्रतीकात्मक है। बीमावाले मिस्टर बे से ऊँचा दिखना चाहते हैं। इसे ही मैं टेक्नोलॉजी के ग़ैरतकनीकी लक्ष्य कहता हूँ। तकनीक के लक्ष्य ग़ैरतकनीकी हैं, धार्मिक हैं, वे अक्सर जादुई, रहस्यात्मक और नैतिक होते हैं। मैं तब चिंतित होता हूँ जब तकनीक का इस्तेमाल पाश्चात्य विचारधारा के घोर ध्वंसात्मक लक्ष्यों के लिए होता है जिनका तकनीकी उपयोगिता से कोई ताल्लुक नहीं। मिसाल के तौर पर जब गति का इस्तेमाल कुल जनसंख्या के जीवन की उपलब्ध अवधि घटाने के लिए किया जाता है, जैसा कि मैंने अपनी पुस्तक *एनर्जी एंड इक्विटी* में दिखाया है, तब मैं इन वाहनों को कालभक्षी देव या दानव कहता हूँ। मैं एक विचित्र अनुभव कभी नहीं भूल सकता। मैं भारत में, दक्षिण भारत में किसी जगह तीन गाँधीवादियों के साथ एक जीप में बैठा था; वे बेहद कृपाशील और अच्छे इंसान थे, जिनसे मैंने बहुत कुछ सीखा है।

“हम लोग जीप में अहिंसा पर बहस करते जा रहे थे और ड्राइवर लगातार हार्न बजाने पर तुला हुआ सड़क से बैलों को भगा रहा था। क्या मेरी बात साफ हुई ?...आप उस जीप में सवारी नहीं कर सकते, बिना बैलों को सड़क से भगाए हुए। वह जीप केवल एक उपकरण नहीं है, वह हिंसा का उपकरण है, हिंसा जो एक बात साफ़ करती है—मेरा समय तुम्हारे समय से ज़्यादा महत्त्वपूर्ण है...वह कहती है : उस सड़क पर अपने जीवनकाल में से कुछ मुझे दे दो। एक अर्थशास्त्री कहेगा कि यह ताक़त के तबादले की एक विधि है। इस संदर्भ में ताक़त का आशय है जीवन की अवधि।

"...साइकिल और बैल आपस में मेल खाते हैं, लेकिन एक कार ? बनारस में मेरी पहली शाम थी—कई वर्ष पहले—क़रीब छह बजा था। बनारस के बीचवाले भाग में एक भी कार नहीं थी। मेरे लिए वह असाधारण आधुनिकीकरण का अनुभव था। मैंने साइकिलों की इतनी सघन भीड़ को हर दिशा में इतनी तीव्र गति से जाते हुए कभी नहीं देखा था और मैंने हिसाब लगाया कि बनारस के लोगों की वास्तविक गतिशीलता की दर मैनहैटन द्वीप (न्यूयार्क) के लोगों की तुलना में तीन गुनी नहीं तो कम-से-कम दुगनी जरूर थी।"

मुझे अचानक ध्यान आया। दो दिन पहले ही मैंने *धर्मयुग* में श्री राजेन्द्र अवस्थी की पेरिस-यात्रा का सचित्र विवरण पढ़ा था, जिसमें पेरिस को दुनिया का सबसे आधुनिक शहर बताया गया था।

"वहाँ मैंने बाल बियरिंग और हवा के दबाव का सामान्य जीवन से अद्भुत तालमेल देखा। वे समाज के उपकरण बन गए थे, जिनसे काफ़ी लंबी दूरियों के बीच बहुत कम लागत पर आश्चर्यजनक आपसी पहुँच की जा सकती थी। इसे मैं आधुनिकीकरण कहता हूँ। अगली बार जब मैं बनारस गया—कुछ समय बाद—तो मैं एक ख्यातिप्राप्त समाजवादी सिद्धांतशास्त्री की कार में एक जगह से विश्वविद्यालय की तरफ़ जा रहा था। हम लोग कुछ जगहों पर बनारस के बीच से गुजरे। वह कार में थे, मैं बगल में बैठा था और बेहद असुविधा अनुभव कर रहा था। वह क़तई परेशान नहीं थे। वह यह देखने में बिलकुल असमर्थ थे कि जिस किसी रास्ते पर उनकी कार पहुँचती, साइकिलों का प्रवाह रुक जाता, क्योंकि साइकिल और कार की आपस में बिलकुल नहीं पटती।"

मैंने कहा, "आपका आशय क्या यह है कि टेक्नोलॉजी का विकास समाज द्वारा एक स्तर के बाद रोक दिया जाना चाहिए ?"

"बहुत सावधानी से मैं विश्वास करता हूँ कि हमें व्यापक सहमति से वे मूल आयाम तलाशने चाहिए जिनमें हम उपकरणों की ताक़त पर भरोसा कर सकते हैं। उदाहरण के लिए परिवहन में गति की सीमा होनी चाहिए। क्यों न लोग आविष्कार करें—तुम्हें तो मालूम ही है कि भारतीय लोग बेमिसाल असाधारणता हासिल कर चुके हैं हर संभव तरह के—क्या कहते हैं उसे ? रिक्शा का आविष्कार करने में कितनी तरह के रिक्शा उन्होंने बनाए हैं—अलग-अलग कामों के लिए—लोगों, बीमारों, मशीनों को ढोने के लिए। क्यों न हमारे पास यांत्रिक घिर्रीवाले रिक्शा हों ?..."

बातचीत आरंभ हुए काफ़ी समय हो चुका था, पर मैं अभी तक अपने चुनिंदा सवाल नहीं पूछ सका था, बीच-बीच में कभी कमरा साफ़ करनेवाली औरत, तो कभी फ़ोन तो कभी विषयांतर का व्यवधान आ जाता था। कमरे के बाहर सुबह की अस्पष्टता साफ़ हो रही थी हालाँकि सूरज का कहीं पता न था। मेरे दाँत निहायत बासी थे, स्नान की सहज ज़रूरत थी पर इलिच

इतने ताज़े थे कि मैं स्नान की ख़ातिर बातचीत को संक्षिप्त बनाने के लिए कतई तैयार न था। उनकी दिनचर्या किसी किशोर स्काउट से कम नियमित और चुस्त नहीं है। सात बजे से पहले स्नान करके दिन-भर के लिए तैयार हो जाते हैं। नाश्ते में उस दिन उन्होंने थोड़े मट्ठे के साथ सूखे फल लिए थे। उन्हीं के शब्दों में वह लगभग शाकाहारी हैं। जिन पुस्तकों ने उन्हें सबसे ज़्यादा प्रभावित किया है उनमें वेद और *रामायण* शामिल हैं। युवावस्था में कांट से निपटने में काफी वक़्त लगा। टामस एक्विनास और नीत्शे का भी असर पड़ा।

चिकित्सा, शिक्षा, सवारी—सभी विषय, जो इवान इलिच ने अब तक उठाए थे, किसी जादुई स्पर्श की माँग कर रहे थे जिससे तमाम तबदीलियाँ संभव हो जाएँ। कौन देगा यह स्पर्श ? सरकार ? "नहीं", इलिच का उत्तर था कि "परिवर्तन ऊपर से नहीं नीचे से आएगा पर इसका क्या भरोसा है कि नीचे से आता हुआ परिवर्तन ऊपर से दबाया नहीं जाएगा ?

"देखो, सब लोग अगर आधुनिक, वैज्ञानिक, विवेकशील आदमी की निगाह से देखने लगें—जब उस समृद्ध समाजवादी की कार बनारस की सड़क से गुज़रती है—यह बिलकुल तय है कि हमें बनारस को एक धमाके से उड़ा देना होगा यदि उसे स्वचालित मशीनों से लैस करना है। यह बिलकुल अनमेल चीज़ होगी (बनारस की प्रकृति से) कि वहाँ हर किसी के पास अपनी कार हो या हर कोई बस में घुसा दिया जाए। ऐसी हालत में कोई बनारस में रह नहीं सकेगा। उस कार को देखो और कह दो—मैं उसे त्यागता हूँ, पर इस शर्त पर कि कोई, यहाँ तक कि प्रधानमंत्री भी, उस पर सवारी नहीं कर सकता। मुझे याद है वह आख़िरी बातचीत—आख़िरी बातचीत जो किसी के माध्यम से हुई—डान साल्वाडोर में मिस्टर आयेंदे के साथ। मैंने उनसे कहा कि मैं चाहता हूँ कि आप अपने कार्यालय—अपने मोनेदा—तक साइकिल से जाएँ। मैं जानता हूँ कि आपके गेरिल्लों—राष्ट्रपति के पीछे चलनेवाली पुलिस—को आपत्ति होगी। पर मैं इसे बेहतर समझूँगा कि आप इसलिए मार डाले जाएँ कि आप साइकिल पर थे, बनिस्बत मेज़ पर मारे जाने के। (मैं सोच नहीं सकता था कि यह होनेवाला है। आटोसाइकिल पर मरना बेहतर है कार्यालय में मरने से..."

बातचीत शुरू हुए काफ़ी देर हो चुकी थी और मैं भयत्रस्त था कि मेरा एकमात्र टेप ख़त्म न हो जाए। पर उसने इस तरह साथ न छोड़ा। बातचीत गति और शिक्षा के पड़ावों से होती हुई बार-बार समसामयिक राजनीति पर आ जाती। फिर कभी कविता तो कभी धर्म की तरफ़ मुड़ जाती। मैंने पाया कि इलिच ने एक बार भी अपने विरोधियों का ज़िक्र नहीं किया, न ही सामान्यतः उन पर लगाए जानेवाले आरोपों के प्रति उत्तर की मुद्रा अपनाई। क्या वह

इन आरोपों से बेख़बर हैं ? दो दिन पहले ही मैंने वह लेख पढ़ा था जिसमें अमरीका में शिक्षा के स्तर और ग़रीबों तक उसकी पहुँच में कमी के लिए इलिच जैसे लोगों को ज़िम्मेदार ठहराया गया था। दिलचस्प बात यह थी कि उन्हें इस लेख में *(टाइम्स एजूकेशनल सप्लिमेंट,* 5 नवंबर '76) एक नव-मार्क्सवादी पर्चेबाज़ कहा गया था, जबकि उत्तरी अमरीका के प्रखर मार्क्सवादी इलिच पर दृष्टिहीन, सुधारवादी और सतही होने का आरोप लगाते रहते हैं। *मंथली रिव्यू* के अक्तूबर '76 अंक में इलिच के अनुभवी विरोधी विसेंट नवारो ने एक बेहद दिलचस्प लेख में कहा है कि इलिच की दिक़्क़त यह है कि वह शत्रु के वास्तविक शिविर नहीं पहचानते; वह नौकरशाही में उलझकर रह जाते हैं जबकि वास्तविक दुश्मन पूंजीवादी व्यवस्था है। नवारो के अनुसार, इलिच का चिंतन जीवनशैली में परिवर्तन चाहनेवाले चिंतनों की तरह अमरीकी व्यवस्था के दलदल में समा जाने के लिए विवश है क्योंकि हर मज़बूत व्यवस्था की तरह अमरीकी समाज में भी विरोध को काफ़ी हद तक पचाते चले जाने की क्षमता पैदा हो चुकी है।

"क्या आप मानते हैं कि व्यक्ति-विशेष अपनी प्रेरणा से काम करता है ? या वह उस संरचना के मुताबिक काम करता है जिसमें वह स्वयं को पाता है?"

"उसकी जीवनशैली उस संरचना से पूरी तरह प्रभावित होती है जिसमें वह काम करता है, लेकिन वह अपना, स्वयं का, जीवन जीता है; स्वचालित सक्षमता के आवेग को प्रकट करनेवाला सामान्य शब्द स्वास्थ्य है। 'मेडिकल नेमेसिस' का आधार-वाक्य यही है और मैंने इसे जे. पी. नायक द्वारा मेरे लिए किए गए वेद के अनुवाद से लिया है। मार्क्सवाद का वह गिरा हुआ रूप जिसे आगे चलकर फ्रायड ने बढ़ाया, सदैव किसी दूसरे को दोषी पाता है। निश्चय ही मेरी भाषा, मेरा दृष्टिकोण दूसरों से प्रभावित होते हैं, लेकिन जब तक मैं जीवित हूँ तब तक मेरी स्वचालिता मुझसे छुड़ाई नहीं जा सकती..."

यहाँ इलिच ने अपने जीवन की एक कहानी सुनाई। उनकी शैली, उनकी मुद्रा में एक गहरी आत्मीयता थी, जो किसी को भी बरबस खींच सकती थी और जो प्रसंग उनकी कहानी का विषय था वह स्वयं एक मार्मिक किंतु सामान्य सत्य था। सुनते-सुनते मेरा ध्यान बरबस इवान इलिच के व्यक्तित्व के उस पक्ष की ओर चला गया जो उन्हें चर्च के एक पादरी के अनुभव से मिला है। दर्द की अनुभूति को जीवन की सहज संवेदना में तबदील कर देना एक मँजे हुए पादरी का ही कौशल हो सकता है। आज इलिच चर्च के प्रबल विरोधी हैं, किंतु चर्च के प्रशिक्षण की छाप उनकी शैली, उनके संवाद पर है।

"पिता की ओर से मैं शराब बनानेवाले कुटुंब से आया हूँ। मेरे कुटुंबी पूर्वज बहुत क़ीमती शराब बनाते थे जो पचास वर्ष, सौ वर्ष चल सकें। परिवार

में एक परंपरा चली आई है कि जब कोई बच्चा पैदा होता है, शराब की सौ बोतलें अलग रख दी जाती हैं जो साल-दर-साल बेहतर होती चली जाती हैं। जब वह विवाह करे तो कुछ बोलतें खोले, जब उसके यहाँ पहला बेटा हो तो कुछ और बोतलें खोले। अंत में एक बोतल बची रहेगी जिससे वह जब मरने को हो तो अपनी रवानगी मना सके। मेरा एक कुटुंबी, मेरे पिता का एक भाई, अभी तक जीवित था। मुझे बताया गया है कि पिछले साल मई में एक दिन उसे पीठ में किसी जगह बड़े ज़ोर का दर्द हुआ। उसने अपनी पत्नी को बुलाया और कहा, 'जात्सा, अब उस बोतल को खोलने का वक़्त आ गया है।' वह एक बहुत अच्छी पत्नी की तरह उसके साथ रही थी और उसकी उम्र सिर्फ़ पचहत्तर बरस थी। उस शानदार, विशुद्ध शराब के दो गिलास उन्होंने मिलकर पिए। वह सचमुच बहुत बढ़िया शराब थी। और तब वह मर गया। इसे ही मैं मंज़िल का स्वास्थ्य कहता हूँ।"

इस प्रसंग को सुनाते समय इलिच कितने भावसिक्त थे, यह प्रकट करना अनुवाद के जरिए असंभव है। बहरहाल, अब समय कम था, इसलिए मैंने प्रसंग की परवाह न करते हुए वह सवाल पूछा जिसे मैं रात से सोचे हुए था।

"मार्क्सवादी कहते हैं कि आप वर्गसंघर्ष से बचने की कोशिश करते हैं। आपकी इस पर क्या टिप्पणी है ?"

"देखो, अगर तुम इडिपस कांप्लेक्स का ज़िक्र न करो तो फ्रायडवादी कहेंगे कि तुम अपनी चेतना में किसी चीज़ का दमन कर रहे हो। यदि तुम सर्वहारा का उल्लेख न करो तो मार्क्सवादियों के अनुसार तुम इतिहास के केंद्रीय मामले से बच रहे हो और यदि तुम एक ख़ास क़िस्म के अमरीकी औद्योगिक साम्राज्यवाद पर ज़ोर न दो तो लातीनी अमरीका में तुम्हें अंकल सैम का नौकर करार दिया जाएगा। लकीर के फकीरों में एक अजीब क़िस्म की हेठी है। वे ज़ोर देते हैं कि यदि तुम यह नहीं दिखा सकते कि तुम उनके हुनर में दक्ष हो, या कि नहीं हो, तो तुम एक महत्त्वपूर्ण चीज़ से कन्नी काटते हो, तुम अप्रासंगिक हो। मैं शायद सिर्फ़ यही टिप्पणी कर सकता हूँ। मेरे आलोचक कहते हैं कि मैंने एक ग़लत किताब लिखी है। वह एक बहुत अच्छी किताब है, पर ग़लत विषय पर है। यह बात मुझे इन आलोचकों में किसी बहुत गहरी धार्मिक प्रतिबद्धता की सूचक प्रतीत होती है।"

"क्या यह कहा जाए तो ठीक होगा कि आप आज की ग़ैरज़िम्मेदार टेक्नोलॉजी की जगह जो कुछ लाना चाहते हैं वह एक तरह का धर्म होगा ?"

"धर्म नहीं। विवेक चर्च के ख़िलाफ़ मैं किसी धर्म के नाम पर नहीं बोलता, जीवंतता के नाम पर, स्वचालन के नाम पर बोलता हूँ।"

फ़ोन की घंटी एक बार फिर बज उठी थी और मैं उठने के लिए तैयार था।

13

भाषा और विचार के तनाव

यह वर्ष (1991) रघुवीर सहाय को खोकर शुरू हुआ था और अभी तीन-चार महीने भी नहीं चला था कि राजेंद्र माथुर नहीं रहे। इन दोनों शीर्षस्थ प्रतिभाओं की कमी पत्रकारिता में साफ़ दिखाई दे रही है। आज़ादी के संघर्ष के आख़िरी दो-ढाई दशकों की विशिष्ट परिस्थितियों में जन्मे ये दो संपादक अपने काम में भी एक ख़ास विरासत लेकर आगे बढ़े थे—रघुवीर सहाय अज्ञेय की और राजेंद्र माथुर राहुल बारपुते की। पत्रकारिता की संस्थाई शिक्षा (जिसका अब ताक़तवर ढंग से राजनीतिकरण हो रहा है) उन्होंने नहीं पाई थी। एक यह भी वजह थी कि वे अपने-अपने अनगढ़ या स्वयंगढ़ तरीक़ों से देश की बेहद संश्लिष्ट परिस्थितियों और प्रवृत्तियों को संवाद की एक मौलिक संरचना में ढाल सके। उनकी यह उपलब्धि पत्रकारिता के नहीं, हिंदी समाज के इतिहास का अंग बन चुकी है। ऐसा हर नौजवान जो पत्रकारिता के स्थापित हो रहे मूल्यों और तौर-तरीक़ों का विकल्प ढूँढ़ना चाहेगा, इस विरासत को एक बार अवश्य टटोलेगा।

इन मूल्यों की पड़ताल शुरू करते ही भाषा की दशा सबसे पहले दिखाई देती है। अंग्रेज़ी का हिंदी पर दबाव कोई नई घटना नहीं है और इस दबाव की दृष्टि से यह वर्ष एक चालू प्रक्रिया के थोड़ा और गहराने का वर्ष था। वैसे भी समाचार सेवाओं पर अंग्रेज़ी हावी रहती है, पर संपादकीय टिप्पणियों और लेखों को भी अपने सहकर्मी अंग्रेज़ी प्रकाशनों से लेकर छापने का दबाव हिंदी संपादकों पर लगातार बढ़ता रहा है। शब्दावली और वाक्यरचना जिस सूक्ष्म ढंग से हमारे सोच को प्रभावित करती है, उस पर हिंदी लेखकों और पाठकों के बीच कोई बहस नहीं चल रही। इस बीच सांस्कृतिक पुनरुत्थानवाद की छत्रछाया में कुछ हिंदी अख़बार अपनी मौलिकता और सूझबूझ का सिक्का जमाने में लगे हैं। उनका असर फैलता रहा है, इसका सबूत यही है कि किसी

धार्मिक उत्सव में शामिल सामान्य जन को 'श्रद्धालुओं की भीड़' कहने में अन्य अख़बार भी पीछे नहीं रहे हैं। इसी प्रवृत्ति के परिणतिस्वरूप अयोध्या में सक्रिय एक संगठन-विशेष के कार्यकर्ता 'कारसेवक' कहलाने लगे हैं। यह मामला हिंदी पर अंग्रेज़ी के प्रभाव या दबाव का नहीं है, अंग्रेज़ी से अलग, किंतु अंग्रेज़ी की निगाह से अपने समाज को देखने की मूलतः औपनिवेशिक नियति का है। इस नियति से देश और संस्कृति को बचाने का दावा हिंदू पुनरुत्थानवादी एक अर्से से करते रहे हैं और उतने ही अर्से से उनके दावे की निरर्थकता जाहिर हो रही है। वे भी आख़िर अंग्रेज़ी के क्रोड़ में खेली संतान हैं। हेडगेवार भी अंग्रेज़ी माध्यम स्कूल में पढ़े थे और तिलक भी अंग्रेज़ी शिक्षा को शेरनी का दूध मानते थे।

पत्रकारिता की धुरी इस साल भी पुनरुत्थानवाद के शिखर विवाद में धँसी रही। जो अख़बार इस विवाद को धर्म और आस्था का मसला मान चुके हैं, उनमें तो बहस का सवाल नहीं उठता, न संपादकीय लेखों में। पाठकों ने मान लिया है कि अयोध्या-विवाद कर्म का मामला है, न कि बहस का। इसीलिए जब उत्तर प्रदेश के मुख्यमंत्री ने विवादग्रस्त क्षेत्र की सफ़ाई के तौर पर छोटे मंदिरों को गिराने का 'कर्म' शुरू किया, तो इन अख़बारों को इस पर प्रतिक्रिया देना ज़रूरी नहीं लगा। जो नहीं है (यानी प्रस्तावित विशाल मंदिर) उसके नाम पर जो है (यानी छोटी परंपराओं के प्रतीक छोटे मंदिर) उन्हें गिराए जाने की इस घटना पर उदयन वाजपेयी की *नभाटा* में छपी संक्षिप्त टिप्पणी अयोध्या के विवाद पर हिंदी के साहित्य-जगत की सबसे साफ़ और अनुभूतिपरक प्रतिक्रियाओं में से थी। उधर वरिष्ठ लेखक निर्मल वर्मा ने इस क़िस्म के सेक्यूलर चिंतन पर अपनी मुहिम जारी रखते हुए अभी हाल में छपे एक लेख में अयोध्या और आरक्षण की बहसों को जोड़ते हुए लिखा कि यदि राम की जन्मभूमि एक मिथक है तो ब्राह्मणों द्वारा निचली जातियों का शोषण कौन-सा इतिहास है। फिर अपने विरोधियों के दिमाग़ पर हँसने के अंदाज़ में इस सुसंस्कृत और शिष्ट ही नहीं, सदा तर्क की सीमा में रहनेवाले लेखक ने कहा कि धर्मनिरपेक्षता के हिमायती रूस के प्रभाव में रहे।

इस 'तर्क' को बाक़ायदा इस्तेमाल भले सिर्फ़ निर्मल ने किया हो, दरअसल यह तर्क उन सभी पत्र-पत्रिकाओं, अख़बारों और लेखकों के मन में इस वर्ष ख़ासी रफ़्तार से पल्लवित हुआ जो वामपंथी विचारों को भारत की समस्याओं के सुलझाए जाने के रास्ते में सबसे बड़ी बाधा मानते हैं। जैसे-जैसे 1991 का साल आगे बढ़ा और रूस का क्षेत्रीय और राजनैतिक विखंडन तेज़ होता गया, वैसे-वैसे पत्रकारिता में वामपंथी विचारधारा पर हमला ज़ोर पकड़ता गया। हिंदी का एक लोकप्रिय साप्ताहिक भारतीय समाजवादी विचारधारा को बढ़ावा

देने के लिए साम्यवाद पर प्रहार का रास्ता वर्षों से अपनाए रहा है। जैसा कि लाज़िमी था, यह रास्ता अब ऐसे बिंदु पर पहुँच गया है जहाँ समता के विचार की रक्षा भी कठिन है। उसके किसी राजनैतिक या दलीय अनुवाद की रक्षा की बात तो दूर रही।

पर हिंदी के साप्ताहिक पत्र अब इस क़िस्म की चुनौतियों से चिंतित नहीं होते। हम यहाँ उन पत्रों की चर्चा नहीं कर रहे जो जन्म और स्वभाव दोनों से 'संडे टुडे' हैं यानी अंग्रेज़ी के अनुवाद हैं। मूलतः हिंदी में रचे जानेवाले पत्र भी ज़िंदगी की भीख माँगने के इस दौर में टेब्लायड होकर रह गए हैं। उनके एक पन्ने से एक चीख़ निकलती है, एक और पन्ने से उसकी विलोम चीख़ निकलती है। रूस के विखंडन से रेखा के रोमांस तक हर विषय पर एक-एक पन्ना परोसनेवाली इस क़िस्म की पत्रकारिता, अब लगता है, अपनी मृत्यु के क़रीब है। पारिवारिक पत्रकारिता का यह अंतकाल निश्चय ही थोड़ा-बहुत दुख हम सभी में भरता है, क्योंकि हिंदी का शायद ही कोई लेखक हो जो स्वयं इन पत्रिकाओं को पढ़कर, उनमें लिखकर न बड़ा हुआ हो। पर इस रूपाकार का यह अंत अस्वाभाविक या किसी का षड्यंत्र नहीं है। मध्यम वर्ग के उभार के साथ यह रूपाकार लोकप्रिय हुआ था और आज मध्यम वर्ग ही उसे ग़ैरज़रूरी मानकर अपनी उपभोक्तावादी वृत्ति के अनुरूप उपभोग के अन्य, नए मनोव्यंजन अपनाने चल निकला है। पारिवारिक पत्रकारिता के इस युगांत काल ने पाठकों को समेटने का एक मरता-क्या-न-करता-धर्मी प्रयास रविवारी अख़बारों ने कुछ समय पहले किया था। इनमें से एक बड़े प्रयास का प्राणांत इस वर्ष हो गया, इसके बाक़ी बचे साथी जीने का जुगाड़ करने में लगे हैं। उनमें से किसी को लंबा जीवन जीने का सुख मिलेगा, इसकी संभावना कम ही दिखती है।

बात यह है कि पूँजीवाद के साए में पनपनेवाली पत्रकारिता जहाँ एक ओर लोगों को जोड़ती है, वहीं एक अधिक गहरे स्तर पर तोड़ती भी है। हर चीज़, हर ख़बर को उपभोग की वस्तु बनाने को विवश यह कला बराबर अपने पाठक की मानसिक भूख के साथ खिलवाड़ करती चलती है। पाठक के साथ संबंध बनाना उसका ध्येय नहीं, सिर्फ़ साधन होता है, ध्येय तो प्रायः पाठक को राजनीति या अर्थजगत के स्वार्थचक्र में घसीट लाना होता है। जब तक किसी अख़बार या पत्रिका से किसी राजनेता या पूँजीपति को फ़ायदा होता है, तब तक वह चलती है, फिर चाहे कितनी ही गुणी हो, बंद हो जाती है। इस साधारण नियति से अलग ऐसी पत्रिकाएँ, जो बौद्धिक उद्यम की प्रतीक हों, आज हिंदी में इक्का-दुक्का ही हैं। वे पत्रकारिता नहीं, साहित्यिकता में बची स्वाधीनता का प्रमाण हैं। व्यवसायी पत्रकारिता हिंदी के संदर्भ में अभी

एक नई चीज़ है। हिंदीभाषी लोगों की सामूहिक स्मृति में अभी तक स्वाधीनता आंदोलन के दिनों में पनपी संघर्षशील पत्रकारिता मानक रूप में विद्यमान है। आज भी हिंदी के कई अच्छे पत्रकारों का यह मानसिक संघर्ष झुलसा या थका नहीं है कि वे केवल पेशे के कारण लिखते हैं या किसी वैचारिक या सामाजिक उद्देश्य से। बावजूद उन तमाम समझौतों के, जो कई नामी पत्रकारों ने क्षुद्र स्वार्थवश बड़े नेताओं या अधिकारियों के साथ किए, यदि उनके अख़बार थोड़ी-बहुत उत्कंठा के साथ आज भी पढ़े जा रहे हैं, तो इसका एक कारण यह है कि अपनी समझौतापरस्ती को ये पत्रकार बेशर्म होकर छिपा नहीं पाते। पाठक को बराबर कोई-न-कोई इशारा इस बात का मिलता रहता है कि उसे जाग्रत रखनेवाला धंधा खुद कितने पानी में है।

पत्रकारिता का यह भावजगत सचमुच हिंदी समाज के भावजगत से उपजा है। जब तक हिंदी पाठक पूँजीवाद के तहत चल रहे हर बौद्धिक धंधे के पूर्ण व्यवसायीकरण को स्वीकार नहीं कर पाता, तभी तक हिंदी का पत्रकार अपने अंग्रेज़ी सहकर्मियों की तरह मुकम्मिल तौर पर पेशेवर नहीं बन सकेगा। विडंबना यही है कि हिंदी पत्रकार-संपादक की यह विवशता उसकी ताक़त नहीं बन पा रही, निरंतर व्यवसायीकृत हो रहे संचारतंत्र में उसे दिनोंदिन असहाय और अपनी पत्रिकाओं की रक्षा में असमर्थ बना रही है।

विशेष परिस्थितियों में हिंदी की आधुनिक पत्रकारिता का एक और पहलू विखंडनकारी साबित हो रहा है। संचार-माध्यमों में तकनीकी विकास के कारण यह संभव हुआ है कि एक ही अख़बार कई जगहों से निकले और परिवहन में होनेवाले समय को बचाकर जल्दी-से-जल्दी पाठक तक पहुँचाया जा सके। यह विकास दूर-दूर फैले पाठक वर्ग को जोड़ने का काम कर सकता था, पर हिंदी पत्रकारिता में यह विकास पहले से विखंडित पाठक वर्ग को और छोटे-छोटे टुकड़ों में बाँटने में मदद दे रहा है। इस वर्ष हिंदी के कुछ प्रमुख आंचलिक अख़बारों ने नई जगहों से अपने संस्करण निकाले पर संपादकीय सामग्री हर संस्करण के लिए अलग से तैयार किए जाने की व्यवस्था जारी रखी। संपादकीय पृष्ठ ही वह एक जगह होती है जहाँ घटनाओं को किसी विचारसूत्र में बाँधने और पाठकीय प्रतिक्रिया से जोड़ने की कोशिश की जाती है, पर आलम यह है कि आप एक ही अख़बार का बीकानेर संस्करण पढ़ें तो विचारसूत्र कुछ होंगे और जयपुर संस्करण पढ़ें तो, तो कुछ और। पाठकों के पत्रों को लेकर तो हिंदी-अंग्रेज़ी के सारे बड़े-छोटे अख़बार स्थानीयता को महत्त्वपूर्ण मानते हैं। पत्रों के स्तंभ को पाठक की तुष्टि का साधन अधिक माना जाता है, विमर्श का कम। जहाँ तक ख़बरों का संबंध है, स्थानीय और राष्ट्रीय की कोटियों में उनका विभाजन इतना प्रचलित है कि उसे लेकर कोई

प्रश्न उठाना बेमानी समझा जाता है। पाठकीय प्रवृत्ति भी अब इस तरह ढल गई है कि जिस अख़बार में अपने यहाँ की खबरें न मिलें उसे पढ़ना आम पाठक पसंद नहीं करता। पड़ोस के राज्य में सामूहिक संहार हो, तभी ज्ञातव्य है, अपने यहाँ गोदाम का उद्घाटन भी हो तो छपकर आए। स्थानीयता का यह विकट आग्रह पाठक के बौद्धिक क्षितिज को सिकोड़ते जाने का बहाना बन गया है।

अंग्रेज़ी के निरंतर बढ़ते आक्रामक दायरे और पूँजीवाद की विशुद्ध बाज़ारी वृत्ति के गहराने के समक्ष हिंदी पत्रकारिता यदि एक बड़ी चुनौती महसूस भी करे तो बड़ी बात होगी। चुनौती का भाव भी ख़तरे में पड़े समाज में जीवन की चेतना और चाह का सबूत होता है। फ़िलहाल यह सबूत हिंदी समाज के सबसे बड़े दर्पण उसके अख़बारों में दिखाई नहीं दे रहा। एक-दो संपादक अपने अख़बार की रक्षा के लिए लड़ रहे हैं। मणिमाला जैसी निर्भीक संवाददाता अपने व्यवसाय के ईमान की ख़ातिर सांप्रदायिकता के प्रचेताओं की हिंसा का शिकार होने को तैयार हैं, पर इतने मात्र से हिंदी पत्रकारिता का उद्धार नहीं हो सकेगा।

धार्मिक अलगाववाद ने हिंदी को अपना सुनिश्चित अस्त्र आज नहीं, पचास साल पहले बनाया था। इस अस्त्र की लगातार बढ़ती मारक शक्ति का ही तक़ाज़ा है कि प्रसिद्ध समाजशास्त्री श्यामाचरण दुबे ने अरुणाचल में संस्कृत की पढ़ाई अनिवार्य बनाए जाने से पैदा हुए ख़तरे की बात लिखी तो *नव भारत टाइम्स* के सुधी पाठकों ने कोई प्रतिक्रिया नहीं की, उधर संस्कृत की तरक़्क़ी और उस पर आए ख़तरों के प्रति चिंता हर हफ़्ते एक-न-एक पाठकीय पत्र में व्यक्त होती रहती है। हज़ारों साल से आदरणीय इस देवभाषा को संस्थाई या संगठनात्मक अंगरक्षक इतनी तादाद में मिल रहे हैं तो इसीलिए कि वह हिंदी के समान भारतीयता की प्रतीक बना ली गई है। प्रतीक बन जाने का जोखिम संस्कृत तो बरदाश्त कर लेगी (आख़िर वह कभी कारसेवकों पर निर्भर नहीं रही), पर हिंदी के लिए यह जोखिम लगातार भारी पड़ रहा है। हिंदी की लड़ाई यदि सामाजिक न्याय और बराबरी से हटकर जातीय, प्रांतीय या राष्ट्रीय अस्मिता की लड़ाई-भर रह जाती है तो यह एक घातक और दुखद घटना होगी। इस घटना से हिंदी को बचाने का काम साहित्य और पत्रकारिता दोनों को करना है। अभी तक का रिकार्ड दर्शाता है कि दोनों क्षेत्रों में हिंदी का इस्तेमाल अपना उल्लू सीधा करने के लिए कर रही शक्तियाँ हावी हैं, पर उनके ख़िलाफ़ संघर्ष साहित्य में ज़्यादा मुखर है। आनेवाले वर्षों में पत्रकारिता में यह संघर्ष तीव्रतर होता है या नहीं, हिंदी की सामाजिक चेतना के भावी रूपाकार इस प्रश्न पर काफ़ी हद तक निर्भर होंगे।

14

लड़ाई की इकाई : व्यवस्था, सत्ता या संस्था ?

पहले तो हमें 'लड़ाई' का अर्थ स्पष्ट कर लेना चाहिए जिससे हम नर्मदा के लिए बाबा आमटे और राम जन्मभूमि मंदिर के लिए लालकृष्ण आडवाणी की लड़ाइयों में फ़र्क़ कर सकें। आख़िर दोनों ही अपने-अपने क़िस्म के संघर्ष हैं। जो लोग सक्रिय या वैचारिक रूप से इन संघर्षों में शामिल हैं, उन्हें अपना नेता व्यवस्था से लोहा लेता दिखाई देता है। मौजूदा व्यवस्था से जूझकर जिस नई व्यवस्था का सपना इन संघर्षों के अंतिम लक्ष्यों के तौर पर देखा जा सकता है, उस सपने का बयान भी क़रीब-क़रीब एक-से शब्दों में संभव है और किया जाने भी लगा है। जो लोग पढ़-लिख नहीं सकते, मौखिक शब्द के द्वारा लगातार रची-पोंछी जाती छवियों में जीते हैं, उनकी क्या बिसात जब अच्छे-ख़ासे पढ़े-लिखे जनमानस में इस बात को लेकर कोई साफ़-सुथरी समझ ढूँढ़ पाना असंभव हो गया है कि राम को लेकर लड़ रहे नेता नर्मदा को लेकर लड़ रहे नेता से किस तरह भिन्न हैं।

इस भ्रम की ईमानदार स्वीकृति का एक मार्मिक उदाहरण अनन्या वाजपेयी नाम की छात्रा ने मंडल कमीशन के ख़िलाफ़ चल रहे आंदोलन के दौरान दिया था। यह छात्रा इस आंदोलन में सक्रिय रूप से हिस्सा ले रही थी—पर आंदोलन की नैतिकता को लेकर सशंकित थी। *टाइम्स ऑफ इंडिया* को लिखे पत्र में उसने स्वीकारा था कि वह अपनी सक्रियता को किसी व्यापक संदर्भ में जाँचने से कतरा रही है। बस, एक आवेश था कि वियतनाम के किसानों या अफ़्रीका की काली स्त्रियों की तरह किसी सामूहिक लड़ाई में कूदना है। अनन्या वाजपेयी का पत्र पढ़कर विश्वनाथप्रताप सिंह यह जान सकते थे, जो दरअसल उन्हें पहले से मालूम होना चाहिए था, कि व्यवस्था में परिवर्तन लाने के लिए एक विराट् प्रयास केवल राज्यशक्ति के सहारे सफल नहीं हो सकता, वे मंडल कमीशन का औचित्य युवा वर्ग को 'सही ढंग' से समझाने की बात

ही करते रहे। अजीब बात है कि वह विश्वविद्यालयी युवजनों के गहरे दिशाभ्रम और उनके बौद्धिक शून्य से परिचित नहीं थे। होते, या कम-से-कम होने की कोशिश करते तो समय रहते ताड़ सकते थे कि मध्यमवर्गीय युवा पर जड़ता, भ्रम और अपनी व्यर्थता के बोध का दबाव इतना बढ़ चुका है कि वह कभी भी, किसी के ज़रा-से इशारे पर उन्माद की आग में कूद पड़ने को तैयार हो जाएगा। अनन्या वाजपेयी ने लिखा था कि वह और उसके साथी 'कुछ' करना चाहते थे, वह 'कुछ' क्या हो, यह स्पष्ट नहीं था और जब मंडल आयोग का विरोध एक करने लायक 'कुछ' बनकर उभरा तो उसके विश्लेषण की न किसी को फुर्सत थी, न इच्छा। बल्कि पत्र से तो ऐसा लगता था कि विश्लेषण करने में एक डर निहित था—इस बात का डर कि मंडल आयोग का विरोध करना नैतिक रूप से ग़लत न साबित हो जाए।

मध्यम वर्ग की इस ऊबड़-खाबड़ मनोभूमि का ठोस प्रतीक है 'क्रांति चौक'। दिल्ली विश्वविद्यालय कैंपस के एक चौराहे को यह नाम मंडल-विरोधी छात्रों ने दिया था, और यह नाम वहाँ आज तक बड़े-बड़े अक्षरों में लिखा हुआ है। कुछ समय पहले तक यहीं पर एक सूची लगी थी जिसमें मंडल-विरोधी आंदोलन में खुद जलकर मरे छात्रों के नाम दर्ज थे। 'क्रांति चौक' की देखादेखी मंडल आयोग के समर्थकों ने एक अन्य चौराहे पर एक विशाल बोर्ड पर लिख दिया था—'परिवर्तन पथ'। भाषा और विचारों की मुकम्मिल भ्रांति का इससे बेहतर सबूत क्या हो सकता है कि 'क्रांति' और 'परिवर्तन' के हिमायतियों में परस्पर शत्रुता हो ? पर यह हमारे समय की धतुरयाई दशा का बहुत मामूली सबूत है। मंडल-विरोधी आंदोलन के मुक़ाबले कहीं अधिक बड़ी लड़ाइयाँ इस विश्वास के साथ चलाई जा रही हैं कि सही-ग़लत की पहचान नहीं की जा सकती।

इसके पहले कि हम 'लड़ाई' की व्याख्या करने की अपनी मूल समस्या पर लौटें, दो और प्रसंग याद कर लेना उपयोगी होगा। आपातकाल की घोषणा के बादवाली सुबह असम के कांग्रेसी नेता देवकांत बरुआ का आकाशवाणी पर भाषण मुझे भुलाए नहीं भूलता। क्या ग़ज़ब का आत्मविश्वास था उनकी वाणी में, और कितनी दृढ़ थी इन्दिरा गाँधी के कदम के औचित्य में उनकी निष्ठा। जयप्रकाश नारायण हिरासत में ले लिये गये थे और यह बताने के लिये सिर्फ़ बी.बी.सी. बचा था। प्रेस और आकाशवाणी का गला दबाने का औचित्य स्थापित करने की स्पर्धा भी जल्दी शुरू हो गई। मध्यमवर्ग में ख़ासी तादाद में लोग मानने लगे कि इन्दिरा गाँधी की 'लड़ाई' जयप्रकाश नारायण की लड़ाई के मुकाबले ज़्यादा नैतिक है। अपनी हाल की बिहार यात्रा के दौरान मैं नागार्जुन की यह टिप्पणी सुन चुका था कि जयप्रकाश के आंदोलन से उनका संक्षिप्त सरोकार वेश्या के घर में घुसकर निकल आने जैसा साबित

हुआ था; दिल्ली विश्वविद्यालय में मोहित सेन को यह कहते मैंने अपने कानों से सुना था कि जेपी फासिस्ट है। आशय यह है कि परिदृश्य में अद्भुत लोच थी; चाहे तो आप जयप्रकाश को खलनायक मान सकते थे, और चाहे तो लोकनायक। वे कहते थे कि इंदिरा गाँधी के विरुद्ध उनकी लड़ाई गंगोत्री को साफ़ करने की लड़ाई है, उधर इंदिरा-समर्थक, अत्यंत मितभाषी विनोबा कहते थे कि आपातकाल अनुशासन पर्व है।

दूसरा प्रसंग पच्चीस साल पुराना है। आज़ादी के बाद रियासतों का विलय राष्ट्र-निर्माण की एक महत्त्वपूर्ण घटना माना जाता है। राष्ट्र-निर्माण के संदर्भ में बस्तर के राजा प्रवीरचंद्र भंजदेव को स्कूली इतिहास—यदि कभी उनका ज़िक्र करेगा तो—एक रुकावटी तत्त्व ही बताएगा। भंजदेव ने अपनी लड़ाई में क़ानून और राजनैतिक प्रतिनिधित्व के वैध रास्तों का जमकर इस्तेमाल किया। आदिवासी जनता ने उनका पूरा साथ दिया। उधर राज्य और केंद्र शासन ने अपनी लड़ाई नौकरशाही और पुलिस की मदद से लड़ी। टकराव कई नाटकीय क्षणों से गुज़रा, और ऐसे ही एक नाटकीय क्षण में 1966 में भंजदेव पुलिस की गोली का शिकार हो गए; राज्य को अपनी लड़ाई की नैतिकता में थोड़ा-बहुत संदेह था, इसका एकमात्र प्रमाण यह है कि सरकारी रपट ने भंजदेव को ग़लती से चल गई गोली का शिकार बताया। इधर भंजदेव के पक्ष की नैतिकता इतिहास के विवरणों और विकास की आँधी में खो गई है। किसे फ़ुर्सत है कि जापान के साथ हुए उस क़रार को जाँचे जिसके तहत बस्तर के बैलाडीला क्षेत्र का कच्चा लोहा आज तक निर्यात किया जा रहा है ? बस्तर के वनों और आदिवासियों के बर्बर शोषण के बारे में सोचने के लिए तो हमारे पास और भी कम फुर्सत है। अनेक चिंतनधर्मा लोग मान चुके हैं कि राष्ट्र-निर्माण के पुनीत काम में बलिवेदी की भी भूमिका होती है, और जब बलिवेदी होगी तो उस पर कुछ लोग चढ़ाए भी जाएँगे। इस दृष्टिकोण से बस्तर के विकास में लगे अधिकारी और मध्यप्रदेश के तमाम नेता (जैसे द्वारकाप्रसाद मिश्र) जो भंजदेव से जूझे, सही थे, बस उनका काम कुछ रफ़ किस्म का था। इसी दृष्टिपथ पर दो कदम और चलें तो हबीब तनवीर का नाटक *हिरमा की अमर कहानी* (जो वास्तव में भंजदेव की कथा है) कुछ ज़्यादा ही संवेदनशील कलाकार की कृति लगेगा। इस नाटक को देखकर उठते वक़्त तक तिरंगा झंडा खून में सना महसूस होने लगता है; बस्तर में सरकारी पक्ष को उचित माननेवाले कहेंगे कि यह अनुभूति छिछली भावुकता है जिससे बचकर ही नेहरू और पटेल के राष्ट्र-निर्माता स्वरूप के साथ न्याय किया जा सकता है।

अब हम 'लड़ाई' का अर्थ स्पष्ट करने की अपनी मूल समस्या की तरफ़ लौट सकते हैं। विशुद्ध तार्किक विश्लेषण हमारी कोई ख़ास मदद नहीं कर

सकता। किसी भी लड़ाई में दोनों पक्षों के तर्क काफ़ी वज़नी हो सकते हैं। फिर विश्लेषण तो चीज़ ही ऐसी है कि करते-करते शाम हो जाए और बात का मर्म समझ न आए। विश्लेषण को सार्थक बनाने के लिए उसे संदर्भ देना होगा। जिन लड़ाइयों का संक्षिप्त उल्लेख मैंने ऊपर किया है, उन सबके ऐतिहासिक संदर्भ की ज़रूरत की बात प्रायः औपचारिकतावश उठा दी जाती है। यहाँ हमें अपने समाज के हाल के इतिहास को सच्ची उत्सुकता से पलटना होगा क्योंकि हमारे समय की अमूमन हरेक बड़ी लड़ाई के बीज आज़ादी के आंदोलन में छिपे हैं।

जिन मूल्यों के लिए आज़ादी का लंबा संघर्ष चला, उनमें सामाजिक न्याय का एक विशेष महत्त्व था क्योंकि इसी मूल्य की बदौलत स्वतंत्रता आंदोलन एक बड़ा आत्ममंथन बन सका। अंग्रेज़ों के ख़िलाफ़ लड़ने की तैयारी तब एक जटिल सामाजिक सवाल बन गई जब दलित जातियों के नेताओं ने ब्राह्मणों के वर्चस्व को चुनौती देने के लिए अंग्रेजी शासन को अपना आधार बनाया। सामाजिक न्याय की भूख ने 'आज़ादी' को एक नया, संश्लिष्ट अर्थ दिया—बाहरी ताक़त से मुक्ति के सरल अर्थ से भिन्न एक और अर्थ जिसे हमारा समाज आज भी तलाश रहा है।

यह तलाश एक पैमाना है जिसका इस्तेमाल हम किसी भी लड़ाई का चरित्र समझने के लिए कर सकते हैं। राम-जन्मभूमि के संघर्ष को इस पैमाने पर मापें तो साफ़ दिखाई देता है कि यह संघर्ष दूर-दूर तक सामाजिक न्याय की तलाश से जुड़ा नहीं है, बल्कि उस तलाश को भटकाने का संघर्ष है। यही बात उन सभी आंदोलनों पर लागू होती है जो अंततः सत्ता पाने के लिए चलाए जाते हैं। सत्ता पाना या बनाए रखना एक महत्त्वपूर्ण राजनैतिक कर्म है, पर इस कर्म का मूल्य इस बात से प्रभावित होता है कि सत्ता-प्राप्ति का अंतिम उद्देश्य क्या है। एक ऐसी समाज-व्यवस्था में, जो अन्याय को न केवल संभव बल्कि अनिवार्य बनाती है, सत्ता पाने की इच्छा को 'तटस्थ' अर्थों में नहीं देखा जा सकता। सत्ता के इच्छुक व्यक्ति या समूह का चरित्र ही इस बात पर निर्भर है कि वह व्यवस्था के अन्यायी स्वभाव के प्रति कितना चिंतित है। यदि कोई दल समाज-व्यवस्था में स्थापित अन्याय की संरचना के प्रति विशेष चिंतित और उस संरचना को बदलने के लिए सक्रिय नहीं है तो वह भले ही कितनी नैतिकता का दावा करे और पारंपरिक प्रतिमानों पर नैतिक हो भी, हम उसे अनैतिक ही कहेंगे। सत्ता की आकांक्षा ऐसे दल और उससे जुड़े व्यक्तियों की अनैतिकता को ही रेखांकित करेगी; एक विशुद्ध राजनैतिक भावना का नाम इस आकांक्षा को हम नहीं दे सकते। 'विशुद्ध' रूप से राजनैतिक कुछ नहीं होता। जिस समाज-व्यवस्था में हम जीते और अपनी राजनीति करते

हैं, उसका अपना चरित्र हमारी राजनीति में घुला रहता है।

अब ज़रा व्यवस्था को इकाई बनाकर सोचें। क्या ऐसी लड़ाई संभव है जो व्यवस्था से लड़ी जा रही हो, पर जिसमें सत्ता से लड़ना शामिल न हो ? बौद्धिकों, विशेषकर साहित्यिकों के बीच इस तरह की लड़ाई का ज़िक्र अक्सर सुनने को मिलता है। इधर के पच्चीस-तीस सालों में कई साहित्यकारों और संपादकों ने इस क़िस्म की लड़ाई लड़ने में विशेष योग्यता कमाई है। उनका दावा रहा कि वे व्यवस्था से लड़ रहे हैं, और इस दावे के साथ-साथ वे सत्ता के साथ रहे। उनकी इस मुद्रा का विश्लेषण करने के लिए हमें यह पता लगाना होगा कि सत्ता की पक्षधरता उन्होंने किस लक्ष्य से की। यह कह देना बहुत आसान होता है कि जिस किसी ने सत्ता में हिस्सेदारी निभाई, वह बिक चुका और इसलिए अनैतिक है। एक जटिल राजनैतिक व्यवस्था में इस क़िस्म के सरल मूल्यांकन को गंभीरता से नहीं लिया जा सकता। इरफ़ान हबीब जैसा विशेषज्ञ, जिसने हमारी इतिहास की समझ को बहुत गहरे स्तर पर प्रभावित किया है, भारतीय ऐतिहासिक अनुसंधान परिषद् का अध्यक्ष बनकर सत्ता का पक्षधर नहीं हो जाता। उलटे वह अपना आलोचना-कर्म जारी रखता है और सत्ताधारियों की अवहेलना करता रहता है। इसके विपरीत ऐसे बौद्धिक जो सत्ता में हिस्सेदारी के लिए ही व्यवस्था-विरोध करते थे, सत्ता में थोड़ी-सी जगह मिलने पर पूर्णतः मिष्टभाषी हो जाते हैं। उनके लेखन या चिंतन-कर्म में सत्तालीन हो जाने की तमन्ना बराबर एक अंतर्धारा की तरह बहती रहती है।

भ्रांति की जड़ शायद 'व्यवस्था' शब्द की लोच और अस्पष्टता में है। इस शब्द की अर्थवत्ता तभी तक सुरक्षित है जब तक उससे 'समाज-व्यवस्था' का बोध होता हो। इस बोध में आर्थिक और राजनैतिक संरचनाएँ और उन्हें सींचनेवाली सांस्कृतिक प्रतीक-व्यवस्थाएँ और परंपराएँ शामिल रहती हैं। दिक़्क़त यह है कि भाई लोग 'व्यवस्था' शब्द इस्तेमाल करते ही तब हैं जब वे किसी स्पष्ट दिशा में वार नहीं करना चाहते। वे सिर्फ़ तलवार भाँजना चाहते हैं (ज़्यादा सामयिक प्रतीक लाठी भाँजना होगा) और भाँजते दिखकर योद्धा का यश पा लेना चाहते हैं। उनकी इच्छा रहती है कि वे अपने अदम्य क्रोध के लिए मशहूर रहें पर यह किसी को पता न चले कि क्रोध वे किस पर कर रहे हैं। स्पेन के पुराने उपन्यासकार सरवान्ते ने इस तरह के उपक्रम को एक आदि-पुरुष के चरित्र में प्रतीकबद्ध कर दिया है। उसका नाम है डान क्विक़्जोट। हमारे यहाँ डान क्विक़्जोट होना बौद्धिकों और साहित्यिकों के बीच एक सामान्य नियति है। डान की रूमानियत, उसकी स्थायी बौखलाहट और यथार्थ को नकारने का उसका उत्साह उसे एक ख़ास अर्थ में प्रिय बनाते हैं, पर यह प्रियता हमारे डानों को हासिल नहीं हो पाती। वे डान की तरह

असफल रहते तो किसी के तो प्रिय हो रहते, पर वे सफलता की फुनगियों पर पहुँचकर इस क़दर चिकने-चुपड़े बन जाते हैं कि उनसे घिन होने लगती है। 'व्यवस्था'-विरोध की यह परिणति हमारे समाज में पहले से व्यापक निरुद्देश्यता की मनोवृत्ति को ही बढ़ाती है। किसी में कोई फ़र्क़ नहीं है। निरुद्देश्यता की यह भावना, विशेषकर युवा लोगों के लिए, अक्सर घातक सिद्ध होती है।

इस भावना की एक काट है और उसे किसी शख़्स-विशेष पर लागू करना कठिन नहीं है। व्यवस्था का आदतन विरोध करनेवाले दुर्वासाओं को ठीक से समझने के लिए हमें यह देखना चाहिए कि वे अपनी संस्था में क्या करते हैं। संस्था वह महत्त्वपूर्ण इकाई है जो हर तरह के नकलीपन की गर्दन थामे रहती है। बड़े-बड़े नामी व्यवस्था-विरोधी अपनी संस्था में पालतू पशुओं की तरह घूमते देखे गये हैं। वे या तो अपनी ड्यूटी चुपचाप बजाते चले जाते हैं या अपनी संस्था की सबसे प्रतिगामी परिवर्तन-विरोधी शक्तियों का साथ देते पाए जाते हैं। उनकी वाणी ऐसे प्रत्येक विषय पर उग्र हो लेती है जिसका सीधा संबंध संस्था से न हो; संस्थाई मुद्दों पर प्रश्न उठाना वे या तो व्यर्थ बताते हैं या ख़तरनाक। अपने इस निष्कर्ष के लिए वे संस्था के प्रशासक को ज़िम्मेदार ठहराते हैं, और वह भी प्रायः खुलेआम नहीं। इस क़िस्म के चरित्र आपको कितनी ही पत्रिकाओं के संपादकीय कार्यालयों, विश्वविद्यालय के तमाम विभागों और सरकारी उपक्रमों में दिखाई देंगे। इस तरह के चरित्र जब स्वयं किसी संस्था या प्रतिष्ठान के सर्वोच्च पद पर पहुँच जाते हैं, तो भी उनका व्यवस्था-विरोध जारी रहता है पर व्यवस्था-विरोध की उनकी यह मुद्रा सस्तेपन की हदें छूने लगती है। कारण, उन्हें अपनी व्यवस्था-विरोधी भंगिमा बनाए रखने के लिए संस्था के भीतर एक प्रतिबद्ध दरबार सजाना पड़ता है। चापलूसी, छवि-निर्माण, आत्मप्रशंसा उनके प्रशासकीय जीवन के स्तंभ बन जाते हैं। किसी भी क़िस्म की आलोचना मौत के घाट उतारनेवाली दृष्टि से आँकी जाने लगती है। और इस निपट संस्थावाद के बीच दर्शकवृंद की सेवा में 'व्यवस्था का विरोध' अबाध रूप से प्रस्तुत किया जाता है।

संस्थाओं के संचालन की यह शैली इतनी व्यापक हो चुकी है कि व्यवस्था की ईमानदार समीक्षा करनेवालों के लिए संस्थाई आधार ढूँढ़ना मुश्किल हो गया है। जो आधार इधर-उधर बचे हैं, वे भी तेज़ी से डूब रहे हैं। सामंती मूल्यों और अपराधी साधनों की वैधता बाढ़ की तरह संस्थाओं में फैल रही है, पत्रकारिता के क्षेत्र में जो प्रतिष्ठान बहुत नामी कहे जाते हैं, सामंती शासनशैली की सबसे ठोस नज़ीरें वे ही रचते हैं। उच्च शिक्षा की संस्थाएँ वैचारिक स्वतंत्रता, विशेषकर आलोचना की आज़ादी, को आधार देने की क्षमता

के लिए जानी जाती थीं, इधर के वर्षों में विश्वविद्यालयों का ऐसा लुम्पन लोकतंत्रीकरण हुआ है कि आज वहाँ मुक्त विमर्श के लिए चार आदमी जुटाना एक बड़ी चुनौती माना जाने लगा है। छात्र तो छात्र, शिक्षकों की राजनीति में अपराधी तत्त्व सक्रिय हो गए हैं। बिहार अब बिहार में नहीं रहा, हर बड़े विश्वविद्यालय में बस गया है। ऐसी स्थिति में व्यवस्था-विराध के नक़ली रूप की ऊपर की गई चर्चा व्यर्थ हो गई है।

क्षीण-सी कोशिश भी कितनी महँगी पड़ सकती है, इस विरोध की बात का एक अच्छा प्रमाण सागर विश्वविद्यालय (म. प्र.) का वह प्रसंग है जिसमें पत्रकारिता के अध्यापक प्रदीप कृष्णात्रे को अपने विभाग की प्रवेश-परीक्षा में एक नादान सवाल पूछने के लिए नृशंस अपमान सहना पड़ा। प्रश्न था कि 'राजीव गाँधी चोर है, गली गली में शोर है' आकाशवाणी के किस केंद्र से प्रसारित हुआ था ? यह पंक्ति एक बच्चे ने पटना केंद्र के बाल-कार्यक्रम में सुनाई थी। औपनिवेशिक संस्कृति के क्रोड़ में पले भारतीय विश्वविद्यालय बड़ी आसानी से वैचारिक शून्य में जीने के अभ्यस्त हो गए हैं। विचार के शत्रुओं से जूझने के लिए ज़रूरी कल्पनाशीलता तो उनके पास पहले ही कम थी। रही प्रशासनिक क्षमता, तो उसने भी आतंक के प्रसार को युगसत्य मान लिया है और, लोकस्वीकृत शब्दावली में कहें तो, घुटने टेक दिए हैं। मंडल आयोग के विरोध में उठे आंदोलन में ठीक यही हुआ। कई विश्वविद्यालयों के प्रशासकों और अध्यापकों ने यह दिखा दिया कि सामाजिक व्यवस्था को न्यायसंगत बनाने की लड़ाई में वे परिवर्तनकामियों के साथ नहीं हैं। यह कोई अनहोनी भले न रही हो, पर शिक्षा और सामाजिक परिवर्तन में अनिवार्यतः संबंध ढूँढ़नेवालों को चौंकानेवाली चीज़ निश्चय ही थी।

'लड़ाई' अब कहाँ चलाई जाए ? संस्थाओं के क्रमशः होते वैचारिक विनाश के संदर्भ में शायद हममें से कुछ को लालच हो आए कि लड़ाई की इकाई अब सीधे-सीधे सत्ता और उसे बनाए रखनेवाली व्यवस्था होनी चाहिए। हर किसी लालच की तरह यह लालच भी एक भ्रम से जनमेगा—भ्रम इस बात का कि वैचारिक और सांस्कृतिक लड़ाइयाँ संस्थाओं से दूर लड़ी जा सकती हैं। संस्थाएँ भले दलदल हो गई हों, पर (सर्वेश्वर से एक बिंब उधार लें) इसी दलदल में विचार और उसे व्यक्त करनेवाले शब्द के दुश्मन गलबहियाँ डाले खड़े हैं। इस दलदल में घुसे और जिए बिना लड़ाई की कल्पना भी असंभव है। अन्यायी व्यवस्था के ख़िलाफ़ लड़ना चाहनेवालों के लिए हर संस्था की लड़ाई महत्त्वपूर्ण है। छोटी-से-छोटी संस्था भी एक गढ़ है जिस पर फहरानेवाली ध्वजा का रंग व्यवस्था की तबियत का संकेत देता है और उसे प्रभावित करता है।

15

विचार और पंथ

किसी आदमी के लिए यह एक खुशी की बात नहीं हो सकती कि किसी विषय पर उसके विचार प्रकट होने से पहले ही जान लिए जाएँ। आजकल बुद्धिजीवियों के समाज में संवाद प्रायः औपचारिक हुआ करता है क्योंकि सभी को सभी प्रचलित विषयों पर एक-दूसरे के विचार लगभग ज्ञात होते हैं। विरोधियों में एक प्रकार की औपचारिक कलह उत्पन्न करने और समर्थकों में औपचारिक सहमति की अभिव्यक्ति का काम ही संवाद करता है। संवाद से जिन परिणामों की अपेक्षा की जानी चाहिए—जैसे विचारों की किसी नई अन्विति, किसी नए निष्कर्ष या नए विचार की खोज—ऐसे परिणामों तक हिंदी के बुद्धिजीवी कभी नहीं पहुँच पाते। जो सदा एक-से हैं, एक-से रहना चाहते हैं और सबको एक-सा बनाना चाहते हैं, उनके मन में संवाद के संबंध में उपर्युक्त धारणाएँ होना नामुमकिन है। उनके लिए बोलना अपनी बात फैलाने का माध्यम-भर है; संवाद का यही एक अर्थ वे जानते हैं कि इसके द्वारा दूसरे के विचारों को बदला जा सकता है।

यदि वे इस लक्ष्य के प्रति गंभीर हैं तो कम-से-कम इतना तो उन्हें जानना चाहिए कि दूसरे के विचारों को बदलने के लिए उनको गहराई से समझना ज़रूरी है। रणनीति की ख़ातिर ही सही, दूसरे की बात सुनना इस बहाने उन्हें गवारा होना चाहिए। देखने में अक्सर यह आता है कि दूसरे के विचारों को बदलने की महत्त्वाकांक्षा से प्रेरित ये व्यक्ति अपने विचारों से इतने भरे रहते हैं कि यह साधारण-सी नीति भी वे नहीं समझ पाते। फिर भी यह सच है कि वे कभी-कभी अपने उद्देश्य की प्राप्ति कर लेते हैं। उनकी गिरफ़्त में प्रायः ऐसे व्यक्ति आते हैं जिनकी दिमाग़ी हालत उनसे भी बदतर होती है, अर्थात जिनके पास विचारों की पूँजी के नाम पर कुछ सुने-सुनाए नुस्ख़े और एक सहज, सामान्य चिंता से उत्पन्न उलझन होती है।

जो व्यक्ति दूसरे के विचारों को बदलने के लिए ही मुँह खोलते हैं, उनके पास भी विचार पूँजी के रूप में ही होते हैं, अर्थात् जड़ रूप में। विचार सदा फलते-फूलते हुए ही जीवित रह सकते हैं, संरक्षित होकर नहीं। आत्मविश्लेषण और संवाद विचारों को गतिशील रखने के दो तरीके हैं। दोनों ही कठिन हैं पर दूसरा अपेक्षाकृत कम कठिन है। संवाद विचारों को खुली हवा में लाता है। जीवन का जितना भी अंश उनमें होता है वह संवाद के दौरान प्रकट हो जाता है, जिस तरह अनेक सीले हुए भोज्य पदार्थ धूप दिखाने से खाने योग्य बन जाते हैं। यह बात साफ़ है कि सार्थक संवाद तभी संभव होगा जब व्यक्त किए जा रहे विचारों में कुछ-न-कुछ जीवन बचा होगा। जो विचार जितने अधिक बार संवाद के ज़रिए प्रकट होंगे, जीवन की संभावना उनमें उतनी ही अधिक होगी; किंतु विचारों को प्रस्तुत करने की अनिवार्य शर्त यह है कि वे पूर्णतः जड़ न हो चुके हों। उनमें जीवन बचा है या नहीं, इसकी कसौटी यह है कि वे संवाद के बाद किसी नई संरचना में ढलने के लिए तैयार हैं या नहीं। यह विचार व्यक्त करनेवाले पर निर्भर करेगा कि वह अपने विचारों को संवाद की धारा में मुक्त छोड़ रहा है। विचारों के साथ यदि समूचा व्यक्ति अखाड़े में आ रहा हो तो संवाद की स्थिति पैदा नहीं होगी। जो दृश्य पैदा होगा, उसे दो व्यक्तियों की ऐसी कुश्ती कहा जा सकता है जिसमें बाजुओं की जगह खोपड़ियाँ इस्तेमाल होंगी, संवाद नहीं कहा जा सकता। संवाद विचारों की लड़ाई है, व्यक्तियों की नहीं। वस्तुतः विचारों में जीवन की मात्रा इसी से पता लगाई जा सकती है कि वे स्वयं मैदान में आ रहे हैं या अपने मालिक के साथ आ रहे हैं। पहली दशा में ही वे संवाद पैदा कर सकेंगे, दूसरी स्थिति में वे जड़ होंगे, अतः संवाद का जीवन बन ही नहीं सकते।

जड़ विचारों की पूँजी पंथ बनाती है। पंथ का आशय ही है लीक जो एक निश्चित लक्ष्य तक पहुँचाने का भ्रम पैदा करती है। विचारों के जगत में एक सामान्य लक्ष्य ठीक वही माना जा सकता है जो मनुष्य के जगत में माना गया है—जीवन। पंथ का लक्ष्य जीवन कैसे हो सकता है जब वह स्वयं जड़ विचारों की उत्पत्ति है? कोई आश्चर्य नहीं कि इतिहास में दर्ज पंथ अत्यंत सजीव विचारोंवाले व्यक्तियों के बाद विकसित हुए। जैसे आदमी के पीछे परछाईं चलती है, वैसे ही बड़े आदमी के पीछे पंथ। इमर्सन ने कहा था, "संस्था एक आदमी की बढ़ी हुई परछाईं होती है। परछाईं में जीवन नहीं होता, रंग नहीं होता, स्वतंत्र शक्ति नहीं होती। पंथ भी जड़, विविधताविहीन और अनुगामी प्रकृति का होता है। बुद्ध, शंकर, कबीर और गाँधी स्वतंत्र खोज-शक्ति के पुंज थे, किंतु इनकी शक्ति पंथों में विलीन हो गई।

खड़ी बोली हिंदी की संक्षिप्त विकास-यात्रा में विचारों के दारिद्र्य और

पंथों की स्थापना के स्पष्ट प्रमाण मिलने लगना किसी भी हिंदीभाषी के लिए ग्लानि की बात है। सबसे स्पष्ट प्रमाण हिंदी की समीक्षा में देखा जा सकता है। समीक्षा का काम विचारों की खोज व कृतियों की परख करना होना चाहिए, पर आज की हिंदी-समीक्षा विचारधाराओं के पंथानुसार साहित्य की हिस्सा-बँटाई करने में लगी है। जैसा कि अत्यंत स्वाभाविक है, साहित्य के पंथ राजनीति के पंथों की प्रतिच्छवि हैं हालाँकि दोनों की सामग्री में भेद है। साहित्य का वामपंथ सर्वहारा को, जिसे वह मामूली या आम आदमी कहता है, एकनिष्ठ होकर चित्रित करना व दक्षिणपंथी कही जानेवाली शक्तियों से लड़ना अपना चरम लक्ष्य मानता है। दक्षिणपंथ समाज व साहित्य का पूरक संबंध अस्वीकार करके 'विशुद्ध' साहित्यिक मूल्यों की स्थापना करने तथा वामपंथी विचारधारा को नारेबाज़ी घोषित करने में अपना हित देखता है। प्रकटतः दोनों पंथों का अस्तित्व और स्वास्थ्य परस्पर-विरोध जताने में है क्योंकि अपनी-अपनी इकाई में दोनों ही जड़ हैं। इन दो के बीच वे तमाम अवसरवादी हैं जिनका काम मौक़ा ताककर विचार तैयार करना है। इस तीसरी कोटि के सदस्य विचारों की दृष्टि से खोखले हैं, पंथी प्रबुद्धों के पास विचार तो है, पर जड़ है।

ऐसी स्थिति के रहते हिंदी के लेखन और वातावरण में जड़ता आनी स्वाभाविक है। यह जड़ता प्रतिदिन अनेक भद्दी स्थितियाँ पैदा करती है। कहीं लोग अपने विरोधियों के जीवन की विवशताओं का फ़ायदा उठाकर उन्हें काटने दौड़ते हैं तो कहीं वे विरोधी कलात्मकता की दुहाई देकर अपना डंका पीटते मिलते हैं। नए विचारों की खोज लगभग बंद हो चुकी है, ऐसा प्रतीत होता है मानो हिंदी के अधिसंख्य बुद्धिजीवियों ने यह घोषणा कर दी हो—"विचारों की खोज जितनी होनी थी हो चुकी, अब सोचने का नहीं, कुछ करने का वक्त है।" यह घोषणा करनेवाले अवश्य ही लेखन को कुछ करना नहीं मानते। अपने भीतर वे कहीं इस शंका से पीड़ित हैं कि महज़ लिखते हुए वे 'बड़े' नहीं बन पाएँगे। लेखन के साथ कर्म का योग स्वागतयोग्य होना चाहिए, किंतु कर्म की अपनी एक सत्ता है, जबकि हिंदी के कर्मवादी उसे अपना कमज़ोर लेखन सुरक्षित करने के लिए बख़्तर की तरह प्रयोग करने की सोच रहे हैं। जिस व्यक्ति की लेखन में आस्था नहीं है, वह एक महान नेता, सुधारक या अफ़सर भले हो जाए, महान लेखक नहीं हो सकता।

शायद यह कठोर सत्य कहने की ज़रूरत नहीं है क्योंकि हिंदी में लेखन और लड़ाई (जिसे कर्म का सामयिक पर्याय कहा जाता है हालाँकि यह स्पष्ट नहीं किया जाता कि लड़ाई किससे और किस तरह होगी) के विवाह की पुकार लगानेवाले वस्तुतः कर कुछ नहीं रहे हैं, कह-भर रहे हैं कि वे कुछ करना चाहते हैं। वे यह चाहते हैं कि उनकी अगुवाई मानते हुए और लोग भी

लेखन-मात्र से असंतुष्ट होकर कुछ करने के लिए अपनी-अपनी बैठकों से निकलें। फ़िलहाल बैठक में सभी प्रतिष्ठित हैं—ऐसी बैठकों में जिन्हें देखकर यह विश्वास होना कठिन है कि इनके स्वामी कभी अपना सुख-ऐश्वर्य छोड़ सकेंगे। कुछ ने तो ठीक यह कहना शुरू कर दिया है कि उनकी क़लम ही उनका हथियार है। उनका यह दावा कितना बचकाना और मूर्खता से भरा है, इसे अलग से ज़ाहिर करने की ज़रूरत नहीं होनी चाहिए क्योंकि इसके मूल में किसी विचार-शृंखला की शक्ति नहीं, एक पंथ की छत्रछाया है। दूसरी तरफ़ वे हैं जो शब्द की क्षमता उसके स्वतंत्र अस्तित्व में निहित मानते हैं। दोनों के सहयोग से हिंदी का वातावरण निरंतर प्राणहीन होता जा रहा है। वह स्वस्थ हो, यह एक कामना ही हो सकती है, वह विषाक्त हो जाए यह एक संभावना, पर आशा इस बात की ही दिखती है कि वह अभी एक अर्से तक मृतप्राय रहेगा।

साहित्य को पंथों से मुक्त देखने की इच्छा के पीछे यह नीति कदापि नहीं है कि साहित्यकार और राजनीति में अलगाव या विरोध सिद्ध किया जाए। साहित्यकार का राजनीतिक रूप से चेतन होना वर्तमान युग की अनिवार्यता है। समाज का एक सदस्य होने के नाते समाज की तमाम गतिविधियों की भाँति राजनीति में भी साहित्यकार की पैठ होना उसके लेखन की सजीवता की शर्त है। किंतु साहित्यकार की राजनीति में पैठ उस क़िस्म की नहीं हो सकती जैसी किसी राजनेता के अनुयायियों की होती है। साहित्य रचनेवाला कभी अनुयायी नहीं हो सकता। वह निरंतर नया रचे, यह अपेक्षा उससे तभी की जा सकती है जब वह किसी का पिछलग्गू न हो। उसकी राजनीतिक हैसियत एक चिंतक व समीक्षक की है, अनुगामी की नहीं। बहुत समर्थ प्रतिभाओं को भी राजनीतिक अनुगामिता क्षीण कर देती है; हिंदी की अधिकतर समीक्षक प्रतिभाएँ वैसे ही क्षीण हैं, पंथी चरित्र उनका पूर्ण क्षय कर देगा।

16

मैट्रिक पास सती

राजस्थान के दिवराला गाँव में अपने पति के साथ जल मरनेवाली रूपकँवर शहर में पढ़ी-लिखी लड़की थी। जयपुर से प्रकाशित *इतवारी* पत्रिका में गोपाल शर्मा की रपट के अनुसार रूपकँवर पहले राँची के लघुलाल शिक्षा निकेतन में पढ़ी, फिर प्रतिमामयी हाई स्कूल में। जिस मकान में वह बचपन में रही, वह राँची की 'राणी सती लेन' में स्थित है। रूपकँवर के भाई बताते हैं कि वह रोज़ घर से एक फर्लांग दूर राणी सती मंदिर में पूजा करने जाती थी। दसवीं कक्षा के दौरान वह राँची छोड़कर जयपुर अपने पिता के पास आई क्योंकि उसका विवाह तय हो गया था। यह बात अभी नौ महीने की है। इसी (1987 की) जनवरी में रूपकँवर दिवराला गाँव पहुँची जहाँ वह कुछ दिन पहले सती हो गई। सती होने की घटना गाँव के तमाम लोगों ने जो देखी सो देखी, रूपकँवर के ससुर ने भी देखी जो एक शिक्षक हैं।

बहुत-से लोगों की और शायद पुलिस की दिलचस्पी यह जानने में होगी कि रूपकँवर अपनी इच्छा से सती हुई या उसे अन्य लोगों ने प्रेरित किया। यह प्रश्न यदि प्रामाणिक तौर पर तय हो भी जाए तो भी हमारे विशेष उपयोग का न होगा। रूपकँवर जिस भारत को छोड़ गई है उसके लिए महत्त्व की बात सिर्फ़ इतनी है कि उसने रूपकँवर को एक संपूर्ण जीवन जीने देने के लिए क्या किया। यदि हम एक समाज हैं तो अपने एक स्वस्थ युवा सदस्य की मौत हमें रिक्त करती है, और यह मौत जिस घटना के तहत हुई वह घटना हमारे भावनात्मक जीवन को खोखला बनाती है। इसीलिए यह ज़रूरी है कि इस घटना के आलोक में हम अपनी सामाजिकता पर विचार करें—विशेष रूप से उन लौकिक परिस्थितियों पर विचार करें जिन्हें एक अट्ठारह वर्ष की लड़की पीछे छोड़ गई है।

कोई डेढ़ सौ वर्ष पहले जिस विलियम बैंटिंक ने सतीप्रथा पर क़ानूनी

रोक लगाई थी, उसी ने भारत की 'आधुनिक' कही जानेवाली शिक्षा–व्यवस्था की प्रशासनिक नींव रखी थी। डेढ़ सौ बरस एक लंबा समय होता है। यदि इतना वक़्त बीतने के बाद भी हमारे बीच एक युवा स्त्री सतीप्रथा का शिकार बनती है, और वह भी कोई निरक्षर ग्रामीण स्त्री नहीं, शहर में पली और पढ़ी–लिखी स्त्री, तो ज़ाहिर है कि विलियम बैंटिंक की जारी की हुई व्यवस्थाएँ काम नहीं कर रहीं। क़ानूनी व्यवस्थाएँ काम नहीं कर पा रही हैं, यह तो बहुत स्पष्ट है। पुलिस रूपकँवर की मृत्यु के डेढ़–दो घंटे बाद ही उसके गाँव पहुँच सकी। चूँदड़ी महोत्सव का आयोजन भी रोका नहीं जा सका। पर इन क़ानूनी व्यवस्थाओं की विफलता के साथ–साथ हमें उस शिक्षा–व्यवस्था की विफलता पर विचार करना चाहिए जिसके संपर्क में रूपकँवर दस वर्ष तक रही। यही नहीं, वह एक शिक्षक के घर ब्याही गई।

रूपकँवर स्वयं जल मरी या विवश की गई, दोनों ही स्थितियों में उसके शैक्षिक अनुभव की बात प्रासंगिक है। यदि वह अपनी इच्छा से सती हुई तो सबसे पहले हमें उस मिथक पर विचार करना चाहिए जिसने शिक्षा को वैज्ञानिक दृष्टि का साधन मानने की प्रवृत्ति का प्रसार किया है। यह मिथक नया नहीं है। स्वतंत्रता संग्राम के एक–से–एक उग्र योद्धाओं ने माना कि अंग्रेज़ी शिक्षा परंपराओं की जड़ता और धर्मांधता को चोट पहुँचा रही है। आज़ादी के बाद शिक्षा की व्यवस्था जस–की–तस रही, पर उसकी प्रशंसा नए शब्दों में की जाने लगी। नेहरूजी के साथ 'वैज्ञानिक दृष्टिकोण' का बोलबाला हुआ और देखते–ही–देखते यह विश्वास फैल गया कि शिक्षित होना वैज्ञानिक दृष्टि अपनाने का पर्याय है। नामी समाजवैज्ञानिकों ने यह बात बग़ैर कोई सवाल पूछे स्वीकार ली। यह एक राष्ट्रीय मान्यता बन गई कि एक शिक्षित भारतीय अशिक्षितों के मुक़ाबले कम धर्मांध, कम अंधविश्वासी होगा। देश दो सरल कोटियों में बाँटकर देखा जाने लगा—शिक्षित यानी आधुनिक, और अशिक्षित यानी पिछड़े, परंपराग्रस्त। शिक्षा उजाले और निरक्षरता अँधेरे के प्रतीक से जुड़ गई।

यह किसी ने पूछने की ज़रूरत नहीं समझी कि हमारी उदास, धूलधूसरित शालाओं में, जहाँ पहले दिन से बच्चे की अस्मिता पर हमला शुरू हो जाता है, आधुनिक वैज्ञानिक दृष्टि कैसे विकसित होगी ? रूपकँवर के बचपन की कल्पना करते ही हमारी शिक्षा के अंतर्विरोध खुलकर सामने आने शुरू हो जाएँगे। यह लड़की दस साल तक द्वितीय श्रेणी में पास होती गई। वह लगातार सती मंदिर में पूजा के लिए जाती रही और तमाम व्रत, पूजा–पाठ करती रही। उसके स्कूली जीवन और घरेलू जीवन के बीच कोई पुल नहीं था। हमारे देश के स्कूलों में ऐसी एक भी बात पर चर्चा नहीं होती जो बच्चों के वास्तविक

सामाजिक जीवन से निकली हो। सामाजिक जीवन के तौर-तरीक़ों पर प्रश्नचिन्ह लगाने की प्रेरणा तो दूर, उन पर विचार करने की क्षमता भी स्कूल नहीं देता। देश के किसी प्रांत में ऐसी एक पाठ्यपुस्तक नहीं है जो जाति की अवधारणा के बारे में बच्चों को विस्तार से, वैज्ञानिक ढंग से बताती हो। जाति भारतीय जीवन का उतना ही महत्त्वपूर्ण पहलू है जितना मानसून। लेकिन जाति क्या, हरेक ऐसी बात पर स्कूल में पाबंदी है जिसका सामाजिक यथार्थ से कुछ भी लेना-देना हो।

जिन लोगों ने भारत को आधुनिक बनाने का बीड़ा उठाया था, उन्होंने शिक्षा के मामले में जनता के साथ भारी धोखा किया। अव्वल तो उन्होंने स्कूल को एक दरिद्र संस्था बना रहने दिया। दूसरे, उन्होंने उसे एक सामाजिक संस्था नहीं बनने दिया। वह अपना राग अलापता रहा, सामाजिक संस्थाएँ अपना राग अलग और ज़्यादा सक्षम ढंग से अलापती रहीं। उनकी सक्षमता इसी में थी कि वे परंपराओं से जुड़ी थीं। लड़कियों की शिक्षा के संदर्भ में देखें तो इन सामाजिक संस्थाओं और स्कूल का कोई मुक़ाबला नहीं नज़र आएगा। कहाँ राणी सती का मंदिर और कहाँ एक प्राइमरी स्कूल। कहाँ वे व्रत, उपदेश और कर्मकांड जिनको सांस्कृतिक परंपराओं ने कई रंगों और विविध साधनों से बुन रखा है, और कहाँ वे सूखी-सूखी उबाऊ पाठ्यपुस्तकें जो पढ़ना और गिनना सिखाने का दावा करती हैं। स्कूल के पास न उस धार्मिक और सांस्कृतिक तानेबाने का जवाब है जो एक नन्ही भारतीय बालिका को पतिव्रत में ढालता है, न ही उस आघात पर लगाने के लिए कोई मलहम है जो बालिका की अस्मिता पर घर से मंदिर के बीच रोज़ दर्जनों बार लगता है। यदि रूपकँवर दस साल स्कूल जाकर अपनी इच्छा से सती हुई तो कोई आश्चर्य की बात नहीं है।

पर उस दूसरी संभावना पर भी विचार करना ज़रूरी है जिसके अनुसार रूपकँवर को ज़बरन या फुसलाकर सती किया गया। यदि बीसवीं सदी के अंतिम हिस्से में अट्ठारह वर्ष की एक लड़की ने प्रतिवाद करने, भागने या चीख़ने-चिल्लाने के स्थान पर पति की अर्थी के पीछे-पीछे चलना और चिता पर बैठ जाना ज़्यादा उचित समझा तो यह भी हमारे देश की संस्थाई और सामाजिक शिक्षा पर एक भयंकर प्रहार है। यह प्रहार हमें और भयंकर मालूम देगा यदि हम रूपकँवर के इस 'सौभाग्य' पर विचार करें कि उसके ससुर एक शिक्षक हैं। रूपकँवर ने दस साल पढ़ाई की और फिर भी वह अपने भीतर जीवन का पक्ष लेनेवाला साहस न पा सकी। शिक्षा से समाज की न्यूनतम अपेक्षा यही हो सकती है—वह भले रोज़गार न दिलाए, अभिरुचियाँ न जगाए, पर कम-से-कम जीवन का पक्ष लेने की हिम्मत तो दे। यदि शिक्षा इतना

भी नहीं करती तो उसकी जरूरत क्या है ? ऐसे समाज का भविष्य क्या है जहाँ जीवन के पक्ष में शिक्षक भी नहीं बोलता ?

रूपकँवर की मृत्यु बताती है कि हमारी सामाजिक संरचना में जीवन का पक्ष बहुत मज़बूत नहीं है। स्त्री के संदर्भ में तो वह बहुत ही कमजोर है। इस स्थिति में बदलाव लाने में राज्य की बहुत महत्त्वपूर्ण भूमिका थी। पर जिनके हाथ में राज्य की ताक़त थी उन्होंने इस भूमिका को वफ़ादारी से नहीं निभाया। पर यह एक अनवरत प्रयास है और इसमें राज्यशक्ति का परिष्कार शामिल है। सतीप्रथा से मुक्त समाज-व्यवस्था की तैयारी जीवन के प्रति वफ़ादार राज्य की खोज में निहित है। कुछ लोग रूपकँवर को लोकजीवन की स्वायत्तता का प्रतीक मानकर भारतीय राज्य-व्यवस्था की वैधता पर प्रश्न उठा रहे हैं। उनका मानना है कि सतीप्रथा का विरोध एक पश्चिमी विचार है जो, भले हमारे समाज पर कितना ही लादा जाए, सफल नहीं होगा। रूपकँवर ने सती होकर इस पुरानी बहस को फिर थोड़ा-बहुत जीवन दे दिया है कि हमें पश्चिम से मिली राज्य-व्यवस्था और धारणाओं के 'भारतीय' विकल्प खोजने चाहिए।

यह एक दुर्भाग्य ही है कि इस बहस में रुचि रखनेवाले लोग एक युवा नागरिक की क्रूर मृत्यु से प्रेरणा प्राप्त करें। पर दुर्भाग्य से ज़्यादा यह अफ़सोस का विषय है कि आज तक हमारा समाज परंपरा और रूढ़ियों के प्रति एक स्वस्थ लोकमत नहीं बना पाया। स्वस्थ से मेरा आशय सिर्फ़ इतना है कि हमारे सोच में 'आधुनिकता' या 'पाश्चात्य' शब्द सुनते ही झपट पड़नेवाली प्रतिक्रिया न हो, परिवर्तन की आशा और करुणा से समन्वित दृष्टि हो। जो लोग अंग्रेज़ी राज से निकली 'आधुनिकता' के विरोधी हैं और जो लोग उसी आधुनिकता को स्वतंत्र भारत का आभूषण मानते हैं, उनके बीच शायद इतनी समानता अवश्य है कि वे अपने व्यापक समाज में आत्मविश्वास की स्थापना करना चाहते हैं। किसी भी तरह से देखें, रूपकँवर के क्रूर अंत ने इस आकांक्षा को भारी ठेस पहुँचाई है। सती की घटना को लोकजीवन का अंग कहकर इस ठेस का उपचार करने की कोशिश उतनी ही दयनीय है जितनी कि पुलिस भेजकर दिवराला में एक सती मंदिर का निर्माण रोकने की सरकारी कोशिश है।

17

मेधा पाटकर का कठिन सच

तीनमूर्ति भवन के हॉल में उस शाम एक खास तरह की भीड़ थी। दिल्ली में पर्यावरण संबंधी विमर्श से जुड़े युवा लोग इस भीड़ में ख़ासी संख्या में थे। अंग्रेज़ी माध्यमवाले स्कूलों में पढ़े महानगरी उच्च मध्यम वर्ग के युवजन पर्यावरण की हालत के प्रति चिंता की अभिव्यक्ति में अग्रणी रहे हैं। यह तय करना थोड़ा कठिन है कि सरकारी स्कूलों में पढ़े लड़के-लड़कियाँ किस कारण अपने समय की इस बहुत बड़ी चिंता से मुक्त रह जाते हैं—इस कारण कि उनकी शिक्षा इतनी ख़राब रहती है कि वह किसी भी क़िस्म के आदर्शवाद को आकार नहीं दे पाती या फिर इस कारण कि वे समाज के जिस वर्ग से आते हैं, उसमें व्यक्तिगत चिंताओं का घिराव इतनी जगह नहीं छोड़ता कि सामाजिक चिंताएँ मन में बैठकर एक मिशन बन जाएँ ? यह प्रश्नचिन्ह शिक्षा के बदलते हुए परिदृश्य में बहुत तेज़ी से बड़ा होता चला गया है। कुछ महीने पहले बाबा आमटे ने एक इंटरव्यू में कहा भी था कि पर्यावरण विषयक आंदोलनों में ऊँची प्रोफ़ेशनल शिक्षा पाकर आनेवाले नौजवानों की हिस्सेदारी उन्हें भविष्य के बारे में आश्वस्त करती है। इनमें से कई युवक-युवतियाँ विदेश में शिक्षा पाकर लौटे हैं। पर्यावरण की चिंता को लेकर इधर के वर्षों में उभरी पत्रकारिता भी महानगरी अंग्रेज़ीभाषी समाज का वर्ग-चरित्र लिए हुए दिखाई देती है। तीनमूर्ति की सभा में नर्मदा की घाटी से आए कुछ ग्रामीणों को छोड़ शेष उपस्थित लोगों में से अधिकांश अंग्रेज़ीभाषी ही थे।

उनके बीच मेधा पाटकर का हिंदी में बोलना और कोई सवा घंटे बोलते चले जाना एक घटना की तरह देखा जा सकता है। उनके भाषण के ठीक पहले अली काज़िमी की फ़िल्म 'घाटी का उभार' ('द वैली राइज़िज़') दिखाई गई थी, जो अंग्रेज़ी में थी। भाषा को लेकर हमारे देश का समाज इतना वर्ग-विभाजित न होता जितना कि है, तो इस बात पर टिप्पणी करने की

ज़रूरत न होती। हम यह मानकर चल सकते हैं कि फ़िल्म का ध्येय देश और विदेश में नर्मदा बचाओ आंदोलन के लिए समर्थन जुटाना है। देश के भीतर इस फ़िल्म का अंग्रेज़ी में दिखाया जाना पर्यावरण की चिंता के उच्च मध्यवर्गीय चरित्र को पुष्ट ही करेगा। संभव है कि फ़िल्म हिंदी में डब की जाए। तो भी उसका मुहावरा अंग्रेज़ी का ही रहेगा। डेढ़ घंटे की इस लंबी, सुंदर फ़िल्म के लगभग स्वाभाविक अंग्रेज़ी मुहावरे के ख़त्म होते ही एकाएक मेधा पाटकर का हिंदी में बोलने लगना बड़ी साफ़ और तीखी घोषणा थी कि वे नर्मदा बचाओ आंदोलन की नेता के रूप में कितना नया और जटिल सामाजिक काम कर रही हैं।

मराठीभाषी मेधा के हिंदी वाक्यविन्यास में इस बात के प्रमाण तलाशे जा सकते हैं कि वे अपने काम की जटिलता से परिचित हैं। मेधा का वाक्यविन्यास कई बार मुक्तिबोध की याद दिलाता है और दरअसल दोनों में मातृभाषा के तौर पर मराठी के असर के अलावा सोचने की शैली की समानता भी है। वैसे तो यह भी एक तथ्य है कि हर भाषा का अपना एक संस्कार होता है, जो उस भाषा का इस्तेमाल करनेवाले समाज के ऐतिहासिक अनुभवों से उपजता है। मगर व्यक्तिगत संघर्ष और सोच के विन्यास भी भाषा और शैली में प्रतिबिंबित होते हैं। हरेक छोटे या सीमित सवाल को एक बड़ी चिंता के दायरे में रखते हुए सोचना, जिसे मुक्तिबोध को पहली बार पढ़नेवाला पाठक भी उनके काव्य और गद्य में पहचान लेता है, मेधा पाटकर के बोलने के तरीक़े में एक रचनात्मक विवशता की तरह झलकता है। उस शाम तीनमूर्ति में लकड़ी के फ़र्श पर बैठी मेधा पाटकर का चेहरा साफ़ नहीं दिख रहा था, क्योंकि रोशनी उनके पीछे से आ रही थी। केवल उनकी आवाज़ और शैली का सहारा था। हर वाक्य इस तरह शुरू होता था जैसे वे एक अलग तथ्य पर टिप्पणी करना चाहती हैं। आगे बढ़कर वह वाक्य अपने सीमित संदर्भ को थोड़ी दिक़्क़त के साथ लाँघते हुए एक बड़ी केंद्रीय चिंता में डूबते-डूबते इतना खिंच जाता था कि श्रोता उसका शुरुआती संदर्भ आसानी से याद भी न रख सके।

मेधा पाटकर के इस दीर्घ वाक्यविन्यास में हम पर्यावरण की विश्वव्यापी समस्या और ख़ासकर विज्ञान के साथ उसके संबंध का तनाव ढूँढ़ सकते हैं। पर्यावरण के क्षय के बारे में सोचते हुए उस अर्थ में वैज्ञानिक बने रहना कठिन है जिस अर्थ में विज्ञान बीसवीं सदी की शिक्षा ने पढ़ाया है। इस अर्थ की सबसे महत्त्वपूर्ण बात दृष्टि और चिंतन का विखंडन है। विज्ञान की शिक्षा की शुरुआत के साथ ही यह अभ्यास प्रारंभ हो जाता है कि हम चीज़ों को अलग-अलग करके देखें। बच्चे की दृष्टि को निरंतर एकांगी बनाते जाना

और उसकी समझ को सीमित संदर्भों में ही उभरने देना विज्ञान की शिक्षा के जरिए होनेवाले समाजीकरण का उद्देश्य बन जाता है। ज्ञान के संस्थाई ढाँचे में सीमित विशेषज्ञताओं को मिलनेवाली स्वीकृति का आधार यही समाजीकरण है। विज्ञान के इस समाजशास्त्र पर ध्यान दिए बग़ैर हम नहीं समझ सकते कि आइंस्टीन जैसा महान और जागरूक वैज्ञानिक भी अपनी खोज के आधार पर बने परमाणु बम का राजनीतिक इस्तेमाल हो जाने के बाद ही क्यों इस संभावना के प्रति चेत पाया, पहले नहीं। एक आम वैज्ञानिक दुनिया की बड़ी-बड़ी समस्याओं के बारे में कितना एकांगी ढंग से सोचता है, यह बात बहुत कम लोग जानते हैं। कुछ वर्ष पहले अमरीका के आण्विक कार्यक्रम में लगे वैज्ञानिकों पर किए गए एक समाजशास्त्रीय शोध में पाया गया था कि ज़्यादातर वैज्ञानिक अपने काम के सामरिक इस्तेमाल के बारे में सोचते ही नहीं हैं।

आज उपस्थित पर्यावरण के संकट का सबसे पेचीदा पहलू शायद यही है कि उसे समझने के बौद्धिक औज़ार हमारे पास नहीं हैं। चीज़ों को उनके विशिष्ट सीमित संदर्भों में देखने की आदत, जो हमें शिक्षा से मिली है, एक ऐसे संकट को समझने की कोशिश के रास्ते में बाधा डालती है जो एकांगी या विशिष्ट कारणों से पैदा नहीं हुआ। पर्यावरण के संकट को पैदा करने में विज्ञान और टेक्नोलॉजी के विविध विषयों के ज्ञान के एकांगी इस्तेमाल की भूमिका तो है ही, आर्थिक, राजनीतिक और सांस्कृतिक विषयों के ज्ञान की खेमेबंदियों की भूमिका भी है। हरित क्रांति के उदाहरण से हम वैज्ञानिक और समाजवैज्ञानिक सोच में समग्रता के अभाव की समस्या को अच्छी तरह समझ सकते हैं। हरित क्रांति के दो पक्ष हैं : एक है उसका उजला पक्ष जिसमें अनाज के उत्पादन में आत्मनिर्भरता और भुखमरी पर विजय के दावे शामिल हैं, दूसरी तरफ़ है वह धुँधला पक्ष जिसमें रासायनिक खादों और कीटनाशकों के अंधाधुंध प्रयोग से पानी और मिट्टी के ज़हरीला बनने की कहानी ही नहीं, महँगी खेती से उपजी सामाजिक विषमता और बहुराष्ट्रीय कंपनियों की पैठ से बढ़ी राष्ट्रीय निर्भरता की कहानियाँ भी शामिल हैं। देश का कोई वैज्ञानिक या समाजवैज्ञानिक इन दोनों पक्षों को समझे और समझाए, तभी हरित क्रांति का समग्र आकलन संभव हो सकेगा। हरित क्रांति को शुरू हुए तीस बरस हो गए, पर हम आज भी इस संभावना से बहुत दूर हैं।

एक चहुँमुखी संकट होने के कारण ही कई बार पर्यावरण का संकट ऐसी धारणा पैदा कर देता है गोया उसके प्रति चिंतित और सक्रिय लोग विज्ञान और उस पर टिकी आधुनिकता के ही विरोधी हों। वैज्ञानिक दृष्टि को आधुनिकता का अनिवार्य अंग माननेवाले लोग उत्साहवश पर्यावरण की चिंता

से उठे आंदोलनों को परंपरावादी समझने की भूल कर बैठते हैं। राजनीतिक अर्थ में प्रगतिशील कहे जानेवाले साम्यवादी लोग तो ऐसी भूल करते ही रहे हैं, समाजवादी और उदारपंथी भी पर्यावरण संबंधी आंदोलनों को आधुनिकता-विरोधी मानते पाए जाते हैं। पर्यावरण के संकट के प्रति राजनैतिक दलों में लगभग एक-सी अरुचि दिखाई देती है। नर्मदा और टेहरी के बाँध बनाए जाएँ या नहीं, ऐसे विवाद हों या परमाणु बिजली पैदा करने के जोखिम और इस काम में होनेवाली दुर्घटनाओं की जानकारी दबाए जाने के प्रसंग हों, सरकारी पक्ष बड़ी आसानी से प्रतिपक्षियों की औपचारिक चिंता का शमन करने में सफल हो जाता है। पर्यावरण के सवालों का सरलीकरण करना भी एक आम प्रवृत्ति बन गया है। पहुँचे हुए बुद्धिजीवी, अफ़सर और नेता यह कहते पाए जाते हैं कि मेधा पाटकर जैसे लोग विकास की दिशा को पीछे की ओर मोड़ना चाहते हैं, या कि घड़ी की सुइयों को वापस धकेलना व्यर्थ है, या कि टूथब्रश को हटाकर दातुन का युग फिर नहीं लाया जा सकता।

सबसे बड़ी मुश्किल विकास के संदर्भ में पैदा होती है। 'विकास' की अवधारणा साठ के दशक से पूरी तरह बूर्जुआ जीवनशैली का पर्याय बनकर प्रचारित हुई। साठ के पहले भी विकास का यह अर्थ देखने को मिलता था, पर उसके विकल्पों को विकास का विरोधी मानने का चलन नहीं था। साठोत्तर दशकों में 'विकास' की छवि इतनी रूढ़ होती चली गई कि आज उसे बिजली, उर्वरकों, कीटनाशकों और विकसित टेक्नोलॉजी ही नहीं, बोतलबंद पेयों, तेज रफ़्तार यात्रा और टी.वी. से अलग करना भी अटपटा लगता है। इसीलिए मेधा पाटकर अपनी बात को छोटे वाक्यों में नहीं समझा पाती हैं। वे नर्मदा घाटी में विकास के अंतर्विरोधों को आधुनिक दुनिया की बुनियादी समीक्षा से जोड़ना चाहती हैं। तीनमूर्ति की सभा में उन्होंने तीनमूर्ति में लगे एयरकंडीशनरों का हवाला देकर समझाना चाहा कि हम जिन संरचनाओं में बैठकर सोचने के आदी हो चुके हैं, वे स्वयं आधुनिक दुनिया के अंतर्विरोधों से ग्रस्त हैं।

उनके इस दृष्टांत को समझना तकनीकी अर्थों में कठिन नहीं था। कोई भी यह हिसाब लगा सकता है कि एक कमरे को ठंडा रखने के लिए एयरकंडीशनर के नाम पर ख़र्च होनेवाली बिजली कितने ग्रामीण घरों को अँधेरा रखकर आती है। नर्मदा घाटी के विकास की योजना में अँधेरे का विस्तार ही नहीं, लाखों ग्रामीणों का विस्थापन भी अनिवार्यतः शामिल है। सरदार सरोवर समाज के विषमतापूर्ण ढाँचे से उपजी कल्पना है, वह विषमता को दूर नहीं कर सकती। इस बात को दर्जनों तर्कों और उदाहरणों की मदद से मेधा पाटकर ने उस सभा को समझाया। उनकी आवाज़ में ओज भी था, थकान भी थी।

ओज उनके नैतिक साहस और निर्धन लोगों के साथ जीने के अनुभव से आया था, थकान भोपाल के लंबे उपवास की थी, जिसने मेधा पाटकर को मृत्यु के बहुत करीब पहुँचा दिया था। पर थकान का एक स्रोत यह भाव भी था कि नर्मदा बचाओ आंदोलन को पर्याप्त सामाजिक विस्तार नहीं मिल रहा। मेधा की बात यदि आज युवजनों के ज़्यादा बड़े वर्ग में समझ ली जाए तो केवल सरदार सरोवर ही नहीं, गैट और डंकल जैसे भयानक षड्यंत्र और भारत की नई आर्थिक नीति का बहुजन-विरोधी चरित्र एक बहुत बड़ी आक्रामक जागृति की चपेट में आ सकते हैं। यह जागृति बग़ैर अपना राजनीतिक आधार बनाए नहीं फैल सकती। निर्मम संहार की ओर बढ़ते हुए नर्मदा घाटी के ग्रामीण और आदिवासी जनों की स्थिति अंततः सिर्फ़ एक प्रतीक है। यह प्रतीक साधारण मनुष्य की नियति का भी हो सकता है, उसकी शक्ति का भी।

एक अंग्रेज़ी पत्रिका को दिए अपने इंटरव्यू में मेधा पाटकर ने नर्मदा आंदोलन की एक सैद्धांतिक जटिलता की ओर बड़ा मार्मिक इशारा किया है। उनसे पूछा गया कि क्या वे सरदार सरोवर की ऊँचाई घटाए जाने के प्रस्ताव से सहमत हैं। उनका उत्तर था कि सहमति का प्रश्न नहीं उठता, क्योंकि वे सरदार सरोवर नहीं चाहतीं, पर यह सच्चाई है कि बाँध लगातार बनता रहा है और आज एक यथार्थ बन चुका है। उसे स्वीकार करना एक मजबूरी है, पर उसे समर्थन नहीं दिया जा सकता। स्वीकृति और समर्थन के बीच के अंतर की याद दिलाकर मेधा पाटकर ने आधुनिक मनुष्य के एक बहुत कठिन सच को रेखांकित किया है। यह कठिन सच है कि एक आक्रामक व्यवस्था में इस एहसास के साथ जीने के लिए विवश किया जाना कि जो कुछ हो चुका सो हो चुका, अब बची हुई बात करो। इस त्रासदी पर विजय की घोषणा इस बात का आग्रह ही हो सकती है कि जो कुछ हो चुका, उसे ग़लत और अनैतिक कहने का अधिकार हम नहीं छोड़ेंगे।

18

हिंदी का सपना

हिंदी क्षेत्र पर औपनिवेशिक शासन की पकड़ काफ़ी देर में स्थापित हुई। तब तक तटवर्ती भारत में अंग्रेज़ी हुकूमत, भाषा और शिक्षा काफ़ी गहराई से जम चुकी थीं। उन्नीसवीं सदी के दौरान जो विश्वविद्यालय अंग्रेज़ सरकार ने स्थापित किए, उनमें इलाहाबाद सबसे बाद में स्थापित हुआ—1887 में। साहित्य और पत्रकारिता के केंद्र के रूप में इलाहाबाद का विकास उन्नीसवीं सदी के अंतिम वर्षों में हुआ। तब तक यह नगर प्रशासन, व्यापार और राजनैतिक गतिविधियों का केंद्र बन चुका था। एक साहित्यिक केंद्र के रूप में इलाहाबाद के विकास में महत्त्वपूर्ण योगदान *सरस्वती* पत्रिका ने दिया जिसे इंडियन प्रेस ने 1900 में शुरू किया था। महावीरप्रसाद द्विवेदी ने *सरस्वती* को साहित्यिक अभिव्यक्ति का एक निराला माध्यम बनाया। *सरस्वती* का पाठकवर्ग इलाहाबाद समेत हिंदी क्षेत्र के नगरों और क़स्बों के मिलेजुले शिक्षित तबक़ों में था। ये तबक़े 'मिलेजुले' इस अर्थ में थे कि उनमें एक ओर भूमिपति और साहूकार जातियों के लोग थे तो दूसरी ओर सरकारी नौकरियों और वकालत, डॉक्टरी व अध्यापन जैसे व्यवसायों में लगे हुए लोग थे। हालाँकि ये समूह उच्च या सवर्ण जातियों के थे, उन्हें एक नगरीय 'मध्यम' वर्ग कह देना इसलिए थोड़ा मुश्किल है क्योंकि उनमें ऐसे परिवार भी थे जिनकी जड़ें गाँव में थीं और ऐसे परिवार भी जो पूरी तरह शहरी नौकरियों पर निर्भर थे।

महावीरप्रसाद द्विवेदी 1903 में *सरस्वती* के संपादक बने और 1921 तक रहे। उनका जन्म रायबरेली ज़िले के एक छोटे से गाँव में 1864 में हुआ था। तेरह साल की उमर से उन्होंने प्रतिदिन अपने गाँव से शहर के स्कूल तक पैदल जाना शुरू कर दिया था। अंग्रेज़ी उन्होंने इसी स्कूल में सीखी। बाद में उन्होंने टेलीग्राफ का काम सीखा और इंडियन मिडलैंड रेलवे में तारबाबू की नौकरी कर ली। द्विवेदीजी के दुर्लभ व्यक्तितत्व में हम दो बातों का योगदान

देख सकते हैं। एक ओर गाँव के ब्राह्मण लड़के का आत्मगौरव, अपने पर भरोसा और आरंभ से ही घर की शिक्षा का कठोर अनुशासन, उधर दूसरी ओर वह मानसिक विस्तार जो टेलीग्राफ़ और रेलवे का अनुभव एक साहित्यिक तबियतवाले आदमी को दे सकता था। अपनी साहित्यिक कीर्ति के बूते पर जब द्विवेदीजी 1903 में *सरस्वती* के संपादक की कुर्सी पर आसीन हुए तो उन्होंने अपनी ख़ास भूमिका पहचानने में देर नहीं की। यह भूमिका थी साहित्य लिखनेवालों के शिक्षक की। महावीरप्रसाद द्विवेदी ने स्वयं को एक अध्यापक मानकर हिंदी गद्य के विकास से जुड़ी हुई अनेक ज़िम्मेदारियाँ उठा लीं जिनमें व्याकरण और शब्दावली के दोषों के सुधार से लेकर लेख लिखने योग्य विषयों के चयन पर सलाह तक अनेक तरह की ज़िम्मेदारियाँ शामिल थीं। इन्हें निभाकर द्विवेदीजी ने साहित्यकारों और पाठकों के एक उदीयमान प्रांतीय समूह को साफ़-सुथरी शिष्ट अभिव्यक्ति कला का प्रशिक्षण दिया।

महावीरप्रसाद द्विवेदी की युवावस्था के वर्षों में साक्षरता या पढ़ने-लिखने की क्षमता एक संश्लिष्ट सामाजिक अर्थ ग्रहण करने लगी थी। किसी लिखी हुई बात से परिचित होना अब मात्र साक्षरता का पर्याय नहीं रह गया था। साक्षरता में अब निजी और सामूहिक बोध का प्रक्षेपण करने की वे नई संभावनाएँ शामिल हो गई थीं जिनका दरवाज़ा छपाई की मशीनरी ने खोला था। किसी बात या रचना को छापकर प्रसारित करने की सुविधा ने संप्रेषण परिधि और साथ ही उसके उद्देश्य में एक आमूल बदलाव ला दिया था। सैद्धांतिक तौर पर अब कोई भी पढ़ा-लिखा व्यक्ति छापेख़ाने का उपयोग करके अपनी बात या रचना को एक छपे हुए आलेख के रूप में उपलब्ध करा सकता था। साक्षरता के आशय में आया यह बदलाव सामाजिक अर्थों में कहीं अधिक महत्त्वपूर्ण था बनिस्बत प्राथमिक शिक्षा के बहुत धीमे और बहुत कमज़ोर शिक्षण पद्धतियों पर निर्भर विस्तार के। वास्तव में स्कूलों में दी जा रही शिक्षा का महत्त्व सामाजिक चयन (अर्थात नौकरियों या पदों के लिए कुछेक लोगों का चुनाव) के साधन के रूप में था। शिक्षा का ज़्यादा जीवंत पक्ष, जिसका संबंध मूल्यवान ज्ञान की पुनर्रचना और उसके प्रसार से होता है, साहित्य और पत्रकारिता के ज़िम्मे था। इसी अर्थ में साहित्यकर्मियों और पाठकों की शिक्षा की ओर महावीरप्रसाद द्विवेदी ने 1903 में *सरस्वती* का संपादक बनने पर ध्यान लगाया।

द्विवेदीजी के संपादन में *सरस्वती* ने अपनी ऐतिहासिक भूमिका हिंदी गद्य के विकास में निभाई। हिंदी क्षेत्र में साक्षरता और शिक्षा का भविष्य गद्य में अभिव्यक्ति की सामर्थ्य पर ही निर्भर था। हिंदी की विरासत में महान काव्य की कमी नहीं थी, पर काव्य कभी अपने श्रोतावर्ग की साक्षरता का मोहताज

नहीं रहा। मध्ययुग के महान भक्त कवियों की सफलता जनसामान्य की साक्षरता पर निर्भर नहीं थी। छपाई की टेक्नोलॉजी और साक्षरता से जुड़ी नौकरियों (जैसे आफ़िसों व स्कूलों में) के प्रादुर्भाव ने काव्य की वह सामाजिक भूमिका बदल दी जिसके तहत वह अभी तक सशक्त प्रतीकों के संरक्षण और प्रसार का काम करता आ रहा था। रोज़मर्रा के जीवन में भी गद्य की भूमिका अब डाक-व्यवस्था के विकास और सरकार के साथ संवाद की ज़रूरत के कारण काफ़ी बढ़ गई थी। लिखी हुई रचना अब किसी विशिष्ट प्रेरणा की नहीं, सामाजिक विमर्श की उपज बन गई थी। काव्यरूपों के माध्यम से सशक्त सांस्कृतिक प्रतीकों के संरक्षण और प्रसार को लेकर भी स्थिति काफ़ी बदल चुकी थी क्योंकि अब कोई भी व्यक्ति अपनी काव्य-रचना को दूर-दूर तक पहुँचा सकता था। ऐसी परिस्थिति में पत्रकारिता ने एक ख़ास क़िस्म की सांस्कृतिक ज़िम्मेदारी सँभाल ली। दो सौ साल पहले, यानी अट्ठारहवीं सदी की शुरुआत में इंग्लैंड के शहरी मध्यवर्ग के उदय के संदर्भ में भी पत्रकारिता ने शायद इतनी विस्तृत ज़िम्मेदारी नहीं उठाई थी। बीसवीं सदी की शुरुआत में हिंदी क्षेत्र की पत्रकारिता ने एक मिलेजुले नगरवासी समाज को एक समुदाय के अर्थ में जोड़ने की भूमिका निभाई। इस काम के दो पहलू थे। एक था गद्य का स्वीकृत रूप गढ़ना, और दूसरा था पौराणिक, ऐतिहासिक और भौगोलिक प्रतीकों को तेज़ी से उभरती हुई सामाजिक और राजनीतिक संवाद-शैली के लिए उपलब्ध कराना।

हिंदी और उर्दू में फ़र्क़ करने की प्रवृत्ति अब तक काफ़ी गहरा चुकी थी यद्यपि अभी तक इस फ़र्क़ को विवाद का विषय माननेवाले लोग मौजूद थे। *सरस्वती* का संपादक बनने के कुछ ही समय के भीतर महावीरप्रसाद द्विवेदी इस विषय पर टिप्पणी कर चुके थे। इस टिप्पणी में उन्होंने उर्दू साहित्य को हिंदी की परंपरा का अंग मानने के सवाल पर एक उदार दृष्टिकोण का परिचय दिया था। यह कल्पना करना कठिन है कि द्विवेदीजी की राय को स्वीकारनेवाले बहुतेरे लोग रहे होंगे। उर्दू के फ़ारसीकरण की प्रतिक्रिया अब तक काफ़ी ज़ोर पकड़ चुकी थी। वस्तुतः दोनों भाषाओं का सिलसिला अब धार्मिक पृथकतावाद के समानांतर चल रहा था। भूमिपति और नौकरीशुदा मुस्लिम अभिजात कुटुंबों को लें या सवर्ण हिंदू जातियों को, दोनों के लिए भाषा एक समुदाय की रचना का औज़ार और प्रतीक बन चुकी थी। पर जहाँ हिंदी व उर्दू दोनों का इस्तेमाल इस उद्देश्य के लिए हो रहा था, वहीं हिंदी अंग्रेज़ी साम्राज्यवाद से लड़ने के प्रतीक-माध्यम के रूप में भी देखी जा रही थी। उधर उर्दू की तस्वीर मुस्लिम समाज को उसकी आत्मछवि के संरक्षण में मदद दे सकनेवाले साधन के रूप में उभर रही थी। उर्दू को अदालत की भाषा बनाने का निर्णय लेकर अंग्रेज़ी

प्रशासन ने उर्दू की सामाजिक छवि को पहले ही बिगाड़ दिया था और उपनिवेशवाद से लड़ने के औज़ार के रूप में उसके विकास को बहुत मुश्किल बना दिया था।

हिंदी की प्रतीकात्मक उपयोगिता जिस महत्त्वाकांक्षी कार्यक्रम के संदर्भ में उभरी, वह था स्वतंत्र भारत की उदीयमान कल्पना में एक अखिल भारतीय भाषा की बात जोड़ने का कार्यक्रम। हिंदी को यह ज़िम्मा देनेवालों में केवल संयुक्तप्रांत के साहित्यकर्मी ही नहीं थे। उन्नीसवीं सदी के उत्तरार्ध के दो बड़े समाज-सुधार आंदोलनों—आर्यसमाज और ब्रह्मसमाज—ने भी हिंदी की यही भूमिका तय की थी। *सरस्वती* ने संयुक्तप्रांत के उच्चजातीय साहित्यकर्मी समुदाय की आत्मछवि के विकास में जो योगदान दिया, उसे हमें इस व्यापक सामाजिक संदर्भ में रखकर देखना चाहिए। यह आत्मछवि थी एक ऐसे आश्वस्त नगरीय समुदाय की जो नए राष्ट्र के भविष्य के संदर्भ में अपनी सांस्कृतिक प्रभुता की तैयारी कर रहा था।

महावीरप्रसाद द्विवेदी ने अपने गाँव के स्कूल में उर्दू पढ़ना और लिखना सीखा था। अदालती भाषा के रूप में 1837 में उर्दू की स्थापना के बाद से उर्दू में साक्षर होना एक व्यावहारिक ज़रूरत बन गया था। पर इस समय, यानी द्विवेदीजी के बाल्यकाल में, उर्दू सीखने का प्रमुख अर्थ फ़ारसी लिपि सीखना था। शब्दावली, व्याकरण और साहित्यिक अभिव्यक्ति जैसी अन्य बातों में उर्दू और हिंदी के बीच एक खाई बन तो गई थी, मगर अभी गहरी नहीं हुई थी। हिंदी को कचहरी और सरकारी आफ़िसों की भाषा बनाने की लड़ाई, जो उन्नीसवीं सदी के अंतिम दशकों में शुरू हुई और 1901 में सफल हुई, विशेष तौर से लिपि को लेकर चली। यही कारण है कि इस लड़ाई में अग्रणी भूमिका निभानेवाली संस्था ने अपना नाम नागरी प्रचारिणी सभा रखा। इस संघर्ष में भाषा के लिपि-पक्ष को जितना महत्त्व मिला, उसकी मिसाल ढूँढ़ना मुश्किल है। नागरी लिपि के प्रचार-प्रसार का काम उन्नीसवीं सदी के अंतिम वर्षों में आर्यसमाज आंदोलन का एक प्रमुख कार्यक्रम था। नागरी प्रचारिणी सभा के संस्थापक बाबू श्यामसुंदर दास के मन में सभा की स्थापना का विचार आर्यसमाज के उपदेशक शंकरलाल का एक भाषण सुनकर आया था। धार्मिक तथा सामाजिक सुधारों के प्रचार के माध्यम के रूप में हिंदी का इस्तेमाल करने का विचार दयानंद सरस्वती को पहली बार केशवचंद्र सेन ने दिया था। केशवचंद्र सेन ब्रह्मसमाज आंदोलन के नेता थे। हिंदी के प्रचार की सलाह उन्होंने दयानंद सरस्वती को कलकत्ते में 1872 में हुई एक मुलाक़ात के दौरान दी थी। अपनी इसी कलकत्ता यात्रा में दयानंद को बंगाल के आरंभिक राष्ट्रवादी बुद्धिजीवियों, जैसे भूदेव मुखोपाध्याय और राजेंद्रलाल मित्र, के चिंतन से परिचित

होने का मौक़ा मिला था। ये बुद्धिजीवी भारत की पुनर्रचना के लिए हिंदी का अपनाया जाना ज़रूरी मानते थे। दयानंद ने हिंदी में अपना पहला भाषण दो वर्ष बाद बनारस में दिया। उनके जीवनीकार लेखराम के शब्दों में, "सैकड़ों शब्द, यहाँ तक कि वाक्य, इस बार भी संस्कृत में आ निकले।" आर्यसमाज की शब्दावली में हिंदी 'आर्यभाषा' कहलाने लगी। हिंदी का संस्कृतनिष्ठ रूप आर्यसमाज की उस कल्पना का एक अनिवार्य हिस्सा बन गया जिसमें सुधरा हुआ हिंदू समाज वैदिक आदर्शों का पालन करता हुआ दिखाया गया था।

दयानंद सरस्वती ने स्वयं अपनी पहल पर कुछ स्कूल स्थापित किए थे, लेकिन आर्यसमाज के विचारों को शिक्षा संस्थाओं के ज़रिए प्रचारित करने का संगठित प्रयास उनकी मृत्यु के बाद ही शुरू हो सका। इस तरह के प्रयास से बनी पहली संस्था लाहौर का दयानंद एंग्लो-वैदिक (डी.ए.वी.) कॉलेज थी। डी.ए.वी. आंदोलन, जिसने 1986 में अपनी शताब्दी मनाई, इसी कॉलेज के साथ जन्मा। इस संस्था की उपलब्धियों का श्रेय लाला हंसराज के समर्पण को जाता है जिन्हें आर्यसमाज के इतिहास में 'महात्मा' के नाम से याद किया जाता है। जैसा कि 'एंग्लो-वैदिक' नाम से ज़ाहिर है, इस कॉलेज का उद्देश्य आर्यसमाज के उद्देश्यों की पूर्ति के साथ-साथ पश्चिमी विद्या और अंग्रेज़ी की पढ़ाई की सुविधा उपलब्ध कराना था, हालाँकि कॉलेज की पहली मैनेजिंग कमेटी के कई सदस्य उर्दू को महत्त्व दिए जाने के पक्ष में थे। इस संस्था के शैक्षिक उद्देश्यों में हिंदी का स्थान क्या था, वह हम लाला हंसराज द्वारा नौजवानों के लिए लिखे गए लेखों से समझ सकते हैं। हिंदी 'जाति' के उत्थान के लिए उन्होंने तीन बातें अनिवार्य बताई थीं : पहली यह कि उसके सदस्य एक ही मूल से निकले होने की भावना महसूस करें, दूसरी, धर्म का सहभाव हो, और तीसरी, समान भाषा हो। आर्यसमाज के शैक्षिक अभियान में हिंदी को महज़ एक औज़ार मानना ग़लती होगी। हिंदी की स्थापना एक सांस्कृतिक मंज़िल थी, किसी मंज़िल तक पहुँचने का साधन नहीं। हिंदी को एक नए शिक्षित हिंदू समुदाय की पहचान बनाकर प्रस्तुत करने में आर्यसमाज आंदोलन ने ऐतिहासिक भूमिका निभाई।

इस भूमिका को आगे बढ़ाने में काशी के हिंदू विश्वविद्यालय ने एक ज़बर्दस्त संस्थाई योगदान दिया। यह विश्वविद्यालय एक ऐसी आधुनिक संस्था के रूप में उभरा जिसके लक्ष्य धार्मिक व सांस्कृतिक थे। काशी हिंदू विश्वविद्यालय की स्थापना के प्रयास 1905 से ही शुरू हो गए थे, और इसके लिए पैसा इकट्ठा करने का काम संयुक्तप्रांत (यू.पी.), मध्यप्रांत (सी.पी.) और बिहार के तमाम ज़िलों में फैले हुए ऊँची जातियों, भूमिपतियों और सामंतों के संचारतंत्र की मदद से लगातार चलता आ रहा था। इस बात का एक स्पष्ट प्रतीकात्मक

महत्त्व था कि देश का एकमात्र 'हिंदू' विश्वविद्यालय हिंदी क्षेत्र के हृदय में स्थित हो। गंगा, हिमालय और विंध्याचल जैसे महत्त्वशाली भौगोलिक प्रतीकों को साहित्यिक अभिव्यक्ति में समाहित करके हिंदी क्षेत्र को राष्ट्रीय प्रभुत्व देनेवाली कुंडली की रचना, जो पहले से चालू थी, हिंदू विश्वविद्यालय की स्थापना काशी में किए जाने से और गतिशील हो गई।

काशी हिंदू विश्वविद्यालय एक सामुदायिक उपक्रम था, सरकार का तोहफ़ा नहीं, जैसा कि इलाहाबाद का विश्वविद्यालय था। जल्दी ही काशी विश्वविद्यालय एक ऐसी टकसाल बन गया जो उत्तरी भारत के मैदानों की सांस्कृतिक मुद्रा पर मुहर लगाकर उसे प्रसार के लिए जारी करती थी। बनारस में शिक्षा पाना एक नई क़िस्म के ओहदे का प्रतीक बन गया—संस्कृति की चेतना से लैस आधुनिक भारतीय का ओहदा, जिसे कोई और विश्वविद्यालय देने की स्थिति में नहीं था। काशी हिंदू विश्वविद्यालय का नाम किसी शिक्षित भारतीय के व्यक्तितत्व से मैकाले और उसकी विरासत की छाप को धो देने के लिए पर्याप्त था। इलाहाबाद और बनारस विश्वविद्यालयों ने हिंदी के बहुसंख्य साहित्य-लेखक और समालोचक पैदा किए और, यही नहीं, वे तमाम प्रशिक्षित अध्यापक भी गढ़े जिन्होंने राजस्थान से बिहार और दक्षिण में मध्यप्रांत के विशाल भूभाग के स्कूलों में नौकरी पाई। हिंदी साहित्य और भाषा का पढ़ाने योग्य स्वरूप क्या हो, यानी पाठ्यक्रम, पाठ्यपुस्तकों और अध्यापकों की ट्रेनिंग में उसे किस आकृति में रखा जाए, इस प्रश्न से जुड़ी शिक्षाशास्त्रीय प्रक्रियाएँ अधिकांशतः बनारस के हिंदू विश्वविद्यालय में ही संपन्न हुईं। कॉलेजों में हिंदी की पढ़ाई के लिए पाठ्यक्रमों और संकलित पाठ्यपुस्तकों का निर्माण आवश्यक था। पाठ्यक्रम बनाने का आशय था कि उपलब्ध ज्ञानराशि को व्यवस्थित किया जाए और फिर उसे एक औपचारिक शक्ल में संकेतबद्ध किया जाए।

ज्ञानराशि एक बार पाठ्यक्रम के रूप में संकेतबद्ध हो जाए तो फिर विश्वविद्यालय की नाम-महिमा और उसके इम्तहानों की कठोरता की कीर्ति से उसे वैधता प्राप्त हो जाती है। इस ज्ञानराशि को संकेतबद्ध करने में जितना योगदान आचार्य रामचंद्र शुक्ल ने दिया, उतना शायद किसी और व्यक्ति ने नहीं दिया। उन्होंने बनारस हिंदू विश्वविद्यालय में अध्यापन-कार्य 1919 में शुरू किया। वे असाधारण प्रतिभा और ऊर्जा के धनी थे। कॉलिज स्तर पर हिंदी के पाठ्यक्रम को जो शक्ल उन्होंने दी, वह आज तक अधिकांशतः बरकरार है। उन्होंने हिंदी भाषा व साहित्य की विरासत को भी जिस तरह परिभाषित किया, उससे पंगा लेने की हिम्मत कम ही लोगों ने दिखाई है। यह काम उन्होंने 1929 में प्रकाशित अपने प्रसिद्ध *हिंदी साहित्य का इतिहास* में किया। यह ग्रंथ बहुत कष्टसाध्य शोध का फल था, और हिंदी के विचारतंत्र

में उसे बहुत तेज़ी से एक आधिकारिक आभा प्राप्त हो गई क्योंकि उसके जोड़ का कोई ग्रंथ पहले से नहीं था। शुक्लजी अपने इस ग्रंथ में साहित्य के इतिहासकार की सीमाओं में बँधे नहीं रहे। इन सीमाओं से कहीं आगे जाकर उन्होंने हिंदी के विकास में उर्दू-फ़ारसी की परंपरा को लेकर एक निश्चित विचारनीति (आइडियालॉजी) अपनाते हुए इस परंपरा को अप्रासंगिक बताया। कालक्रम का पालन काफ़ी बारीकी से करने के बावजूद उन्होंने अट्ठारहवीं और उन्नीसवीं सदियों के कई बड़े उर्दू कवियों पर ध्यान नहीं दिया। हिंदी की परंपरा के एक वास्तविक अंग के प्रति साहित्य के एक अत्यंत विद्वान पाठक का यह रवैया सचमुच विचित्र था। अपने एक आत्मकथात्मक लेख में शुक्लजी ने लिखा था कि उनके पिता को फ़ारसी का अच्छा ज्ञान था और वे फ़ारसी काव्य में हिंदी कवियों की पंक्तियाँ पिरोकर दोहराने में आनंद लेते थे। इस तरह की रुचि या उसके प्रति सहनशीलता का परिचय रामचंद्र शुक्ल ने न तो अपने इतिहास में दिया, न अपने अन्य विशद कृतित्व में। हिंदी-उर्दू की मिलीजुली परंपरा को हिंदी के साहित्यिक इतिहास में स्थान देना अस्वीकार करके उन्होंने कॉलेज के छात्र-छात्राओं की सांस्कृतिक पहचान को पीढ़ी-दर-पीढ़ी आकार देते रहनेवाला एक निर्णयात्मक प्रतीक-कर्म किया। आचार्य शुक्ल ने हिंदी की विरासत को एक स्पष्ट हिंदू पहचान दी। उनकी इस देन में इस बात से कोई फ़र्क़ नहीं पड़ता कि उन्होंने जायसी जैसे एक मुस्लिम कवि की तारीफ़ की या प्रेमचंद (जो हिंदी व उर्दू की दूर जा पड़ी धाराओं के संगम के प्रतीक थे) की उपलब्धि को मंजूर किया।

रामचंद्र शुक्ल ने प्राइमरी स्कूलों की वरिष्ठ कक्षाओं के लिए हिंदी की एक पाठ्यपुस्तक का संपादन भी किया। यह पुस्तक 1932 में प्रकाशित हुई और संयुक्तप्रांत के वर्नाकुलर स्कूलों में साहित्यिक पठन के लिए लागू की गई। उस वक़्त हिंदी की आरंभिक पाठ्यपुस्तकें हिंदुस्तानी में लिखी जाती थीं जिसमें हिंदी और उर्दू का मिलाजुला स्वरूप रहता था। ये बालपोथियाँ देवनागरी और फ़ारसी लिपियों में अलग-अलग उपलब्ध कराई जाती थीं। प्रेमचंद ने ज़िक्र किया है कि हिंदी और उर्दू के समर्थकों ने यह शिकायत करना शुरू कर दिया था कि मिलीजुली भाषा के शिक्षण से छात्रों को साहित्यिक ज्ञान नहीं मिल पाता था।* हिंदी के समर्थकों का पक्ष नागरी प्रचारिणी सभा ने व्यक्त किया, और उर्दू के समर्थकों का प्रतिनिधित्व अंजुमन-तरक़्क़ि-ए-उर्दू ने किया। प्राइमरी स्कूल की पाठ्यपुस्तकों के मोर्चे पर हिंदी की चौकी पंडित रूपनारायण त्रिपाठी और पंडित सीताराम चतुर्वेदी ने सँभाली, और हसरत मोहानी

---

* *साहित्य का उद्देश्य*, हंस प्रकाशन, इलाहाबाद, 1967

उर्दू टुकड़ी के नेता बने। इस संघर्ष के जवाब में सरकार ने उच्चतर प्राइमरी कक्षाओं के लिए बुनियादी रीडर के साथ-साथ एक *साहित्यिक रीडर* (संकलित पाठ्यपुस्तक) नियत कर दी जो हिंदी और उर्दू में अलग-अलग तैयार की जानी थी। हिंदी की *साहित्यिक रीडर* रामचंद्र शुक्ल ने बनाई और यही पुस्तक 1932 में *हिंदी साहित्य* शीर्षक से लखनऊ के हिंदुस्तानी बुक डिपो से प्रकाशित हुई व कई वर्ष चली।

स्कूली व्यवस्था के लिए पाठ्य-रचनाओं के निर्माण की प्रक्रिया ने शिक्षित हिंदीभाषी की पहचान गढ़े जाने में क्या योगदान दिया, यह हम शुक्लजी की इस पाठ्यपुस्तक को जाँचकर समझ सकते हैं। हिंदी की किसी सामान्य पाठ्यपुस्तक में व्याकरण, शब्द-भंडार और बोध ये तीन मुख्य शिक्षण बिंदु होते हैं। आचार्य शुक्ल द्वारा सफल साहित्यिक पाठ्यपुस्तक की ख़ास बात व्याकरण या शब्दावली का शिक्षण नहीं, गद्य और पद्य के साहित्यिक पाठों की समझ का विकास थी। पुस्तक की भूमिका में यह आशा व्यक्त की गई थी कि "यह पुस्तक बालकों को हिंदी-साहित्य का मार्ग दिखाने के लिए उपयोगी सिद्ध होगी।"

पुस्तक दो खंडों में विभाजित है। पहला खंड तीसरी कक्षा के लिए है और इसमें 24 पाठ हैं। दूसरा खंड चौथी कक्षा के लिए है और इसमें 23 पाठ हैं। दोनों ही खंडों में लगभग एक-तिहाई पाठ ऐसे हैं जिनकी प्रतीक-व्यवस्था स्पष्टतः हिंदू चरित्रवाले समुच्चय के इर्द-गिर्द बुनी गई है। इस समुच्चय में एक ओर पौराणिक आख्यान हैं तो दूसरी ओर धार्मिक क्रियाकलापों व इतिहास से लिए गए प्रतीक हैं जो एक निश्चित धार्मिक-सांस्कृतिक आत्मछवि उभारते हैं। 'बारह महीने' शीर्षक पाठ में लेखक (अक्षयवट मिश्र) कहता है : "आश्विन के पितृपक्ष में हम हिंदुओं को अपने पितरों का स्मरण होता है ... विजयादशमी से यह स्मरण हो आता है कि हमारा देश भी एक समय विजयी था।" ज़ाहिर है कि यहाँ व्यक्त की गई 'देश' की अवधारणा केवल अंग्रेज़ों के पहले के नहीं, मुग़लों के पहले के इतिहास से जुड़ी हुई है। 'मातृभूमि' के जीवन में आज से अधिक सुखी और गौरवशाली दौर की तलाश के संदर्भ में सुदूर अतीत का ऐसा हवाला पुस्तक में बार-बार प्रकट होता है। शतमन्यु की कथा में यह हवाला यूरोप के भारतविदों के विरोध में दिए गए इस तर्क का रूप ले लेता है : "कुछ विद्वानों का विचार है कि भारतवर्ष में विश्व-प्रेम का प्रचार तो था, पर देशभक्ति का नहीं। यह पश्चिम की ओर से यहाँ आई है। बात ऐसी नहीं है। पुराणों के समय में यहाँ देशभक्ति का भाव विद्यमान था। यहाँ के छोटे-छोटे बालक भी देशहित के लिए अपने प्राणों को हथेली पर लिए फिरते थे।"

एक देश के रूप में भारत के बार-बार आनेवाले ज़िक्र की व्याख्या हमें इस लालसापूर्ण मनःस्थिति के संदर्भ में करनी चाहिए। देश की छवि या उसकी कल्पना इस किताब में एक ऐसे समुदाय के रूप में उभरती है जिसके लोगों को अपने सोचे हुए गौरवमय और धुले-उजले अतीत की तरफ़ लौट जाने की आज़ादी है। लौटने की प्रक्रिया को बल देने के लिए समुदाय की धार्मिक एवं अन्य परंपराओं के ज्ञान का प्रसार आवश्यक माना गया है। समुदाय की पहचान साफ़ तौर पर 'हिंदू' रूप में उभरी है। अतीत की ओर लौटने की प्रक्रिया में हिंदी का प्रसार भी ज़रूरी माना गया है। हालाँकि उसे कभी हिंदुओं की भाषा कहकर नहीं पुकारा गया है, पर धर्म और समुदाय की परंपराओं के साथ स्थापित किया गया हिंदी का रिश्ता यह कसर पूरी कर देता है। 'मातृभूमि' शीर्षक कविता (रचयिता—लोचनप्रसाद पांडेय) इस रिश्ते को गहराई से रेखांकित करती है—

निज भाषा का जिसे न ध्यान,
जाति-धर्म का जिसे न ज्ञान।
जिसमें नहिं स्वदेश अभिमान,
जीते ही वह मृतक-समान।

एक अन्य कविता में देश की कल्पना एक ऐसे प्रतीक-समूह के रूप में चित्रित हुई है जिसमें धर्म, सांस्कृतिक मानक, भाषा और पहनाव शामिल हैं। यहाँ भी पाठक को कोई शक नहीं रह सकता कि कवि (रामलाल अग्निहोत्री) का इशारा हिंदू धर्म की ओर है—

भाषा, भेष, स्वदेशी धारूँ, करूँ देश-उत्थान।
धर्म न छोड़ूँ, सदा जपूँ मैं हिन्दी, हिन्दुस्तान।।

यह देखना एक दिलचस्प बात होगी कि आचार्य शुक्ल की यह पाठ्यपुस्तक, जो अपने पाठकों को 'हम हिंदुओं' के रूप में पुकारती है, मुस्लिम लोगों की उपस्थिति को किस तरह सामने रखती है। तीसरी कक्षा के लिए नियत खंड में (जिसमें 76 पृष्ठ हैं) मुसलमानों का उल्लेख एक बार भी नहीं होता है। चौथी कक्षा के खंड में ऐसे दो पाठ हैं जो मुसलमानों का अस्तित्व स्वीकारते हैं, और इनमें से दूसरे पाठ में यह बात स्वीकारी गई है कि हिंदुओं और मुसलमानों के बीच द्वंद्व है। पहले पाठ में अकबर की प्रशंसा में कहा गया है कि वह "बुद्धिमान, धीर, वीर, और उदार प्रकृति" का था। इसके बाद बैरमखाँ की कहानी संक्षेप में बताई गई है जिसके अंत में उसके पुत्र कवि रहीम का उल्लेख है। लेखक कहता है कि रहीम का स्थान "हिंदी कवियों में बहुत ऊँचा

है।" अगले पैराग्राफ में राजपूतों के साथ अकबर के संबंध का उल्लेख है और इसी प्रसंग में बताया गया है कि महाराणा प्रताप ने "असहाय हो देशरक्षा के लिए भले ही अपने प्राण विसर्जन कर दिए, परंतु मुग़ल सम्राट् की अधीनता नहीं स्वीकार की।" इस प्रकार मुग़ल सम्राट से संबंधित पाठ का इस्तेमाल अंततः राणा प्रताप के यश और पौरुष की पुनर्स्थापना के लिए होता है। दूसरा पाठ, जिसमें मुसलमानों का ज़िक्र है, नानक के बारे में है। इस पाठ में कहा गया है कि नानक ने हिंदुओं और मुसलमानों के बीच भेद नहीं किया और इसीलिए वे दोनों जातियों (आशय संभवतः समुदाय से है) के लिए पूज्य बन गए। यह सिद्ध करने के लिए कि नानक धार्मिक भेदभाव से ऊपर थे, पाठ में तीन संक्षिप्त वृत्तांत दिए गए हैं। एक वृत्तांत दिखाता है कि नानक की हिंदू रस्मों में कोई दिलचस्पी न थी, और दो अन्य वृत्तांत बताते हैं कि इस्लाम के अनुयायियों ने नानक को नीचा दिखाने के प्रयास किस तरह किए।

आचार्य शुक्ल की पाठ्यपुस्तक की कई हज़ार पाठकों में से एक झाँसी ज़िले में मऊरानीपुर का रहनेवाला ब्रजलाल नाम का बालक भी था। अपनी किताब में दिए गए चित्रों में से एक के पीछेवाले ख़ाली पृष्ठ पर इस बालक ने ज़रूरत के वक़्त को ध्यान में रखकर छुट्टी की अर्ज़ी का मसविदा स्पष्ट लिखाई में उतार रखा था। यह अर्ज़ी इस प्रकार है :

> गरीब परवर सलामत
> जनाब आली
> गुज़ारिश है कि फिदवी को दो दिन से बुखार आ गया है इसलिए स्कूल में उपस्थित नहीं हो सकते। लिहाज़ा दो दिन की रुख़्सत का सादिर हुक्म फ़रमाया जावे।

इस अर्ज़ी और रामचंद्र शुक्ल की पाठ्यपुस्तक की शब्दावलियों का अंतर स्पष्टतः बहुत बड़ा है। अर्ज़ी में ग़ैर-फ़ारसी शब्दों की विरलता उतनी ही तीखी है जितनी पाठ्यपुस्तक में फ़ारसी शब्दों की विरलता है। पाठ्यपुस्तकों के सभी पाठों की हिंदी वह सुनियोजित, साहित्यिक भाषा है जिसमें शुक्लजी स्वयं लिखते थे और जिसमें उनके शैक्षिक नेतृत्व ने आनेवाली पीढ़ियों के लाखों छात्रों—जिनमें यह लेखक भी शामिल है—का समाजीकरण किया।

हिंदी की उपयुक्त शब्दावली के प्रश्न पर शुक्लजी ने अपनी नीति 1932 में फ़ैज़ाबाद में दिए गए 'हिंदी और हिंदुस्तानी' शीर्षक व्याख्यान में साफ़ बताई थी :

> यह देखना चाहिए कि हमारी भाषा और हमारे साहित्य में वह कौन-सी वस्तु है, जो अब हमारे मुसलमान भाइयों को नापसंद है। इधर उनकी ओर से जो लेख, आदि निकल रहे हैं उनसे पता चलता है कि भाषा

> में न पसंद आनेवाली वस्तु है संस्कृत के शब्द और साहित्य में भारतीय दृश्य, भारतीय रीति-नीति और भारतीय पुराणों के प्रसंग। इस संबंध में हमारा नम्र निवेदन है कि जिस देश का साहित्य होगा उस देश की परंपरागत भाषा, उस देश के प्राकृतिक स्वरूप, रीति-नीति, कथा-प्रसंग, आदि से वह कैसे दूर रह सकता है?

ब्रजलाल की अर्ज़ी उस संस्थाई संस्कृति की प्रतिनिधि है जिसे रामचंद्र शुक्ल अपने बहुमुखी प्रयासों से बदलने के लिए कटिबद्ध थे। अर्ज़ी की फ़ारसी-बहुल शब्दावली स्पष्टतः क़ानूनी व प्रशासनिक संप्रेषण की शैली के अनुरूप ढली थी। अर्ज़ी में इस्तेमाल किया गया एक मात्र ग़ैर-फ़ारसी शब्द 'उपस्थित' था। संभवतः यह शब्द स्कूल की दिनचर्या में प्रवेश पानेवाले पहले साहित्यिक तत्सम शब्दों में से रहा होगा और इस शब्द ने अपना स्थान हाज़िरी की दैनिक रस्म के ज़रिए बनाया होगा जिसमें इसके पूर्व 'हाज़िर है' का प्रयोग होता था। यह मुहावरा अभी तक हिंदी क्षेत्र की कचहरियों में इस्तेमाल किया जाता है। *हिंदी साहित्य* जैसी पाठ्यपुस्तकों की रचना निश्चय ही एक सांस्कृतिक हस्तक्षेप कही जा सकती है। यह हस्तक्षेप तीस के दशक में सक्रिय पुनरुत्थानवादी शक्तियों से मेल खाता था। इस हस्तक्षेप के फलस्वरूप दैनिक प्रशासनिक कामों की भाषा की दृष्टि से स्कूल अन्य संस्थाओं, जैसे कचहरियों व कार्यालय, से अलग हो गया। कचहरी के मुक़ाबले स्कूल इस क़िस्म के सांस्कृतिक हस्तक्षेप के लिए अधिक खुला भी था और बच्चों के समाजीकरण में अपनी भूमिका की दृष्टि से अधिक महत्त्वपूर्ण था।

उन्नीसवीं सदी के अनेक हिंदी प्रचारकों व लेखकों में पुनरुत्थानवादी प्रवृत्ति पहले से मौजूद थी। इस प्रवृत्ति को हिंदी-उर्दू के अलगाव से प्रोत्साहन मिला। कुछ प्रोत्साहन औपनिवेशिक शासन की इस पूर्वधारणा से मिला कि भारतीय जनसंख्या को समूहों में बाँटने के हर संभव आधार को रेखांकित किया जाए। जैसा कि अमृतराय* ने लिखा है, संस्कृत-प्राकृत परंपरा की शब्दावली को निकालकर और नई फ़ारसी शब्दावली को डालकर उर्दू को 'शुद्धीकृत' करने की प्रवृत्ति अट्ठारहवीं सदी में ही आरंभ हो चुकी थी। इस प्रवृत्ति का परिणाम उर्दू को एक घबराए हुए अभिजात की 'वर्ग बोली' बनाने और उसकी पहचान इस्लाम से किए जाने में हुआ। अंग्रेज़ शासन ने इस प्रतीक गठबंधन को रेखांकित करने में तनिक भी आलस नहीं किया। इस प्रतीक गठबंधन की प्रतिक्रिया हिंदी को नागरी लिपि और हिंदू धर्म से जोड़े जाने तथा उसकी शब्दावली से अरबी-फ़ारसी परंपरा के तत्त्वों के 'शुद्धीकरण' में हुई।

---

* *ए हाऊस डिवाइडैड*, आक्सफोर्ड यूनिवर्सिटी प्रेस, नई दिल्ली, 1984

इस बीच समाज में ऊपर उठने के लिए अनिवार्य भाषा के रूप में अंग्रेज़ी स्थापित हो गई। अवध की 1869 की एक सरकारी रपट में यह भविष्यवाणी दर्ज की गई थी कि "अंग्रेज़ी ग्रहण करना और संस्कृत विद्या का पुनरोदय—इन दो दिशाओं में हिंदू सभ्यता का विकास अब अवश्यंभावी नज़र आता है। इसलिए घटनाक्रम से जुड़कर चलने के लिए जनसामान्य में हिंदी का प्रसार और सीमित तबक़ों (यानी जनविशेष) में अंग्रेज़ी व संस्कृत को प्रोत्साहन (हमें यानी अंग्रेज़ सरकार को) देना चाहिए।" इस बात पर गृह विभाग के अवर-सचिव हावेल ने टिप्पणी लिखी थी, "अवध में ठीक यही नहीं हुआ है, यहाँ उर्दू व फ़ारसी को हर जगह बढ़ावा मिला है तथा हिंदी व संस्कृत की अवहेलना हुई है।" आनेवाले दशकों में औपनिवेशिक शासन ने "घटनाक्रम से जुड़कर चलना" मात्र पर्याप्त नहीं समझा, भले उसकी अपनी दृष्टि में उसने सिर्फ़ यह किया हो। वास्तविकता यह है कि शासन ने अपनी समझ के मुताबिक धर्म के आधार पर छात्रों के वर्गीकरण की प्रवृत्ति को बल दिया। इस मामले में अंग्रेज़ी नीति 'धर्मनिरपेक्षता' को बढ़ावा देने के रास्ते पर क़तई नहीं चली जिसका भ्रामक श्रेय उसे कुछ इतिहासकार व समाजशास्त्री देते रहे हैं।

संयुक्तप्रांत और बाद में मध्यप्रांत व बिहार में आर्यसमाज के प्रसार ने हिंदी साहित्यकर्मियों की उस पहले से मौजूद प्रवृत्ति को ताक़त दी जिसके कारण वे पुनरुत्थानवादी इतिहास-दृष्टि को अपनी उपदेशप्रधान रचनाओं का आधार बनाते थे। महावीरप्रसाद द्विवेदी जिस तरह के ऊँचे मानक हिंदी के व्याकरण व प्रयोग में स्थापित करने के लिए संघर्षरत थे, उतने ही ऊँचे मानक रचनाओं में नैतिक तत्त्व को लेकर उभर आए। इन नैतिक मानकों के विकास में *सरस्वती* के आरंभिक काल में आर्यसमाज का योगदान स्पष्ट दिखाई देता है। इस दौर में नैतिक ज़िम्मेदारी से ओतप्रोत साहित्य-रचना करने का एक मक़सद रीतिकाल की प्रवृत्तियों को छोड़ना भी था। जहाँ रीतिकाव्य का रचनाकार अपने सामंती प्रशंसकों का ध्यान खींचने के लिए साहित्य के उपादानों का इस्तेमाल नारी-शरीर के आश्चर्यों की पड़ताल के लिए करता था, वहाँ द्विवेदी-युग के कवि ने आर्यसमाज के प्रभाव में आकर बाल-विवाह, विधवा जीवन और दहेज़ जैसे विषयों पर अपना ध्यान केंद्रित किया। ये विषय इतिहास की एक निश्चित समझ के संदर्भ में उठाए जाते थे। इस समझ की मुख्य बात यह थी कि हिंदू समाज का नैतिक पराभव कोई एक हज़ार साल में विदेशी प्रभाववश हुआ है। इस समझ के आधार पर कविता और निबंध लिखना हिंदू समाज के पुनर्जागरण का साधन माना गया।

नीतिप्रधान लेखन को एक निश्चित शैक्षिक भूमिका उस समय मिली जब 1924 में हिंदी संयुक्तप्रांत की इंटरमीडिएट परीक्षा के लिए एक ऐच्छिक विषय

के तौर पर स्वीकारी गई। पाठ्यपुस्तकें अब हिंदी के साहित्यकर्मियों के लिए नैतिक, पुनरुत्थानवादी चेतना के प्रसार का एक महत्त्वपूर्ण माध्यम बन गईं। विशेषकर कविता और निबंध का स्वरूप हिंदी की पाठ्यपुस्तकों के अनुरूप ढला। निबंध की विधा में अभिव्यक्ति के लिए प्रेरणा और प्रसार का एक महत्त्वपूर्ण साधन पाठ्यपुस्तक बनी। गद्य और पद्य, दोनों के रचयिताओं के लिए शिक्षा का बाज़ार इतना ज़रूरी बन जाने से साहित्य लेखन में उपदेश पर ज़ोर देने की प्रवृत्ति को बढ़ावा मिला। उपदेशमूलकता—जिसका संदर्भ पुनरुत्थानवदी था—स्कूली पाठ्यपुस्तकों में इतनी गहराई से स्थापित हो गई कि रूमानी स्वच्छंदतावाद का ज़बर्दस्त आंदोलन 'छायावाद', जो बीस के दशक के उत्तरार्ध में साहित्य जगत पर छा चुका था, स्कूली साहित्य को प्रभावित न कर सका। प्रसाद और निराला जैसे छायावादी कवियों की गीतवृत्ति महावीरप्रसाद द्विवेदी और उनके समकालीनों के सुधारवादी दिलों को पिघलाने में असमर्थ रही थी। पाठ्यपुस्तकीय संकलनों की मुख्य खुराक वही निबंध और कविताएँ रहीं जिनमें नैतिक व्यवहार के सैकड़ों पाठ पढ़ाए जाते थे और जो व्याकरण की बारीकियों तथा शब्दावली की शुद्धता की मिसाल रखती थीं।

तीस के दशक से हिंदी क्षेत्र में भारत के भविष्य की एक स्पष्ट 'हिंदू' कल्पना को आगे बढ़ानेवाला एक और स्रोत क्षेत्र के दक्षिण में उभरा। यह स्रोत था राष्ट्रीय स्वयंसेवक संघ : पश्चिमी भारत में तिलक द्वारा बोए गए पुनरुत्थानवादी राष्ट्रवाद के ताक़तवर बीज का पुष्पित स्वरूप। इसके संस्थापक केशवराव बलिराम हेडगेवार मध्यप्रांत की राजधानी नागपुर के मराठी ब्राह्मण थे। एक अंग्रेज़ी माध्यम स्कूल में पढ़े हेडगेवार पेशे से डॉक्टर बने थे, पर उन्होंने अपना जीवन भारत की आज़ादी और समाज-सुधार में लगा देने का निश्चय किया। इस उद्देश्य की साधना के लिए वे भारतीय राष्ट्रीय कांग्रेस में शामिल हुए, पर जल्दी ही इस संगठन से, विशेषकर गाँधी के अहिंसक सत्याग्रह से, उनका मोहभंग हो गया। बीस के दशक में कांग्रेस द्वारा छेड़े गए असहयोग आंदोलन के दौरान भड़के हिंदू-मुस्लिम दंगों से हेडगेवार को अपनी समझ और रणनीति विकसित करने का संदर्भ मिला। उनके इस बौद्धिक प्रयास की परिणति 1925 में राष्ट्रीय स्वयंसेवक संघ के जन्म में हुई। संघ उनके लिए भारत को राष्ट्रीय पुनरुज्जीवन देने की ज़रूरत का जवाब था। इस जवाब का ज़ोर हिंदू एकता और सामंजस्य की ताक़त के रूप में संघ के उभरने की संभावना पर था।

संघ ने अपनी विचारधारा के प्रसार के लिए जिस साधन का प्रमुख रूप से प्रयोग किया, वह थी 'शाखा'। खुले मैदान में शाम के वक़्त लगनेवाली इस कक्षा का उद्देश्य किशोर लड़कों को एक अर्ध-सैनिक भाईचारे की भावना

में ढालना था। हेडगेवार के उत्तराधिकारी संघ-नेता गोलवलकर ने शाखा कार्यक्रम के तीन सिद्धांत इस प्रकार रखे : एक, चुने हुए आदर्श के बारे में सोचना; दो, इस आदर्श की साधना में लगे लोगों के साथ रहना; और तीन, आदर्श से मेल खानेवाली गतिविधियों में शारीरिक रूप से हिस्सा लेना। शाखाओं के माध्यम से संघ जिस आदर्श का प्रसार करने के लिए समर्पित रहा है, वह है हिंदू एकता का आदर्श, जिसकी बुनियाद पर एक मज़बूत भारतीय राष्ट्र की स्थापना की जा सके। किसी भी शाम संघ के झंडे के गिर्द शाखा में उपस्थित किशोर प्रार्थना और अन्य गीत गाकर, नीतिप्रधान कहानियाँ या भाषण सुनकर, इकट्ठे होकर काम करने की शिक्षा देनेवाले खेल खेलकर और लाठी-संचालन से जुड़ी हुई शारीरिक व्यायाम क्रियाओं में हिस्सा लेकर इसी आदर्श की साधना करते हैं। संभव है कि किसी छोटे-से क़स्बे की एक औसत शाखा संघ के इस दर्शन को प्रभावशाली ढंग से रोज़ाना अभिव्यक्त न कर पाए कि एक मज़बूत सैन्य राष्ट्र में 'भारतीय' और 'हिंदू' पर्यायवाची या एकार्थी हो जाएँगे। वास्तव में शाखा का ध्येय धीमा, लंबा और बाहर से सामान्य दिखनेवाला समाजीकरण करना है जिसे संघ का नेतृत्व हमेशा एक 'सांस्कृतिक' और राजनीति से मुक्त कार्यक्रम बताता आया है।

तीस के दशक की शुरुआत तक संघ के नेताओं की निगाहें मध्यप्रांत (सी.पी.) और उसके उत्तर में गंगा के मैदानी हिंदी क्षेत्र पर पड़ने लगी थीं। इसी समय संघ के नेता हेडगेवार को आर्यसमाज के प्रसिद्ध नेता भाई परमानंद ने अखिल भारतीय युवक हिंदू सभा के सम्मेलन में भाग लेने कराची बुलाया था। इस निमंत्रण ने संघ के नेता को पंजाब और संयुक्तप्रांत के उन इलाक़ों में, जहाँ आर्यसमाज को एक स्थायी आधार मिल चुका था, संघ की गतिविधियाँ शुरू करने का मौक़ा दिया। तीस के दशक में संघ की शाखाएँ हिंदी क्षेत्र में तेज़ी से बढ़ीं। इस विस्तार की गति का अंदाज़ हम मध्यप्रांत के शासन द्वारा जारी किए गए एक आदेश से लगा सकते हैं जिसमें शिक्षकसमेत सभी सरकारी कर्मचारियों को संघ की गतिविधियों में भाग लेने से प्रतिबंधित किया गया था। ज़ाहिर है कि अध्यापकों और छात्रों के लिए संघ की गतिविधियाँ काफ़ी आकर्षक सिद्ध हो रही थीं। संघ के मुखर संदेश में नौजवान पीढ़ी को ऐसे मूल्यों और आदर्शों के प्रति संवेदित करने की सामर्थ्य थी जो हिंदू पुनरोदय के नाटकीय लक्ष्य की ओर ले जाते प्रतीत होते थे।

मध्यप्रांत के नगरों में ऐसा माहौल पहले से मौजूद था जिसमें संघ का प्रभाव गहरा सके। तिलक के 'स्वराज' के प्रति समर्पित मराठी भूमिपति और पेशेवर समूहों ने बीस के दशक में गाँधी के अनुयायियों के लिए काफ़ी बड़ी मुश्किलें खड़ी करने में सफलता पाई थी। उधर अंग्रेज़ प्रशासन राष्ट्रवादी

प्रतिबद्धताओं को विभाजित रखने के लिए उत्सुक था। अपने मराठीभाषी प्रतिद्वंद्वियों को पीछे रखने का व्यावहारिक रास्ता हिंदीभाषी कांग्रेसियों के सामने यही था कि धर्म, शिक्षा और भाषा के मामलों में उग्र से उग्र दृष्टिकोण अपनाएँ। चालीस के दशक की शुरुआत में जब राष्ट्रवादी चेतना का सामाजिक दायरा कुछ इंच फैलने को हुआ, उस समय तक धार्मिक व सांस्कृतिक मुद्दों पर बौद्धिक खुलेपन के हिमायती मध्यप्रांत में बिरले ही रह गए थे। साहित्यिक और शैक्षिक मामलों में हिंदू पुनरुत्थानवाद को जो थोड़ा-बहुत प्रतिरोध संयुक्तप्रांत में सहना पड़ा, मध्यप्रांत की हवा में वह बिलकुल ही ग़ायब रहा। केंद्रीय भारत के हिंदी क्षेत्र के राजनीतिक जीवन के इस पहलू पर आज़ादी के पहले और बाद में कांग्रेस का वर्चस्व बने रहने से कोई फ़र्क़ नहीं पड़ा। संयुक्तप्रांत में टंडन या संपूर्णानंद को थोड़ा-बहुत जवाबतलब सहना पड़ा, पर मध्यप्रांत में गोविंददास जैसे नेता हिंदी को भारत की सांस्कृतिक नियति की पूर्ति का साधन अपनी प्रच्छन्न सांप्रदायिक शैली में निर्विघ्न रूप से बताते रहे।

इस प्रकार संयुक्तप्रांत के साहित्यकर्मी समाज का यह सपना कि यह समाज भावी राष्ट्र को एक देशी संपर्क-भाषा देगा, धार्मिक पुनरुत्थानवाद और भाषा के गठजोड़ में उलझ गया। इस गठजोड़ की छाया हिंदी की प्रवृत्ति पर भी पड़ी और उस आत्मछवि की चेतना पर भी पड़ी जिसकी प्रतीक हिंदी थी। हिंदी भाषा पर प्रभाव मुख्यतः उसे संस्कृतनिष्ठ बनाते चले जाने में और लिखित रूप को बोले जानेवाले रूप से काटते चले जाने में हुआ। संस्कृतनिष्ठता की प्रवृत्ति तो पहले ही उर्दू के फ़ारसीकरण के साथ आरंभ हो चुकी थी। इन दो प्रवृत्तियों का संबंध हिंदू और मुसलमान नामक दो 'पृथक' समुदायों से जोड़ा जाने लगा था, फिर भी उन्नीसवीं सदी के अंत तक हिंदी का ऐसा एक भी बड़ा लेखक नहीं हुआ जिसकी शैली में उर्दू की छटा न दिखती हो। भारतेंदु के निबंधों और नाटकों, दोनों के गद्य में एक बोली जानेवाली जुबान का स्पंदन सुनाई देता है। वाक्य-रचना और शब्द-चयन, दोनों में वे उर्दू परंपरा के इस्तेमाल की आज़ादी और फ़ारसी की विरासत से विद्वत्तापूर्ण परिचय का प्रमाण देते हैं। भारतेंदु के समकालीन और 'हिंदी हिंदू हिंदुस्तान' के नारे का श्रेय पानेवाले प्रतापनारायण मिश्र के लेखन में भी उर्दू की परंपरा को स्वीकार करने की आज़ादी के लक्षण मिलते हैं।

यह आज़ादी और उर्दू के प्रति पूर्वग्रहमुक्त दृष्टि बीसवीं सदी के आरंभ के हिंदी लेखक को उपलब्ध नहीं रही। इन दो भाषाओं को हिंदुओं और मुसलमानों के धर्म से जोड़ने की प्रवृत्ति के विकास के साथ-साथ इन भाषाओं के बीच का अंतर गहरा होता गया। संयुक्तप्रांत और पंजाब के नगरीय शिक्षित

समूहों को एक हिंदू समुदाय की आत्मछवि देने का आर्यसमाज का प्रयास हिंदी-हिंदू गठजोड़ को आगे बढ़ाने में बहुत महत्त्वपूर्ण सिद्ध हुआ। लाला लाजपत राय ने अपनी आत्मकथा में कहा है कि उनके व्यक्तित्व पर सबसे शक्तिशाली प्रभाव उर्दू-हिंदी विरोध का पड़ा। उनके शब्द हैं : "हिंदी-उर्दू के झगड़े ने मुझे हिंदू जातीयता का पहला पाठ पढ़ाया।"

हिंदी जब बीस के दशक के अंतिम वर्षों में संयुक्तप्रांत में इंटरमीडिएट परीक्षा का विषय बनी, तब तक वह उस भाषा से बहुत भिन्न रूप ले चुकी थी जिसे भारतेंदु ने इस्तेमाल किया था। वह तेज़ी से बदलते हुए राष्ट्रीय परिदृश्य में ऊँची जातियों के साहित्यकर्मी समूह की आत्मपहचान की अभिव्यक्ति का चुना हुआ साधन बन चुकी थी। उसमें एक नई अभिव्यक्ति योजना विकसित हो चुकी थी जिसकी विशेषताएँ थीं—वाक्य-रचना की सुविचारित जटिलता और सावधानी से किया गया शब्द-चयन। इस अभिव्यक्ति-योजना को शैक्षिक उपयोग के लिए विशेष रूप से उपयुक्त ठहराने के लिए यह तर्क दिया गया कि शैक्षिक या अध्ययनविषयक संवाद स्वभावतः जटिल पड़ता है और उसकी भाषा साधारण लोगों द्वारा बोली जानेवाली भाषा जैसी नहीं हो सकती। इस तर्क का प्रयोग गाँधी द्वारा अनुमोदित हिंदुस्तानी, जिसमें हिंदी और उर्दू का मिश्रण रहता, का विरोध करने के लिए इस्तेमाल किया गया। हिंदी के प्रचार में रत दो शक्तिवान संस्थाओं, काशी की नागरी प्रचारिणी सभा और प्रयाग के हिंदी साहित्य सम्मेलन ने हिंदुस्तानी का ज़बर्दस्त विरोध किया। प्रेमचंद जैसे बड़े लेखक के समर्थन के बावजूद हिंदुस्तानी का पक्ष कमज़ोर साबित हुआ। सेठ गोविंददास ने अपनी आत्मकथा में हिंदुस्तानी के लिए गाँधी के समर्थन को एक राजनैतिक चाल बताया है। निश्चय ही गाँधी द्वारा की गई हिंदुस्तानी की हिमायत उनकी राजनीति का अंग थी। उसको चुनौती देने के लिए हिंदी के पक्षधरों ने दो तार्किक आधार चुने। एक यह था कि हिंदुस्तानी आम आदमी की बोलचाल का मुहावरा-भर है, शिक्षा या संसदीय काम जैसे गंभीर उद्देश्यों को वह पूरा नहीं कर सकती। दूसरा तर्क यह था कि हिंदुस्तानी शैली की हिंदी राष्ट्रीय एकता को उस तरह मज़बूत नहीं बना सकती जिस तरह संस्कृतनिष्ठ हिंदी बना सकती है क्योंकि संस्कृत के अवशेष सभी भारतीय भाषाओं में मिलते हैं।

इन दोनों ही तर्कों से हिंदी के समर्थकों की उस केंद्रीय 'समस्या' की झलक नहीं मिलती जो उन्हें हिंदुस्तानी तथा उर्दू को लेकर महसूस होती थी। यह समस्या राष्ट्रभाषा के सवाल पर हुई लंबी बहस में कभी खुलकर सामने नहीं आई और यह कोई अनहोनी बात नहीं है। भारतीय राजनीति के संवादों में कई आधारबिंदु दबे पड़े रहते हैं। वे लोग भी जो इन आधारबिंदुओं को सबकी

स्वीकृति दिलाना चाहते हैं, उनकी उपस्थिति से इनकार करते रहते हैं। हिंदुस्तानी के मामले में हिंदी के समर्थकों का छिपा हुआ आधारबिंदु यह था कि हिंदुस्तानी पूरी तरह भारतीय नहीं है। उन्हें उसकी उर्दू विरासत एक 'विदेशी' तत्त्व लगती थी। यह अनुभूति उन्नीसवीं सदी के उत्तरार्ध में ही काफ़ी लोकप्रिय हो चुकी थी। इस छिपे हुए आधारबिंदु की एक नन्ही-सी झलक हम गोविंददास के विचारों में पा सकते हैं। हिंदी के विरोध का जायज़ा लेते हुए वे दो 'पक्षों' की बात करते हैं। एक अंग्रेज़ी साम्राज्यवाद का, दूसरा मुग़ल साम्राज्यवाद का। गोविंददास के अनुसार, इन दोनों पक्षों की साजिश के फलस्वरूप यह बात आसान न रह गई कि किसी 'शुद्ध' भारतीय भाषा को भारत की राजभाषा बनवाया जा सके।

उर्दू की विरासत की गंध से मुक्त क़राई गई हिंदी का संघर्ष अंततः गंगा और विंध्य के उच्चजातीय तबक़ों (जिनके भीतर बड़े भूमिपति काफ़ी थे) की राजनीतिक पहचान की स्थापना का माध्यम बन गया। एक बार इस पहचान के स्थापित हो जाने के बाद तीस के दशक की समाप्ति के साथ हिंदी का इस्तेमाल राजनीतिक प्रभुत्व की साधना के लिए प्रत्यक्ष रूप से किया जाने लगा। इस राजनीतिक इस्तेमाल से हिंदी को एक लोकभाषा के रूप से दूर ले जाकर बहुत सीमित संस्थाई विमर्श की संकीर्ण बोली में बदलने की प्रक्रिया मज़बूत हुई। हिंदी के इस संकीर्ण रूप के विकास में उर्दू की विरासत की ही अवहेलना नहीं हुई, बल्कि हिंदी क्षेत्र की संपन्न बोलियों और केंद्रीय भारत की आदिवासी भाषाओं की भी अवहेलना हुई। नई हिंदी कॉलेज की शिक्षा पानेवालों, विशेषकर हिंदी साहित्य का विषय लेकर पढ़नेवालों, की प्रतीक संपत्ति बन गई। साहित्यिक प्रकाशनों को अपना पाठकवर्ग अब इसी सीमित समूह में तलाशना ज़रूरी हो गया। एक ऐसे समाज में जहाँ साक्षरता का फैलाव बहुत कम हुआ हो, यह दायरा बहुत ही संकीर्ण था।

पुरानी हिंदी, जिसमें उर्दू की शब्दावली तथा बोली गई भाषा की मुहावरेदानी मौजूद थी, शैक्षिक उपयोग में लाने योग्य नहीं समझी गई पर वह नष्ट नहीं हुई। उसे एक नए प्रसार माध्यम में जगह मिली। यह माध्यम था सिनेमा जिसका विकास तीस के दशक में आरंभ हो चुका था। पहली हिंदी फ़िल्म, जिसके पात्र बातचीत करते थे, 'आलम आरा' थी, जो 1931 में बनी। सिनेमा का दर्शकवर्ग हिंदी क्षेत्र तक सीमित नहीं था और फ़िल्म उद्योग का केंद्र बंबई हिंदी क्षेत्र में नहीं था। यह माध्यम साक्षरता पर निर्भर नहीं था, इसलिए शिक्षित समूह उसके दर्शकवर्ग में विशेष महत्त्व नहीं रखते थे। मौखिक भाषा के स्तर पर इस नए माध्यम ने हिंदी-उर्दू की संयुक्त परंपरा को अक्षुण्ण रहने का मौक़ा दिया। संप्रेषण के माध्यम के रूप में फ़िल्म के विकास का संदर्भ मनोरंजन

की एक आधुनिक अवधारणा का उदय था। मनोरंजन और फ़िल्म का संबंध शिक्षा की दृष्टि से महत्त्वपूर्ण था। जो भाषा फ़िल्म (यानी मनोरंजन) के लिए उपयोगी सिद्ध हुई थी और उसे सफल बना रही थी, शिक्षा से दूर हट जाने के लिए ऐतिहासिक कारणों से अभिशप्त हो गई। रोज़मर्रा के जीवन (जिसका एक अनिवार्य अंग लोक-व्यवहार की भाषा थी) और विद्या को अलग-अलग रखने की शास्त्रीय, ब्राह्मणवादी परंपरा औपनिवेशिक शिक्षा नीति के बावजूद बरक़रार रही थी। सच तो यह है कि राष्ट्रीय आंदोलन के दौरान ही शैक्षिक विमर्श की ऐसी शब्दावली उभर गई थी जिसने उपनिवेशवादी नीति और शिक्षा की प्राचीन शास्त्रीय अवधारणा को एक सूत्र में बाँध दिया। शास्त्रीय अवधारणा के बने रहने का अर्थ था कि लोकभाषा शिक्षा का माध्यम नहीं मानी जा सकती थी। यदि सामाजिक और राजनीतिक दबावों ने प्रशासन को देशी (वर्नाकुलर) भाषा में शिक्षा की व्यवस्था करने पर मजबूर किया तो दूसरी ओर विद्या की शास्त्रीय परंपरा ने इस देसी भाषा में एक विशेष अभिव्यक्ति-योजना के विकास को उत्प्रेरित किया। हिंदू-मुस्लिम संबंधों के राजनीतिक संदर्भ में पैदा हुई परिस्थितियों ने पहले ही ऐसा माहौल रच दिया था जिसमें शिक्षा के लिए एक पृथक भाषा विकसित होती। इस प्रक्रिया में फ़िल्म के अभ्युदय ने मदद की। फ़िल्म ने लोकसंवाद की भाषा का अधिग्रहण कर लिया, और वह 'नई' हिंदी जिसने अपनी विरासत का एक बड़ा हिस्सा निकाल फेंका था, शिक्षा के हिस्से आई।

हिंदी की शब्दावली को संस्कृतनिष्ठ बनाने की प्रक्रिया में स्वतंत्रता के तुरंत बाद लागू की गई सरकारी नीतियों ने बहुत योगदान दिया। भारतीय संविधान को रचनेवाली संविधान सभा में चतुराई से पाई गई एक विजय इस मामले में हिंदू पुनरुत्थानवादियों का पक्ष आगे बढ़ानेवाली एक महत्त्वपूर्ण घटना बन गई। सभा के सामने मुख्य सवाल अंग्रेज़ी का विकल्प किसी भारतीय भाषा को बनाने का था। यह प्रश्न उस समय बहुत जटिल हो गया जब हिंदी और हिंदुस्तानी के पक्षधरों के बीच संघर्ष उभरकर सामने आया। नेहरू और आज़ाद जैसे प्रभावशाली कांग्रेसी नेता हिंदी और उर्दू के मिलाप की प्रतिनिधि हिंदुस्तानी को भारत की राष्ट्रभाषा बनाने के पक्ष में थे। हिंदुस्तानी को गाँधी का आशीर्वाद भी प्राप्त था। दूसरी तरफ़, पुरुषोत्तमदास टंडन, डॉ. रघुवीर और रविशंकर शुक्ल जैसे हिंदी आंदोलन के प्रसिद्ध समर्थक भी संविधान सभा के सदस्य थे। उन्होंने सभा के भीतर ही नहीं, बाहर (यानी कांग्रेस पार्टी के मंचों पर और कई सांस्कृतिक व साहित्यिक संगठनों में) भी ज़बर्दस्त प्रचार करके हिंदी के पक्ष में जनमत जुटाया।

भारत के बँटवारे से हिंदी के योद्धाओं का रास्ता आसान हो गया था

क्योंकि अब वे खुलेआम हिंदुस्तानी और उर्दू को मुसलमानों और पाकिस्तान से जोड़ सकते थे। हिंदी नेताओं की इस रणनीति को भाँपकर ही गाँधी ने बँटवारे के चार दिन पहले *यंग इंडिया* में ये शब्द लिखे थे :

> इस संकट के समय कांग्रेस को चट्टान की तरह मज़बूती से खड़े रहना चाहिए। भारत की संपर्क भाषा के सवाल पर उसे क़तई डगमगाना नहीं चाहिए। न वह फ़ारसीनिष्ठ उर्दू हो सकती है और न संस्कृतनिष्ठ हिंदी। वह तो इन दोनों सरल रूपों का सुंदर मेल ही हो सकती है जिसे दोनों में से किसी भी लिपि में लिखा जा सके।

संविधान सभा में 1949 में चल रही भाषा-संबंधी बहस के दौरान कांग्रेस पार्टी में संस्कृतनिष्ठ हिंदी के समर्थकों ने अपने प्रभाव का एक महत्त्वपूर्ण प्रदर्शन किया। कांग्रेस पार्टी की एक सभा में किए गए मतदान में हिंदी के पक्ष को 78 वोट मिले जबकि हिंदुस्तानी को 77 वोट। इस नाजुक संतुलन को देखते हुए एक ऐसा फ़ार्मूला रचा गया जो राष्ट्रभाषा के सवाल से बचते हुए 'संघ की राजकीय भाषा' की बात कहता था। संविधान के अनुच्छेद 343 के तहत 'देवनागरी में लिखी गई हिंदी' को यही पदवी दी गई। हिंदुस्तानी के महत्त्व को दर्ज करने का प्रयास अनुच्छेद 351 में किया गया, जहाँ हिंदी भाषा के विकास की बात उठाई गई थी, "संघ का यह कर्तव्य होगा कि वह हिंदी भाषा का प्रसार बढ़ाए, उसका विकास करे ताकि वह भारत की सामासिक संस्कृति के सभी तत्त्वों की अभिव्यक्ति का माध्यम बन सके और उसकी प्रवृत्ति में हस्तक्षेप किए बिना हिंदुस्तानी के और आठवीं सूची में विनिर्दिष्ट भारत की अन्य भाषाओं के प्रयुक्त रूप, शैली और पदों को आत्मसात करते हुए और जहाँ आवश्यक या वांछनीय हो वहाँ उसके शब्द-भंडार के लिए मुख्यतः संस्कृत से और गौणतः अन्य भाषाओं से शब्द ग्रहण करते हुए उसकी समृद्धि सुनिश्चित करे" (भारत सरकार द्वारा प्रकाशित अनुवाद)।

यह अद्‌भुत शब्दजाल आज़ादी के बाद के वर्षों में हिंदुस्तानी को राजकीय परिधि से ग़ायब हो जाने से बचा नहीं सका। शिक्षामंत्री के रूप में मौलाना आज़ाद संसद में कई बार हिंदुस्तानी को थोड़ा-बहुत महत्त्व दिलवाने के प्रयास में टंडन के वाक्यवाणों का शिकार हुए। दूसरी ओर 1950 में स्थापित वैज्ञानिक शब्दावली मंडल, जिसकी जगह बाद में वैज्ञानिक और तकनीकी शब्दावली आयोग ने ली, संस्कृत की मदद से हिंदी का शब्द-भंडार बढ़ाने में जुट गया। साठ के दशक के अंत तक लगभग दो लाख शब्द इस तरीक़े से गढ़े जा चुके थे। आयोग की मदद के लिए और हिंदी के विकास की अन्य तमाम राजकीय गतिविधियों में समन्वय स्थापित करने के उद्देश्य से 1960 में सरकार

ने केंद्रीय हिंदी निदेशालय बनाया। इसी वर्ष आगरा में एक संस्थान हिंदी के अध्यापकों को शैक्षणिक विशेषज्ञता मुहैया कराने के लिए स्थापित किया गया। इस प्रकार के संस्थाई आधार देने के अलावा केंद्र शासन ने पाठ्यपुस्तकों, उनके अनुवादों, वज़ीफ़ों, पुस्तकालयों, हिंदी में शार्टहैंड और टाइपराइटर के की-बोर्ड में सुधार के लिए पैसा दिया। हिंदी के विकास के लिए दिए गए इस धन से अनेक स्वयंसेवी संस्थाओं ने लाभ कमाया। संस्कृतनिष्ठ हिंदी के प्रचार के लिए सरकारी रेडियो और बाद में टेलीविजन, एक शक्तिशाली माध्यम बना। सरकार का हिंदी उद्योग रोज़गार का एक बड़ा साधन बन गया। इस प्रक्रिया में हिंदी के प्रचेताओं का प्रभावशाली पदों पर पहुँचना शामिल था। लेकिन हिंदी को वित्तीय आधार देने के अलावा सरकार के हिंदी उद्योग ने एक ऐसा औज़ार भी गढ़ दिया जिसकी मदद से हिंदी आंदोलन के धार्मिक व सांस्कृतिक मनसूबे सरकारी ढाँचे के भीतर शिक्षा और संचार के क्षेत्रों में आगे बढ़ते रह सकते थे। धर्मनिरपेक्षता के प्रति राज्य की वचनबद्धता इस प्रक्रिया में कोई रुकावट पैदा नहीं कर सकी; एक तो इसलिए क्योंकि हिंदुस्तानी का पक्ष पराजित हो चुका था, दूसरे इसलिए क्योंकि नौकरशाह और बौद्धिक अभिजात वर्ग अंग्रेज़ी पर निर्भर बना रहा। अंग्रेज़ी पर अभिजात वर्ग की निर्भरता का आशय यह था कि वह हिंदी के विकास और चरित्र के प्रति उदासीन बना रहा। वैसे भी उभरती हुई सरकारी हिंदी में हस्तक्षेप करने की न उसे ज़रूरत थी, न ऐसा करने की सामर्थ्य उसमें थी। अपनी विचारधारा के साँचे में हिंदी को ढालकर हिंदू पुनरुत्थानवादी एक ऐसे यंत्र की रचना करने में सफल हो चुके थे जो एक धर्मनिरपेक्ष राज्य की मशीनरी के भीतर काम करता रह सकता था।

●●●